INTO THE FIRE: BRENNE FÜR MICH, FIREFIGHTER-ROMANZE

Into The Fire – Serie Alaska

J.H. CROIX

Kapitel Eins

AMELIA

Ich schob mich durch die Tür in die Bar und hielt kurz inne, während sich meine Augen an das Licht gewöhnten. Ich strich mir eine nasse Haarsträhne von der Wange und schlängelte mich durch die Tische zum hinteren Teil der Bar. Als ich auf einen Hocker rutschte, drehte sich der Barkeeper zu mir um. Er war ein fröhlich aussehender Mann mit großen blauen Augen.

„Ich bin Tank. Du siehst aus, als könntest du einen Drink gebrauchen", verkündete er. Sein breites Lächeln schwächte die Bemerkung ein wenig ab.

„Ein Bier reicht", antwortete ich.

„Hausmarke vom Fass in Ordnung?", fragte er.

Als ich nickte, drehte er sich um. Innerhalb von Sekunden reichte er mir mein Bier und streckte mir wortlos ein sauberes Handtuch entgegen. Obwohl es winzig war, da es sich um ein Bartuch handelte, wischte ich es schnell über mein tropfnasses Haar und Gesicht, bevor ich es ihm zurückgab. Dann setzte ich mich wieder und versuchte, meinen beschissenen Tag zu vergessen.

Wenig später trank ich den letzten Schluck Bier aus meinem Glas und sah mich in der Bar um. Ich genoss die Anonymität dieser überfüllten Kneipe in Anchorage, Alaska, wo mich niemand kannte. Ich saß in einer Ecke an der Wand und freute mich, dass ich einen guten Blick auf die anderen Gäste hatte und dennoch von so gut wie allen unbemerkt blieb. Wieder begegnete Tank meinem Blick, seine Augen stellten eine Frage. Ich nickte und hielt mein leeres Bierglas in die Luft. Er erwiderte mein Nicken, während er jemandem einen Drink mixte und mir mit der freien Hand ein weiteres Bier zapfte. Die einzige Unterhaltung, die ich an diesem Abend mit irgendwem führte, beschränkte sich auf die paar anfänglichen Sätze mit Tank.

Wenn er etwas daran auszusetzen hatte, dass ich ein mit Schlamm bespritztes Hochzeitskleid trug, ließ er es sich nicht anmerken. Genauso wenig wie der Rest der Leute um mich herum. Anchorage war gerade groß genug, dass man in Ruhe gelassen wurde, wenn man den Eindruck machte, dies zu wollen. Aber die Menschen waren trotzdem freundlich. Trotz seiner weitläufigen geografischen Ausdehnung hielt Alaska seine Bewohner zusammen, alle verbunden durch das Bewusstsein, dass sie am Rande der Wildnis lebten und die Kraft und den Mut hatten, ein solches Leben zu führen.

Ich nahm einen Schluck von meinem dritten Bier und fragte mich, ob ich vielleicht einen Gang zurückschalten sollte. Ich war definitiv beschwipst, bald wäre ich richtig betrunken. Ich betastete die cremefarbene Seide meines Hochzeitskleides. Oder vielleicht sollte ich es besser mein Nicht-Hochzeitskleid nennen. Ich war schon fast bereit gewesen, mich darauf einzulassen, als ich den Kampf gegen den Knoten der Angst, der sich wie ein Schraubstock um mein Herz legte, verlor. Ich schluckte das Gefühl herunter, das in mir aufstieg, als mein Blick an dem eng anliegenden Mieder des Kleides hinunter zu den schlammigen Flecken auf dem ausladenden, verspielten Rock wanderte. Oh ja. Ich hatte meinen Bräutigam nicht nur direkt vor dem Altar abserviert, sondern war auch noch im Regen davongelaufen. Ein weiterer Schluck Bier, gefolgt von einem tiefen, langsamen Seufzen. Was am meisten wehtat – ich empfand nichts als Erleichterung. Kein Bedauern, keine Zweifel. Nur pure Erleichterung.

Ich war durch den Flur an der Rückseite der Kirche gegangen und in Earls Umkleidekabine gestürmt. Dort stand er, groß und gutaussehend mit seinem dunkelblonden Haar und seinen braunen Augen. Es war das, was ich nie in seinen Augen gesehen hatte, wenn er mich ansah... was mir fehlte, um ihn wirklich heiraten zu wollen. In Earls Augen sah ich einen freundlichen Blick, einen humorvollen Versuch, mich so zu mögen, wie ich war. Und doch war da nie auch nur annähernd das heiße Feuer, das ich einst bei einem anderen Mann gesehen hatte. Ich hatte mich entschuldigt, aber ich war auch stinksauer auf ihn, weil er versucht hatte, sich selbst und mir vorzumachen, dass er mich wirklich liebte.

Ein Sprung in den Spätnachmittagsregen an einem kühlen Sommertag in Alaska hatte sich reinigend angefühlt. Bis mir kalt wurde und ich mich schließlich in diese Bar verkrochen hatte. Ich wusste nicht einmal, wie sie hieß. Plötzlich fiel mir ein, dass ich keinen Penny bei mir trug. Es war nicht so, dass ich bei meinem missglückten Marsch zum Altar ein Portemonnaie dabeigehabt hätte. Ach ja, verdammt. Ich erblickte mein Spiegelbild hinter der Bar und unterdrückte ein neuerliches Seufzen. Mein bernsteinfarbenes Haar war ein einziges feuchtes, verfilztes Durcheinander.

Ich dachte nicht viel darüber nach, wie ich aussah. Um ehrlich zu sein, versuchte ich eher, es nicht zu tun. Ich war viel größer als die meisten Frauen. Außerdem führte ich mein eigenes Bauunternehmen. Ich versuchte, es mir nicht anmerken zu lassen, aber wenn es um meine Weiblichkeit ging, hatte ich so meine Zweifel. Es half auch nicht, dass mich alle Männer – bis auf einen – wie einen Mann behandelten, einschließlich Earl.

Ich schüttelte heftig den Kopf und sah mich noch einmal in der Bar um, betrachtete die anderen Gäste. Hier verkehrten sowohl Geschäftsleute als auch Fischer. Auf den Fernsehbildschirmen, die an verschiedenen Stellen von der Decke hingen, lief Sport, in der Ecke standen ein paar Billardtische. Das würde ich als Nächstes tun. Ich liebte Billard und war verdammt gut darin.

Ein paar Minuten später wurde ich eingeteilt, mit drei Jungs zu spielen. Sie warfen ein paar fragende Blicke auf mein Hochzeitskleid und schienen sich darüber zu amüsieren. Beschwipst und in meinem *„Ist mir scheißegal"*-Modus nahm ich mir vor, sie alle zu schlagen.

Ungefähr eine Stunde später grinste ich, als meine letzte Kugel sauber in ein Eckloch rollte. „Nun, Jungs", sagte ich und blickte zu ihnen auf.

Die drei Kerle hatten getrunken und wurden immer mürrischer, je länger wir spielten. Einer von ihnen, ein bulliger Typ mit dunklen Augen und

Haaren, starrte mich wortlos an. Sie hatten auf dieses Spiel gewettet, und ich sollte von jedem von ihnen fünf Dollar bekommen.

Mr. Hulk, wie ich ihn in meinem Kopf nannte, trat dicht an mich heran; so dicht, dass es schon unangenehm war. „Niemand hier wird dir einen Fünfer geben. Hast du das verstanden?"

Ich war gerade betrunken genug, um mich nicht darum zu kümmern. Ich richtete mich auf, sodass ich meine vollen eins achtzig erreichte. Er war vielleicht breiter gebaut als ich, aber ich überragte ihn um Haaresbreite. „Ah, ich verstehe. Du wettest nur gerne, wenn du gewinnst? Was für ein Arsch", sagte ich und verzog meine Lippen zu einem Grinsen.

Ich war emotional zu angespannt, trug eine schwelende Wut in mir, die ich während der gesamten zwei Jahre mit Earl unterdrückt hatte, und außerdem war ich ein bisschen zu betrunken, um jetzt vernünftig zu sein. Als der Mistkerl näherkam und seinen Finger auf meine Brust legte, dachte ich nicht einmal nach. Ich schlug ihn direkt auf die Nase.

„Du verdammte Schlampe!", schrie er, während er mit dem Ärmel über sein Gesicht wischte und sich das Blut von der Nase auf die Wange schmierte.

Er holte aus und schlug mich zurück, seine Faust prallte auf meinen Wangenknochen. Sein kräftiger Schlag schleuderte mich zu Boden, und ich landete in einem schmutzigen Haufen zerknitterter Seide. Ich war gerade beschwipst genug, um mich nicht darum zu kümmern, dass mein Gesicht pochte. Ohne das verdreckte Kleid, ohne den schmuddeligen Parkettboden unter mir und definitiv ohne die Menschenmenge, die sich nun um mich herum versammelt hatte, fand ich, dass der perfekte Kreis, in dem der

Rock um mich herum zu Boden glitt, ein großartiges Hochzeitsfoto abgegeben hätte – einen dieser Schnappschüsse, den sich später alle Freunde und Verwandte einrahmen und aufhängen würden.

Im Nu war Tank da und schubste den Kerl, der mich geschlagen hatte, von mir weg. Stimmen über mir diskutierten miteinander.

„Alter, sie hat mich zuerst geschlagen!"

„Selbstverteidigung ..."

„Ja, aber sie ist ein Mädchen ..."

„Sie ist ein verdammter Riese, und sie hat einen kräftigen Haken. So schlägt doch kein Mädchen!"

Ich schloss die Augen und wünschte, ich könnte mich in ein Loch verkriechen. Der seichte Schwips, der mich heute Nachmittag und Abend über Wasser gehalten hatte, löste sich in Kummer auf. Der Mistkerl hatte recht. Ich war ein Riese und niemand würde mich je ansehen und dabei an ein weibliches Wesen denken.

„Amelia?"

Mein Herzschlag setzte schlagartig aus, nur um dann mit einem heftigen Ruck wieder in Gang zu kommen. Ich würde diese Stimme überall wiedererkennen. In dem Durcheinander um mich herum, aus dem Tank sich hervorhob, um zu fragen, ob es mir gut ging, hallte diese Stimme wie eine laute Glocke in meinem Inneren wider. Ein Mann. Nur ein einziger Mann hatte mich jemals mit Feuer in den Augen angeschaut, einem Feuer, das so heiß war, dass es mich fast versengte. Dieser Mann hatte gerade meinen Namen gesagt. Ich brauchte meine Augen nicht zu öffnen, um ihn zu erkennen. Ich öffnete sie trotzdem, denn ich konnte es nicht ertragen, ihn nicht zu sehen.

Cade Masters stand am Rande der neugierigen Menge, welche einen Halbkreis um mich gebildet hatte, nur ein weiterer Mann in einer von Männern überfüllten Bar. Zotteliges dunkelbraunes Haar, grüne Augen und ein Körper aus stählernen Muskeln stand vor mir. Mein Herz fühlte sich an, als wäre es aufgerissen worden. Ich hatte Cade auf diese wilde, überstürzte Art geliebt, die nur die Jugend erlaubt. Es waren mittlerweile sieben Jahre vergangen, seit ich ihn zuletzt gesehen hatte, aber es kam mir wie eine Ewigkeit vor. Nach meinem zweiundzwanzigsten Geburtstag hatte Cade mir das Herz gebrochen und war aus meinem Leben verschwunden. Er hatte mir nicht nur das Herz gebrochen, er hatte mich auch verraten.

Wut kochte in mir hoch, doch ich konnte meinen Blick nicht von ihm abwenden. Meine Augen verschlangen Cade. Er trug eine Jeansjacke über einem schwarzen T-Shirt und ausgebleichte Jeans, deren Stoff so abgenutzt war, dass er sich schmeichelhaft an seine muskulösen Beine schmiegte. Er hatte schon immer diese abenteuerlustige Biker-Ausstrahlung gehabt. Einst hatte er mich mit seinem Motorrad auf lange Fahrten durch die fast leeren Highways Alaskas rund um unsere Heimatstadt mitgenommen. Er schob sich durch die Menge und kniete sich neben mich, sein scharfer Blick wanderte über meinen Körper. „Alles in Ordnung?", fragte er.

Ich nickte, ohne wirklich darüber nachzudenken. Er hob eine Hand und fuhr mit dem Fingerrücken über meinen Wangenknochen. Ach ja, irgendein Kerl hatte mir gerade eine heftige Ohrfeige verpasst. Cades Anwesenheit hatte alles andere aus meinem Kopf verdrängt. Kaum berührte er mich, flatterte mein Herz, und Hitze braute sich in mir zusammen.

„Bist du sicher?", hakte er misstrauisch nach.

Ich schluckte und spürte plötzlich meine pochende

Wange. Mein ganzer Tag schoss mir durch den Kopf. Ein ausgesprochen beschissener Tag. Ich kämpfte gegen die Tränen an, doch sie flossen trotzdem unaufgefordert und unkontrollierbar. Zuerst kullerte mir nur eine einzige über die Wange, dann kam eine zweite und dann wurden es immer mehr. Von allen Zeitpunkten und Orten, an denen ich dem Mann begegnen hätte können, der als Einziger noch ein Stück meines Herzens besaß, musste dieser der absolut schlimmste sein.

Cades Augen blieben an meinen haften. In ihren Tiefen flackerte etwas auf, aber ich wusste nicht, wie ich es deuten sollte. Ohne ein Wort zu sagen, legte er seinen Arm um meine Taille, hob mich hoch und nahm mich in seine Arme, als wäre es das Normalste der Welt. „Komm, wir bringen dich hier raus", sagte er und setzte sich in Bewegung.

Tank hielt ihn am Arm fest, und Cade wandte sich zu ihm um. „Ja?"

„Ich vergewissere mich nur, dass es ihr gut geht", antwortete Tank.

Alles, was ich tun konnte, war zu nicken. Es ging mir so was von *nicht* gut, aber in dem Sinne, den Tank meinte, war wohl alles in Ordnung.

Tanks warmer Blick ruhte auf mir; dieser Barkeeper, der mich kaum kannte, aber irgendwie wusste, dass ich einen schlechten Tag hatte und einfach meine Ruhe brauchte, während ich ein paar Bier trank. Ich hätte auf meinem Platz an der Bar bleiben sollen. Meine aufgewühlten Emotionen und mein selbstverschuldeter verrückter Tag, hatten mich in diesen Schlamassel gebracht.

„Willst du, dass die Polizei eingeschaltet wird?", fragte Tank.

Ich schüttelte den Kopf und fand endlich meine

Stimme. „Nein", sagte ich, „wir sind quitt. Ich habe ihn geschlagen, er hat mich geschlagen."

„Kennst du den Kerl?", fragte Tank als Nächstes und nickte Cade zu.

„Äh, ja. Ist schon okay. Er ist ein alter Freund meiner Familie. Kein Grund zur Sorge", brachte ich hervor. Oberflächlich betrachtet, war meine Erklärung akkurat. Cade und ich waren zusammen in Willow Brook, Alaska, aufgewachsen. Unsere Familien kannten sich seit Jahren. Doch ich hatte so viel von dem weggelassen, was Cade noch alles für mich war, dass ich mir dabei fast lächerlich vorkam.

Tank löste seinen Griff um Cades Arm und widmete sich wieder seiner Arbeit. Cade schwieg, als er die Bar durchquerte und die Menge sich um ihn herum teilte. Ich konnte mir nur vorstellen, wie wir aussahen - ich in meinem schmutzigen Nicht-Hochzeitskleid und er mit seiner üblichen „*Verpisst euch*"-Ausstrahlung. Es war ein Schock, ihn zum ersten Mal seit Jahren wiederzusehen, und ein noch größerer, mich auf einmal in seinen Armen wiederzufinden. Denn dort fühlte ich mich zu Hause. Er hielt mich mühelos und leicht. Das hatte er immer getan. Das liebte ich an ihm. Cade war mit eins neunzig gut zehn Zentimeter größer als ich und hatte sich nie darum geschert, wie groß ich war. Er schob sich durch die Tür der Bar und trat in den späten Abend hinaus. Der Regen hatte irgendwann während der langen Stunden, die ich in der Bar verbracht hatte, aufgehört.

Als wir draußen auf den Bürgersteig traten, hielt er inne, sah an mir herunter und begegnete meinem Blick. „Warum trägst du ein Hochzeitskleid?"

So war Cade, der nie Zeit damit verschwendete, um den heißen Brei herumzureden. Das hatte ich an ihm geliebt. Oh, wie sehr ich so viele Dinge an Cade geliebt hatte, bevor mein Herz von ihm zerschmettert und in Stücke gerissen worden war. Aber im Moment konnte ich mich nicht an den Schmerz erinnern. Ich wusste nur, dass es sich so gut anfühlte - so gut, bei ihm zu sein.

Kapitel Zwei

CADE

„Ich hätte heute heiraten sollen. Habe ich aber nicht", sagte Amelia.

Ich starrte auf sie herab und versuchte, einen vernünftigen Gedanken zu fassen. Aber es gab nichts Vernünftiges an mir, wenn es um Amelia Haynes ging. In diesem Moment überlegte ich, ob ich sie vielleicht zum Standesamt tragen und selbst heiraten sollte. Ich wollte es. Verdammt, ich wollte es.

Das Einzige, was mich zurückhielt, war die Erinnerung an ihren Gesichtsausdruck bei unserer letzten Begegnung. Sie war ins Zimmer gekommen, als ihre beste Freundin gerade auf dem Bett versucht hatte, mich zu küssen. Es spielte keine Rolle, dass ich mich weggedreht hatte und entsetzt gewesen war, als ich aufwachte und Shannon nackt ins Bett klettern sah. Nein - was zählte, war, dass Amelia sah, wie Shannon ihren Mund auf meinen drückte und dann so tat, als wäre das zuvor schon einmal passiert. Amelias Gesicht war erst weiß und dann dunkel vor Wut geworden. Ich hatte nie wieder eine Gelegenheit bekommen, mit ihr zu reden. Da war nie etwas mit

Shannon gewesen, aber Amelia verbannte mich aus ihrem Leben. Die ganze Situation wurde noch dadurch verschlimmert, dass ich eine Woche später Willow Brook, Alaska, für ein Jahr verlassen wollte. Nicht genug Zeit, um die Sache in Ordnung zu bringen.

Der emotionale Umbruch hatte mir nicht gerade dabei geholfen, klar zu denken. Ich hatte Willow Brook für mein geplantes Jahr bei einem Feuerwehrteam in Kalifornien verlassen und war seither meistens weggeblieben. Ein paarmal war ich zurückgekehrt, um meine Familie zu besuchen, aber Amelia hatte ich nie wiedergesehen. Zuerst, weil ich sauer war, dass sie mich so unerbittlich ausgeschlossen hatte. Als ich auf den Gedanken kam, dass ich vielleicht versuchen sollte, wenigstens Frieden zu schließen, war sie bereits mit Earl Osborne zusammen. Ich hatte mich damit abgefunden, dass es wohl das Beste war, die Sache zu vergessen. Es macht keinen Sinn, sich zu sehr an die Vergangenheit zu klammern.

Ich war jetzt in Anchorage, weil ich ein paar Besorgungen machen wollte, bevor ich morgen nach Willow Brook fuhr. Ich hatte dort eine Stelle als Vorarbeiter bei einer Heizer-Crew angenommen. Ich wollte endlich nach Hause ziehen, weil ich mich nirgendwo anders wohl fühlte. Ich hatte gehofft, über Amelia hinweg zu sein, aber ein einziger Blick genügte, um mich eines Besseren zu belehren.

Ich sah ihr in die Augen und versuchte zu denken. Ihre Augen waren wie honigfarbener Cognac. Ihr bernsteinfarbenes, goldgesprenkeltes Haar fiel ihr in zerzausten Wellen um die Schultern. Es war wirklich völlig durcheinander. Alles an ihr war durcheinander. Ihr Hochzeitskleid war schmutzig, ein blauer Fleck bildete sich auf ihrer linken Wange direkt unter dem

Auge, und ich war mir ziemlich sicher, dass sie betrunken war.

Sie starrte mich an, und mir wurde klar, dass ich seit ihrer knappen Erläuterung kein Wort mehr gesagt hatte. „Du wolltest heute heiraten?"

„Ja." Sie nickte energisch. „Ganz genau. Ich bin in letzter Minute abgehauen. Konnte es nicht. Und weißt du warum?", fragte sie in einem mürrischen Ton.

„Warum?"

Sie bohrte mir einen Zeigefinger in die Brust. „Es ist alles deine Schuld."

Ich verstand nur Bahnhof. Wie konnte es meine Schuld sein, dass sie nicht geheiratet hatte?

„Amelia, ich weiß nicht, wovon du sprichst", sagte ich schließlich.

Sie rollte mit den Augen und seufzte dramatisch. „Niemand sieht mich so an wie du damals. Das ist das ganze Problem. Warum musstest du auch so ein Arschloch sein?"

Während ich über das, was sie sagte, nachdachte, redete sie weiter. Die Worte sprudelten nur so aus ihr heraus, hier und da ein Wort gelallt und undeutlich. „Earl versuchte, oh, er versuchte, so zu tun, als ob es ihm wichtig wäre, aber er war wie jeder andere Typ, mit dem ich ausgegangen bin. Genau wie jeder andere. Nicht, dass es so viele gewesen wären. Ich bin zu groß. Ich bin nicht feminin genug. Es war, als ob er dachte, er könnte beweisen, dass er ein ganzer Kerl ist, wenn er mit mir ausgeht. Dumm, dumm, dumm." Sie unterstrich diese Worte, indem sie mit ihrer Stirn gegen meine Brust schlug, während ich wie erstarrt auf dem Bürgersteig stand. Der Verkehr rollte an uns vorbei, und die Fußgänger mussten einen Bogen um uns machen.

Ihre Augen richteten sich wieder auf und blickten

mich anklagend an. „Du warst nicht so. Erst als alles vorbei war, warst du es doch."

Wut stieg in mir auf. Sie hatte mich so effektiv aus ihrem Leben verdrängt, dass ich nicht einmal die Chance gehabt hatte, ihr zu sagen, was mit Shannon *nicht passiert war*. Ich sah auf Amelia hinunter und setzte mich mit schnellen Schritten in Bewegung, angetrieben von der aufgestauten Wut über das, was uns auseinandergerissen hatte, und der frischen Wut über das, was sie über sich selbst sagte. Sie stieß mit ihren Beinen gegen meine.

„Was machst du da?"

Ich konnte nicht antworten, weil ich es nicht wusste. Zufälligerweise stand mein Wagen direkt vor dem Gebäude. Ich ging weiter und blieb neben dem Auto stehen, um sie abzusetzen. In dem Moment, in dem ihre Füße den Bürgersteig berührten, versuchte sie, sich von mir zu lösen, stolperte aber. Reflexartig griff ich nach ihr und drückte sie fest an mich. Ein Blitz des Verlangens durchfuhr mich. Amelia war groß und stark mit großzügigen Kurven. Genau wie früher wusste mein Körper, was er wollte. Ich hatte es immer geliebt, wie sie fast auf Augenhöhe mit mir war. Mein Blick senkte sich wie von selbst, um die weichen Rundungen ihrer Brüste zu betrachten, die sich über dem enganliegenden Oberteil ihres Hochzeitskleides wölbten. Ich musste meinen Blick wieder nach oben zwingen und sah, dass sie ihn mit geweiteten Augen erwiderte.

Eine vertraute Spannung erwachte zum Leben. Das war Amelia. Das waren wir. Nichts war zwischen uns abgeklungen, wenn überhaupt, brannte es heißer als je zuvor. In einer entfernten Ecke meines Geistes versuchte ich mir zu sagen, dass ich das nicht tun sollte. Wenn ich die Dinge in Ordnung bringen wollte, musste ich es langsam angehen. Doch als ich sie an mich drückte und ihre bernsteinfarbenen Augen wie Feuer glühten, tat ich das Einzige, was ich wollte. Ich drückte sie mit dem Rücken gegen meinen Truck. „Du bist nicht zu groß. Sag das nie wieder", knurrte ich, bevor ich meine Lippen auf ihre presste.

Es war, als wäre überhaupt keine Zeit vergangen, abgesehen von der Tatsache, dass ich sieben Jahre Sehnsucht in unseren Kuss steckte. Sie schmiegte sich an mich, griff mit einer Hand grob in mein Haar und stöhnte bei jedem Schlag ihrer Zunge gegen meine in meinen Mund. Ich konnte nicht aufhören, sie zu küssen. Sie fühlte sich so gut an, so verdammt gut. Mein Verstand vernebelte sich und ich merkte nur noch wie sie sich anfühlte. Eine Hupe ertönte in der Nähe und Amelia riss ihre Lippen von mir los.

Ich öffnete die Augen, mein Herz klopfte so heftig, dass es mich nicht überrascht hätte, wenn es mir eine Rippe gebrochen hätte. Ihr Kopf fiel zurück gegen meinen Truck. Sie schloss die Augen, ihr Atem ging stoßweise. Ihre Finger lockerten sich in meinem Haar, und ihre Handfläche glitt nach unten und legte sich auf meine Brust. Nach einem Moment öffnete sie die Augen wieder.

„Was war das?", fragte sie schließlich über das Klopfen unserer Herzen hinweg.

„Ich habe nie aufgehört, dich zu vermissen."

Kapitel Drei

AMELIA

Plötzlich erwachte ich und riss meine Augen auf. Dunkelheit begrüßte mich. Ich wusste nicht, wovon zum Teufel ich geträumt hatte. Schon seit Monaten waren meine Träume voller Angst. Hin und wieder erinnerte ich mich an sie, aber sie waren nie realitätsbezogen. Im letzten Traum jedoch, an den ich mich erinnerte, war ich aus einem Flugzeug gefallen. Die Träume begannen, kurz nachdem Earl und ich uns endlich auf ein Hochzeitsdatum geeinigt hatten. Ich hätte sofort wissen müssen, was sie bedeuteten. Ich war ein Bündel aus Angst und angespannten Nerven wegen der bevorstehenden Hochzeit. Ich wusste tief in meinem Inneren, dass ich sie nicht wollte und Earl auch nicht. Nun, für Earl konnte ich nicht sprechen. Was ich wusste, war, dass ich nicht viel für ihn empfand. Nachdem ich einmal Liebe - die wilde, pulsierende Art - und Leidenschaft - die unkontrollierbare, brennende Sehnsucht - erlebt hatte, wusste ich, dass wir etwas ganz Wesentliches verpassen würden.

Ich wusste nicht, wo ich war, da stellte ich plötzlich fest, dass jemand neben mir lag. Meine Augen gewöhnten sich allmählich an den dunklen Raum und ich konnte die schemenhaften Umrisse der einfachen Möbel in dem Hotelzimmer erkennen. Der Körper hinter mir? Eindeutig nicht Earl. Das wusste ich mit Sicherheit, denn der Mann hatte sich an mich gekuschelt und ich spürte eine ziemlich beeindruckende Erektion an meinem Po. Earl schlief meistens flach auf dem Rücken. Tatsächlich konnte ich mich an kein einziges Mal erinnern, dass er mit mir als Löffelchen gekuschelt hätte. Mein Verstand erwachte allmählich aus seinem Schlummer.

Cade Masters. Hier. Mit mir. Im Bett. Die verworrene Angst meiner Träume verwandelte sich in die konfuseste Mischung von Gefühlen, die ich je erlebt hatte. Es fühlte sich so, so, so, so gut an, Cade an meiner Seite zu spüren. Wenn ich darüber nachdachte, was ich nicht gerne tat, war Cade der letzte Mann, mit dem ich zusammen gewesen war, der so liebevoll mit mir umgegangen war. Er hatte mich fast immer berührt egal, wo wir waren. In der Öffentlichkeit hatte er einen Arm um meine Schultern gelegt oder meine Hand fest in seiner gehalten. Hinter verschlossenen Türen, nun ja ... wir waren jung und töricht verliebt gewesen. Wir hatten uns bei jeder Gelegenheit weggeschlichen, bevor wir achtzehn waren. Danach hatten wir uns nicht mehr die Mühe gemacht, heimlich zu gehen. Im Bett schliefen wir genauso wie jetzt - er an mich gekuschelt, eine seiner starken, großen Hände auf der Wölbung meines Bauches.

Es fühlte sich so gut an, ihn hier zu haben, so gut, dass es gefährlich war. Auf dieses Hochgefühl folgte Traurigkeit. Schon wieder. Ich hatte den gestrigen Tag verpatzt. Ich hatte mein Handy in einen Graben geworfen, irgendwo auf meinem verschnörkelten Weg durch Anchorage, nachdem ich aus der Kirche gestürmt war. Ich wollte keine Anrufe entgegennehmen. Ich musste eine gute Stunde unterwegs gewesen sein, bevor ich in die Bar ging, wo Cade mich gefunden hatte. Oh, Gott. Ich unterdrückte ein Stöhnen. Ich hatte einen Streit angefangen. Wenn irgendetwas zeigte, wie wütend ich über den Zustand meines Lebens gewesen war, dann dieser Streit. Ich hatte Earl verletzt, aber er war auch nicht fair zu mir gewesen. Ich wusste nicht, was er sich von einer Heirat mit mir versprach, aber er liebte mich nicht. Nicht so, wie Cade mich einst geliebt hatte.

Ich korrigiere: nicht so, wie ich dachte, dass Cade mich einst geliebt hatte. Die alte Bitterkeit bohrte sich in mein Herz. Ich hatte an einem Tag zwei der wichtigsten Menschen in meinem Leben verloren - Cade und meine damalige Freundin Shannon. Ich war das Wochenende über nicht in der Stadt gewesen. Ich konnte mich nicht einmal erinnern warum. Als ich in das kleine Haus zurückkehrte, das ich mit Cade teilte, sah ich Shannon, die völlig nackt zu ihm ins Bett kletterte und ihn küsste. Abgesehen von all den offensichtlichen Gründen, warum das höllisch wehtat, war Shannon zufällig das feminine, wunderschöne Mädchen, auf das es alle Jungs, damals in der High School, abgesehen hatten. Das machte den Schmerz exponentiell schlimmer. Es ging mir unter die Haut, Cade mit ihr zu sehen, und es war mir nie gelungen, zu vergessen, wie klein ich mich in diesem Moment gefühlt hatte.

In den Jahren danach hatte ich viele Gründe, darüber nachzudenken, ob ich das Geschehene vielleicht falsch interpretiert hatte, aber am Ende wusste ich nur, dass mein Herz wehtat und meine Wut glühte.

Ich lag still und versuchte herauszufinden, ob Cade wach war. Es spielte keine Rolle, dass sieben Jahre vergangen waren. Ich kannte die Art, wie er atmete, wenn er schlief, und in diesem Moment schlief er definitiv. Ich wagte es nicht, mich zu bewegen, weil sich sein steinharter Schwanz an mich presste, aber verdammt noch mal, ich war erregt. Ich konnte die Feuchtigkeit an der Spitze meiner Oberschenkel spüren. Ich war vielleicht verwirrt, aber mein Körper war es ganz sicher nicht. Wenn es nach meinem Körper ginge, würde ich mit dem Hintern wackeln, mich auf die Seite rollen und ihn in mich eindringen lassen. Ich schluckte und versuchte in Gedanken nicht so weit zu gehen, aber ich konnte es nicht verhindern. Allein der Gedanke, Cade wieder in mir zu haben, machte mich fast rasend vor Verlangen. Mein Puls raste, mein Unterleib krampfte sich zusammen und mein Kanal pochte.

Meine Erinnerungen an die letzte Nacht, nachdem Cade mich auf dem Bürgersteig besinnungslos geküsst hatte, waren diffus. Ich war zweifellos betrunken gewesen. Während ich mir Mr. Hulk und den anderen Jungs Billard spielte, hatte ich wahrscheinlich noch drei weitere Biere getrunken, zusätzlich zu den drei, die ich bereits intus gehabt hatte. Ich erinnerte mich, dass Cade mir in seinen Wagen half. Als Nächstes hob er mich in seine Arme und trug mich zum Aufzug des Hotels. Und das, nachdem ich auf der Eingangstreppe fast auf mein Gesicht gefallen war.

Ich konnte mich nicht daran erinnern, mein Hochzeitskleid ausgezogen zu haben, aber ich hatte es auch nicht an. Ich betastete das T-Shirt, das ich trug. Cades Hemd. Sein Duft, der mich umgab, ließ mir das Herz bis zur Brust schlagen. Plötzlich blinzelte ich die Tränen zurück. Ich hätte gestern weinen sollen, als ich mit Earl Schluss gemacht hatte. Stattdessen wurde ich jetzt von Gefühlen überschwemmt, und keines davon hatte etwas mit meinem ehemaligen Verlobten zu tun. Jedes Gefühl, das mir jetzt durch Mark und Bein drang, stand mit dem Mann in Verbindung, der sich hinter mir zusammengerollt hatte. Ich schluckte, um das Gefühl der Enge aus meiner Kehle zu vertreiben, und versuchte, mich zusammenzureißen.

Ich musste irgendwie aufstehen und von hier verschwinden. Ich konnte Cade nicht gegenübertreten. Nicht in diesem Zustand. Nicht, wenn ich nur noch weinen wollte und er der einzige Mensch war, der meinen Schmerz lindern konnte. Vorsichtig bewegte ich mich auf die Bettkante zu. Es war das Schwerste, was ich tat, seit ich vor sieben Jahren aus seinem Leben gestürmt war. Damals war es einzig und allein aus dem Grund ein wenig leichter gewesen, da meine geballte Wut mich von ihm fortkatapultiert hatte.

In diesem Moment war mein Verlangen, mich einfach in Cades Wärme und Stärke zu hüllen und so zu tun, als wären sieben lange Jahre der Bitterkeit nie geschehen, so stark, dass es mich all meine Willenskraft kostete, mich überhaupt zu bewegen. Gerade als es mir gelang, ein kleines Stückchen weiterzukommen, bewegte sich Cade. Seine Handfläche glitt über meinen Bauch und über die Rundung meiner Hüfte. Seine raue Hand entzündete kleine Funken unter der Oberfläche meiner Haut. Er war ganz und gar Mann - jeder Zentimeter von ihm, einschließlich seiner Hände. Schon bevor er sich zum Feuerwehrmann ausbilden ließ, einer der körperlich anstrengendsten Berufe überhaupt, war er nichts anderes als rohe, schroffe und pure Männlichkeit gewesen. Ich hätte das nie für möglich gehalten, aber er war jetzt verlockender als je zuvor. Vielleicht waren meine Erinnerungen an die letzte Nacht ein wenig verschwommen, aber ich hatte nicht vergessen, wie wir uns in der Bar wiedergesehen hatten. Mein Herz setzte einen weiteren Schlag aus. Der Cade, den ich einst gekannt hatte, war zurückhaltend gewesen, aber der vorsichtige, distanzierte Ausdruck in seinen Augen war mir nicht entgangen, als ich zum ersten Mal wieder in ihre Tiefen geblickt hatte.

Seine Handfläche bewegte sich weiter, glitt in die Vertiefung meiner Taille und kam unter der Wölbung meiner Brust zur Ruhe. Meine Brustwarzen spannten sich an, Verlangen durchströmte mich. Er musste eingeschlafen sein. Oder? Nach einem weiteren tiefen Atemzug wagte ich es wieder, mich zu bewegen, und spürte plötzlich, wie sich sein Atem veränderte. Oh, Scheiße. Ein einziger Handgriff von ihm machte all meinen zaghaften Fortschritt zunichte. Mein Hintern wurde fest an seinen harten Schwanz gepresst. Mein Kanal pochte und alles, was ich wollte, war, diesem wilden, brennenden Bedürfnis nachzugeben, das ich nie vergessen hatte. So, wie der Sex mit allen anderen im Vergleich zu ihm schlichtweg verblasst war - nichts kam auch nur annähernd an ihn heran — fiel es mir unglaublich schwer, mich diesem Drang nicht zu fügen. Tatsächlich war es beinahe unmöglich.

Meine Haut prickelte, als ich spürte, dass er erwachte. Er hielt still, aber ich konnte die Anspannung in seinem Körper spüren. Mir war heiß und ich überlegte, wie ich mich elegant aus diesem Schlamassel befreien konnte, obwohl ich mich nur noch auf ihn stürzen und alles andere vergessen wollte. Er hatte mich zwar gestern Abend geküsst, aber danach war er distanziert gewesen. Daran erinnerte ich mich.

Oh, verdammt. Ich wollte kein Feigling sein. Ich drehte mich um, schnell genug, um seine Hand von meiner Brust zu nehmen. In dem Moment, als ich mich umdrehte und meine Augen öffnete ... O Gott.

In der schmierigen Dunkelheit konnte ich nicht viel erkennen, aber im angrenzenden Badezimmer brannte noch ein Licht, dessen Schein auf das Bett fiel. Gerade genug, um ihn zu sehen, und gerade genug, um dabei fast zu zerfließen. Seine wunderschönen grünen Augen begegneten meinen, sein Blick, dunkel und tief, suchte mein Gesicht ab. Für einen kurzen Moment fühlte ich mich verloren und allein. Der Cade, den ich kannte, war hinter diesem undurchdringlichen Blick verborgen. Ich konnte kaum atmen, mein Puls raste wie wild.

Zu sagen, ich wusste nicht, was ich sagen sollte, wäre wohl die Untertreibung des Jahrhunderts. Nach ein paar Momenten des Schweigens stützte er sich auf einen Ellbogen, die Luft um uns herum war schwer von sieben Jahren Schmerz und offensichtlich gescheiterten Versuchen, weiterzukommen. Seine Hand war auf meinen Bauch gerutscht, als ich mich umgedreht hatte, und sein Daumen bewegte sich träge. Meine Sinne verengten sich auf die kleine Stelle meiner Haut unter seinem Daumen, die wie eine Glut nach außen strahlte. Nur ein sanftes Hin- und Herstreicheln, und ich war kurz davor, den Verstand zu verlieren. Mein Atem war flach, meine Gedanken wirbelten wild und diffus durcheinander.

Ich klammerte mich an meinen Verstand und schluckte. „Cade ...“

Er rettete mich. „Amelia, wir brauchen jetzt nicht zu reden. Okay?“, fragte er, seine Stimme heiser vom Schlaf.

„Okay“, sagte ich, vor allem, weil ich nicht wusste, was ich sonst sagen sollte.

Er entlastete seinen Ellbogen und rückte das

Kissen unter seinem Kopf zurecht. Sein Blick lag noch immer auf meinem Gesicht, und ich konnte meine Augen nicht von ihm abwenden. Jahrelange unausgesprochene Gefühle drängten sich in den Raum zwischen uns. Ich spürte, dass Cade wusste, wie unruhig ich war. Früher hätte er mich geneckt und mich aus diesem Ort in meinem Kopf herausgeschubst, in dem ich gerade festhing. Aber damals war damals gewesen, und jetzt war jetzt. Er bewegte sich nicht von mir weg, aber er war still.

Ein paar Herzschläge später sprach er. „Du solltest schlafen, Amelia.“

Er hob eine Hand und strich mir das verfilzte Haar aus dem Gesicht. Seufzend schloss ich die Augen. Die Anspannung in meiner Brust löste sich, als ich mich in diesem Raum mit ihm entspannte. Auch wenn er mich bewachte, fühlte ich mich *wohl*, da ich bei ihm war. Ich driftete in den Schlaf.

Kapitel Vier

CADE

Ich nahm einen Schluck Kaffee - einen doppelten Shot in the Dark, genau das, was ich jetzt brauchte. Zwei Schuss Espresso in dem ohnehin schon kräftigen Gebräu aus dem Diner reichten aus, um mich aus meinem benebelten Zustand zu holen. Amelia saß mir gegenüber, einen Ellbogen auf den Tisch gestützt, und blätterte die Speisekarte durch. Sie trug eines meiner T-Shirts und ein paar Jeans, die sie in einem Kaufhaus in der Nähe des Hotels gekauft hatte. Sie hatte ein blaues Auge und sah müde und mürrisch aus, aber sie war so verdammt schön, dass es mir den Atem raubte. Ich nahm noch einen Schluck Kaffee; die bittere Note des heißen Getränks beruhigte mich.

Die Sonne glitzerte in ihrem bernsteinfarbenen Haar und verlieh ihm goldene Sprenkel. Die letzte Nacht war, nun ja, vielleicht die härteste Nacht meines Lebens gewesen. Ich wollte Amelia - so sehr, dass ich den Schmerz nicht stillen konnte. Sie war gerade betrunken genug gewesen, um meine Grenzen auszutesten. Sie schien sich nicht daran zu erinnern, dass sie gestern Abend aus dem Badezimmer gekommen war, nachdem sie sich kurzerhand ihr Hochzeitskleid vom Leib gerissen hatte, und sich rittlings auf mich gesetzt hatte. Auf die Kissen gestützt, hatte ich die Zähne zusammengebissen und sie gerade noch zur Seite geschoben. Ich mochte sie wollen, wie ich noch nie jemanden gewollt hatte, aber ich würde sie nicht nehmen, wenn sie betrunken war und gerade ihren Verlobten verlassen hatte. Ich hatte nur Bruchstücke von dem, was passiert war, mitbekommen. Kurz gesagt, sie war mit Earl ausgegangen, hatte ihn nie geliebt und ich glaubte auch nicht, dass er sie liebte. Anscheinend hatte sie mich die ganze Zeit vermisst.

Selbst jetzt versuchte ich noch, das zu begreifen. Amelia war eine leidenschaftliche Frau. Sie machte keine halben Sachen und das galt auch, wenn sie wütend war. Sie hatte mich so komplett aus ihrem Leben gestrichen, dass es mir schwerfiel zu glauben, sie habe mich die ganze Zeit vermisst. Ich hatte sie vermisst, daran bestand kein Zweifel. Aber ich war auch sauer. Sieben Jahre lang war ich ausgeschlossen worden und nicht ein einziges Mal hatte sie mir die Chance gegeben, ihr zu erklären, dass mit Shannon absolut nichts gelaufen war. So sehr ich die Zeit dazwischen auch auslöschen wollte, ich konnte es nicht. Ich wusste nicht einmal, ob das, was ich fühlte, überhaupt noch echt und greifbar war. Vielleicht war es nur ein Nachgeschmack von etwas, das einmal gewesen war? Vielleicht musste ich einfach nur darüber hinwegkommen, ein für alle Mal.

Amelia klappte ihre Speisekarte zu und blickte zu mir hinüber, ihre cognacfarbenen Augen suchten mein Gesicht ab. Mein Herz krampfte sich so zusammen, dass es fast schmerzte. Amelia war ... nun, sie war keine einfache Frau. Nach außen hin war sie so stark, groß, langbeinig und kräftig, sie strahlte Selbstvertrauen und eine angeborene Kraft aus. Doch hinter dieser Stärke hatte sie auch eine weiche Seite.

Ach du Scheiße. Ich konnte sie nicht ansehen, ohne innerlich durchzudrehen. Noch schlimmer, ich hatte immer noch eine Erektion. Das war so ziemlich der Fall, seit ich sie gestern Abend vom Boden aufgehoben hatte. Eine mechanische Erleichterung unter der Dusche heute Morgen hatte nicht geholfen. Ich konnte nicht in ihrer Nähe sein und sie nicht wollen. Ich war vielleicht nicht mehr so voll wie damals, als ich regelmäßig neben ihr aufgewacht war, aber mein Schwanz stand auf Halbmast, und zwar seit ich sie in ihrem schlammigen Hochzeitskleid auf dem Boden gesehen hatte.

Ein weiterer Schluck Kaffee und ich merkte, dass mein Becher fast leer war. Ich sah der Kellnerin in die Augen und hielt ihn in die Luft. Sie nickte mir aus ein paar Tischen Entfernung zu. Ich warf einen Blick zurück zu Amelia und beschloss, dass ich mir besser überlegen sollte, wie ich mit ihr reden wollte. Egal, was mit uns passierte, ich würde zurück nach Willow Brook ziehen, um dort zu bleiben, und es wäre das Beste für uns beide, wenn wir unseren Frieden miteinander finden könnten.

„Also ..."

Ich starrte zu ihr hinüber. Ich hatte vor, mit etwas Unverblümtem zu beginnen, vielleicht sogar mit etwas Hartem. Aber mein Blick landete auf der violetten, rötlichen Haut um ihr Auge und sah den Schmerz in den Tiefen ihrer Pupille flackern, und ich konnte es einfach nicht. Die Strömungen der Bitterkeit trieben mich nicht weiter als an einen gewissen Punkt. Sie war Amelia, die einzige Frau, die jemals an mich herangekommen war. Egal wie sehr es mich verletzte, dass sie mir nie eine Chance gegeben hatte, mich zu erklären –

ich hatte sie damals so abgöttisch geliebt. Das Echo dieser Liebe - in all ihrer wilden, verworrenen Pracht - hallte noch immer in mir nach. Ich wusste auch ganz genau, warum sie so wütend auf mich gewesen war.

Verdammt, ich hätte fast den Verstand verloren, als ich hörte, dass sie verlobt war. Ich konnte nicht einmal den Gedanken ertragen, dass sie mit jemand anderem als mir zusammen sein könnte. Tausende von Kilometern zwischen uns und ich konnte nicht anders damit umgehen, als alles von mir wegzuschieben.

Nachdem Amelia mich fast augenblicklich aus ihrem Leben ausgeschlossen hatte, hatte ich eine Woche lang vergeblich versucht, mit ihr zu reden. Ich konnte genauso stur sein wie sie, und als mein Flug anstand, ließ ich Willow Brook stinksauer und völlig verbittert zurück. Die Tatsache, dass ich in der Lage war, ein sehr anspruchsvolles Ausbildungsjahr zu absolvieren und in einem Job zu bleiben, in dem ich oft so hart arbeitete, dass ich kaum denken konnte, half mir, Amelia zu vergessen. Oder mir einzureden, dass ich sie vergessen hatte.

Ich kam nicht umhin, mich zu fragen, ob es mein größter Fehler gewesen war, Willow Brook tatsächlich zu verlassen. Zeit und Abstand hatten es mir ermöglicht, die Geister der Lügen, die Shannon um uns gesponnen hatte, nicht wieder aufleben zu lassen. Verdammt, wäre ich noch geblieben, hätte Amelia irgendwann mit mir reden müssen. Aber ich hatte die letzten sieben Jahre damit verbracht, überall in der Wildnis ein- und auszufliegen. Wo immer ein Brand am schlimmsten wütete, war ich mit meinem Team zur Stelle.

Aber jetzt war ich wieder in Alaska, und zwar für immer. Amelia saß vor mir, und ich hatte ihre Wirkung auf mich völlig unterschätzt. Abgesehen von der Tatsache, dass sie mit ihrer Größe, ihrer Stärke und ihrer mutigen Haltung jeden Mann einschüchtern konnte, hielt sie mein Herz in ihren Händen, wie sie es schon immer getan hatte.

„Ich nehme nicht an, dass du hier irgendwo ein Auto hast?", fragte ich.

Amelias Wangen wurden rot, als sie den Kopf schüttelte. „Nein. Meine Mutter hat mich hierhergefahren, weil, na ja, weil wir heute eigentlich nach Hawaii fliegen wollten."

Ja, natürlich. Sie hatte eine Hochzeitsreise geplant. Allein die Vorstellung, wie Amelia mit jemand anderem als mir in die Flitterwochen fuhr, brachte mich dazu, jemanden gegen eine Wand schlagen zu wollen, aber ich atmete tief durch und riss mich zusammen.

„Richtig. Soll ich dich irgendwo absetzen? Musst du jemanden anrufen?"

Das Rot in ihren Wangen wurde dunkler. „Ich habe mein Handy weggeworfen. Ich weiß, das ist komisch, aber könntest du mich einfach nach Willow Brook fahren und mich bei meinem Bruder außerhalb der Stadt absetzen?"

Sie wollte, dass ich sie fuhr? Großer Gott. Ich wusste *nicht*, ob ich das tun konnte.

Kapitel Fünf

AMELIA

Ich rieb den Saum von Cades T-Shirt zwischen meinen Fingern. Sein Duft umgab mich und warf mich mit voller Wucht zurück in den Tumult der Gefühle, die ich für ihn hatte. Mein Blick kippte in seine Richtung. Sein Truck war, nun ja, genau das, was ich von ihm erwartet hätte. Ein schwarzer Kleintransporter, der mit allen erdenklichen Hightech-Features ausgestattet war, aber trotzdem abgenutzt und verschlissen. Er brauchte keinen wendigen, vierrädrigen Pickup, mit man er eine Show abziehen konnte. Cade war ein Mann, der seine Fahrzeuge wirklich benutzte. Er war kein Alphamännchen von der Stange - er war so robust, verführerisch und alphamäßig, wie ein Mann es nur sein konnte.

In den sieben Jahren, seit ich ihn gesehen hatte, war er von jung, rau und wild zu einem echten Mann geworden - roh, kantig und so verdammt sexy, dass ich fast in Flammen stand. Um ihn herum wehte ein Hauch von Abenteuer, und er war hart im Nehmen. Ich konnte mir das Leben, das er geführt hatte, nur vorstellen. Sieben lange Jahre hatte ich versucht, jeden

Gedanken an ihn weit von mir zu schieben. Allerdings war mir nichts anderes gelungen, als wegzuhören, wenn jemand über ihn sprach. In einer kleinen Stadt wie Willow Brook war das keine zu verachtende Leistung.

Willow Brook lag etwa fünfundvierzig Minuten außerhalb von Anchorage, und in der Ferne ragte der Denali, der höchste Berg Nordamerikas.. Durch die Nähe zu Anchorage und dem Denali National Park war Willow Brook ein Anziehungspunkt für Touristenscharen, die nach Alaska strömten, sobald die brutale Kälte von den Frühlingswinden weggeblasen wurde. Daher bot Willow Brook den Touristen eine bunte Mischung aus Restaurants und Geschäften.

Ich überlegte, wie ich erklären sollte, was mit meiner Hochzeit passiert war, schob diese Sorgen aber schnell wieder beiseite. Leider hatte ich außer der Wahrheit nicht viel zu sagen. Die dringendere Sorge war, was ich mit Cade machen sollte. Es hatte mir sehr gutgetan, jeden Klatsch und Tratsch über ihn zu verdrängen. Alles, was ich wusste, war, dass er wie geplant nach Kalifornien gegangen war, um seine Ausbildung zum Feuerwehrmann abzuschließen und auch dort in der Mannschaft geblieben war. Mehr hatte er nicht erzählt, seit er mich gestern Abend vom Boden aufgesammelt hatte.

Ein Gefühlsausbruch stieg in meiner Brust auf. Verdammt noch mal. Ich fühlte mich wie ein Idiot. Ich hatte gestern Abend unter der Dusche geweint, nachdem Cade mich kurzerhand von seinem Schoß gestoßen hatte. Ich war betrunken gewesen, aber ich konnte mein dummes Verhalten nicht vergessen. Abgesehen von unserem ersten Kuss, der auf seine Initiative hin passierte, verdammt noch mal - hatte er sich zurückgezogen. Fragen schossen mir durch den

Kopf. Ich wollte unbedingt mehr wissen. Sei's drum. Ich konnte genauso gut fragen. Ich hatte nichts zu verlieren.

Ich warf einen Blick in seine Richtung, Hitze brodelte in meinem Bauch. Sein Profil hob sich deutlich von dem strahlend blauen Himmel außerhalb des Fahrerfensters ab - kräftige Wangenknochen und eine Nase mit einer leichten Vertiefung. Ich erinnerte mich an den Nachmittag, an dem er sich die Nase gebrochen hatte. Er war mit seinem Freund John Mountainbiken gewesen und gestürzt, als sein Vorderreifen gegen einen Felsen prallte. Allein bei dem Gedanken daran krampfte sich mein Herz zusammen. Ich wusste so ziemlich alles über ihn. Schon bevor wir uns in der High School beschnupperten und dann miteinander ausgingen, war er ein Teil meines Lebens gewesen. Seine Familie lebte in der Nähe. Bis zum heutigen Tag stand seine Mutter Georgia meiner Mutter nahe. Das hatte es nicht gerade einfach gemacht, alle Neuigkeiten über ihn auszublenden, aber irgendwie war es mir gelungen.

Mein Blick fiel auf Cades Hand, die er locker über das Lenkrad gelegt hatte. Stark, mit einer Narbe, die sich in einer anmutigen Kurve über die Daumenwurzel schlängelte, erinnerte ich mich an das Gefühl seiner Hand auf mir, als ich in der Nacht aufgewacht war. Dann riss ich meinen Blick von ihm los und schluckte. Diese Situation war alles andere als praktisch. Großer Gott. Ich hätte es nicht für möglich gehalten, aber ich wollte Cade mehr denn je. Nur einen Tag, nachdem ich mit Earl Schluss gemacht hatte, kurz bevor wir gemeinsam vor den Altar getreten wären, schwelgte ich in Gefühlen für meinen Ex. Noch dazu der Ex, der mich betrogen hatte.

Ein paar Jahre lang hatte ich mich daran gewöhnen

müssen, Shannon in der Nähe von Willow Brook anzutreffen, aber inzwischen war sie nach Anchorage gezogen, was mich sehr erleichtert hatte. Es war schlimm genug, mit Cades Verrat fertigwerden zu müssen, aber er war auch zum Glück verschwunden. Shannon hingegen zu sehen, war wie ein Glassplitter in einer Wunde. Noch schlimmer war, dass wir auch denselben Freundeskreis besessen hatten. Die Narben saßen tief und bis zum heutigen Tag hegte ich einen dumpfen Groll gegenüber den Freunden, die erklärt hatten, sie könnten nicht Partei ergreifen.

Ich schüttelte mich mental und lenkte meine Aufmerksamkeit wieder zurück ins Jetzt. Cade war hier und er hatte mich letzte Nacht besinnungslos geküsst. Ich war noch nie ein Feigling gewesen und würde auch jetzt nicht damit anfangen. „Wie lange wirst du in Willow Brook bleiben?", fragte ich.

Cade blickte in meine Richtung, als seine grünen Augen auf meine trafen, wurde mir flau im Magen. „Ich komme ganz zurück."

Ich fühlte mich, als würde ich fallen, mein Magen drehte sich jetzt komplett um und mein Herz schlug so schnell, dass ich kaum mehr Luft bekam.

„Was?", brachte ich schließlich heraus, meine Stimme klang heiser.

Cade hatte den Blick wieder auf die Autobahn gerichtet, doch seine Augen huschten schnell zu mir und dann wieder zur Straße.

Tränen drückten auf die Rückseite meiner Augen, und meine Brust schnürte sich zusammen. Mein Herz fühlte sich an, als hätte man eine Kerbe hineingeritzt, der Schmerz war stechend und scharf. Ich hatte meinen Schmerz so gut hinter Mauern aus Wut versteckt, dass ich überrascht war, wie heftig er mich jetzt heimsuchte. Dass Cade nicht viel mehr als ein

Geist in meinem Leben war, hatte es mir ermöglicht, die Mauern intakt zu halten. Die Überraschung, ihn zu sehen, hatte sie in Schutt und Asche gelegt, und jetzt kämpfte ich mich durch die Trümmer und fragte mich, wie ich mich wieder aufraffen sollte. Er wollte zurückkommen? Damit konnte ich absolut *nicht* umgehen.

Ich starrte blind aus dem Fenster und vergaß völlig, dass ich versucht hatte, ein Gespräch mit ihm zu beginnen. Der Morgen war anstrengend genug gewesen, aber ich hatte auch noch andere Dinge zu tun gehabt, wie mich anzuziehen und mein schlammiges Hochzeitskleid in eine Tasche zu stopfen, die mir die Rezeptionistin des Hotels höflich angeboten hatte. Jetzt sah ich die Landschaft an mir vorüberziehen. Es war Hochsommer in Alaska, und die Lupinenfelder wogten lila im Wind. Im Rückspiegel ragte der Denali in den Himmel, Seen und Felsvorsprünge zogen sich an beiden Seiten des Highways entlang Richtung Willow Brook.

Cade näherte sich einer Gabelung, an der ein anderer Highway sich mit unserem kreuzte. Ich spürte, wie er in meine Richtung sah, und das Gefühl seines durchdringenden Blickes brannte mir praktisch ein Loch in den Hinterkopf. Ich kämpfte gegen meine Tränen an, konnte mich aber nicht dazu durchringen, seinen Blick zu erwidern, also schwieg ich und starrte weiter auf die durch meine Tränen getrübte Landschaft hinaus.

„Amelia?"

Ich schluckte, versuchte, die Enge aus meiner Kehle zu vertreiben, aber ich konnte nicht antworten. Er bog auf den kleineren Highway ab, der nach Willow Brook führte, und hielt sofort an einem Aussichtspunkt am Rande des Highways an.

Verwirrt blickte ich über meine Schulter. „Was machst du denn?"

Er stellte den Motor ab und sah zu mir hinüber. „Wir können die Dinge genauso gut jetzt klären. Ich meine, ich bin zurück. Und ich werde bleiben. Wir müssen es aushalten können, uns zu sehen. Meinst du nicht?"

Mein Herz fühlte sich an, als könnte es eine Rippe brechen, so stark klopfte es. *Reiß dich zusammen. Das sollte keine so große Sache sein. Dachtest du, Cade würde für immer wegbleiben, nur weil es für dich einfacher war?* Eigentlich hatte ich mir nicht einmal erlaubt, darüber nachzudenken. Es tat zu sehr weh.

Ich schnappte nach Luft, starrte ihn an und versuchte, mich in meinem Kopf zurechtzufinden. Ich fühlte mich aus dem Gleichgewicht gebracht und in einer Flut von Gefühlen gefangen, die ich jahrelang unterdrückt hatte.

Cade starrte mich an, sein Blick war direkt und unbeirrt. Ich war innerlich so durcheinander, dass ich auf das zurückgriff, was mich durch unsere Trennung gebracht hatte - die Angst.

„Es gibt nichts zu besprechen", sagte ich und erschrak fast über meinen zickigen Ton.

Er hob eine Augenbraue und lehnte sich in seinem Sitz zurück, ohne auch nur einmal den Blick abzuwenden. Ich hätte mich nicht schlechter fühlen können, selbst wenn ich es versucht hätte. Ich hatte ein blaues Auge, trug nicht einmal meine eigenen Sachen und war Cade im denkbar ungünstigsten Moment über den Weg gelaufen. Ganz im Ernst. Ich hätte mich ernsthaft bemühen müssen, um einen schlechteren Zeitpunkt zu erwischen.

„Da du immer noch sauer auf mich bist, nehme ich an, dass du dir nie die Mühe gemacht hast, herauszufinden, dass zwischen Shannon und mir gar nichts passiert ist. Vielleicht willst du nicht darüber reden, aber du hast mich gebeten, dass ich dich mitnehme, also denke ich, du schuldest mit zumindest eine Chance, die Sache zu klären."

Ich hatte das Gefühl, wieder zu fallen, durch die Luft zu sausen, während der Boden auf mich zuraste. „Was?"

„Genau das, was ich gesagt habe. Weißt du, du scheinst zu glauben, dass du ein Monopol darauf hast, sauer sein zu dürfen. Ich hatte nie etwas mit Shannon. Ich ..."

Ich wollte ihm ins Wort fallen, aber sein Blick war so finster, dass ich meinen Mund zukniff.

„Hast du jemals versucht, herauszufinden, was für einen Mist Shannon gebaut hat?", fuhr er kopfschüttelnd fort. „Ich weiß nicht, was sie vorhatte, aber sie hat eine Menge Scheiße angerichtet. Du warst genauso schockiert wie ich, als sie auftauchte. Du bist nicht dageblieben, um zu sehen, wie ich sie weggeschubst habe, oder um dir den Scheiß anzuhören, den sie von sich gegeben hat. Ich. Habe. Nie. Etwas. Getan. Während du also damit beschäftigt warst, zu denken, dass ich dich verarscht habe, musste ich mich fragen, warum du dir nie die Mühe gemacht hast, herauszufinden, dass es vielleicht nicht so war, wie du dachtest", sagte er in einem dunklen und von Schmerz verzogenen Tonfall.

Schließlich löste er seinen Blick von mir und sah durch die Windschutzscheibe hinaus. Ich saß fassungslos da, in meinem Kopf drehte sich alles und mein Magen kribbelte.

„Du meinst ...?"

Er drehte sich zu mir um und fixierte mich mit seinem Blick. „Genau das meine ich. Du hast mich so schnell kaltgestellt, dass ich keine Chance hatte, es zu erklären. Ich gebe zu, ich war völlig fertig, nachdem du einfach abgehauen bist und mich dann eine ganze Woche lang ignoriert hast. Ich habe es vermieden, mit dir darüber zu reden, weil ich nicht wusste, ob ich jemals wieder nach Hause kommen würde. Als ich anfing, darüber nachzudenken, erzählte mir meine Mutter, dass du mit Earl zusammen bist. Also ...?" Er zuckte mit den Schultern und wandte wieder seinen Blick ab.

Ich konnte es kaum fassen. Ich hatte mich so lange an seinen vermeintlichen Verrat geklammert, dass ich nicht wusste, was ich jetzt denken sollte. Also platzte ich mit dem ersten heraus, was mir in den Sinn kam. „Du meinst, es ist nichts mit Shannon passiert?"

Sein grüner Blick wanderte wieder in meine Richtung und mir wurde wieder flau im Magen. Lieber Gott. Ich war auf allen möglichen Ebenen verloren. Meine Gefühle wirbelten durcheinander wie ein Tornado.

„Cade, ich ...", stammelte ich stockend.

Seine Augen wurden ein kleines bisschen weicher.

„Ich weiß, was du gesehen hast, war schlimm, aber ich wusste nicht einmal, dass sie da war. Sie hat mich geweckt, als sie splitternackt ins Bett kletterte. Der ganze Morgen war völlig durcheinander. Du warst weg, ich wachte auf und auf einmal war da diese verdammte Shannon. Dann tauchst du auf und stürmst direkt wieder raus. Versteh mich nicht falsch, ich habe inzwischen verstanden warum, aber du hast mir keine Zeit gegeben, irgendetwas zu erklären. Als du eine ganze verdammte Woche lang nicht mit mir reden wolltest, sah ich rot und sagte, scheiß drauf. Ich brauchte drei verdammte Jahre, um auf den Gedanken zu kommen, dass ich vielleicht mit dir reden sollte. Zu der Zeit warst du aber mit jemandem zusammen. Die Zeit verging, und dann hörte ich, dass du mit Earl verlobt bist, also dachte ich, es sei das Beste, die Vergangenheit ruhen zu lassen."

Tränen standen mir in den Augen, meine Ohren dröhnten so laut, dass ich kaum etwas hören konnte. „Warum, warum sollte Shannon ...?"

Cade zuckte mit den Schultern. „Woher soll ich das wissen. Sie war doch deine Freundin." Er wollte noch etwas sagen, überlegte es sich dann aber anders und sah wieder aus dem Fenster.

Nachdem ich sieben Jahre lang an meiner Wut festgehalten hatte, fiel es mir schwer, loszulassen. Seltsamerweise zweifelte ich nicht an dem, was Cade sagte. Meine Wut, mein Schmerz und meine Frustration ballten sich in meinem Inneren und suchten sich ein anderes Ziel.

„Warum hast du dir nicht mehr Mühe gegeben, mit mir zu reden?", fragte ich, mein ganzer Körper kribbelte.

Die Stille, die sich zwischen uns legte, machte den kleinen Raum in seinem Truck drückend schwer. Schließlich antwortete er: „Amelia, wir haben es beide vermasselt. Du hattest jedes Recht, sauer zu sein, als du da reingekommen bist. Ich wusste, dass ich mit Shannons Annäherung nichts zu tun hatte, aber ich weiß, wie es aussah. Vielleicht hätten wir die Sache nicht so aufgebauscht, wenn ich nicht schon so bald hätte gehen müssen. Als ich mich beruhigt hatte, war mein Leben in Kalifornien und du warst hier. Ich wollte schon früher zurückkommen, aber dann habe ich gehört, dass du mit Earl zusammen bist und heiraten willst. Ich, äh ..." Er stockte und starrte wieder aus der Windschutzscheibe, sein Kehlkopf bewegte sich, als er schluckte.

„Als die Stelle frei wurde, dachte ich, ich komme nach Hause. Ich habe die Heimat vermisst, also bin ich hier.“

„Welcher Job?“, fragte ich und konzentrierte mich unsinnigerweise auf das eine Detail, das nicht wehtat.

Wieder starrte Cade mich mit diesem unergründlichen Blick an. „Ich habe den Vorarbeiterposten bei der Hotshot-Crew in Willow Brook angenommen.“

Ich nickte, aber ich wusste nicht, was ich als Nächstes sagen sollte. In meinem Inneren war alles durcheinander. Ein klitzekleiner Teil meines Herzens machte Luftsprünge. Ich hatte ihn schon verdammt lange vermisst. Zu hören, dass er nach Hause kam, war, als ginge nach vielen Jahren der Dunkelheit die Sonne wieder auf. Dabei hatte ich so hart daran gearbeitet, meine Gefühle für ihn in einen verschlossenen Schrank in einer Ecke meines Herzens zu schieben. Ich war es nicht gewohnt, mir zu erlauben, überhaupt an diese Gefühle zu denken, geschweige denn sie zu erleben.

„Hört sich so an, als wäre deine Hochzeit geplatzt?“, fragte er und riss mich aus meinen Gedanken.

Wir bewegten uns auf einem so emotionsgeladenen Terrain, dass ein linearer Weg kaum Sinn machte.

Ich nickte und fragte mich, wie viel ich ihm gestern Abend in meinem beschwipsten Zustand gesagt hatte.

„Ja. Ich, äh, habe es vermasselt. Ich hätte sowieso nie ja sagen sollen.“

„Warum hast du es dann getan?“

Früher hatte ich Cades direkte Art geliebt. In diesem Moment war sie brutal. Ich wollte ausweichen, aber ich konnte nicht. *Du bist kein Feigling, also fang nicht an, dich wie einer zu verhalten.* Die Sache war, dass Cade an mich herankam. Er war der einzige Mann, bei dem das je so gewesen war. Durch ihn fühlte ich mich verletzlich und aus dem Gleichgewicht gebracht. Verdammt noch mal, ich hatte mein eigenes Bauunternehmen, Kick A** Construction. Ich kämpfte gegen meine innere Unsicherheit an.

„Ich, äh ... Meine Antwort ist beschissen, aber so ist es nun mal. Ich dachte, es wäre die beste Gelegenheit, die ich bekommen würde."

Daraufhin flossen die Tränen, die ich unterdrückt hatte, ungehindert meine Wange hinunter. Ich musste von hier verschwinden. Ich fummelte am Türgriff herum und stolperte aus seinem Wagen.

Kapitel Sechs

CADE

„Du hast Amelia gesehen?"

Die Augen meiner Mutter waren groß, als sie mich von der anderen Seite des Küchentisches ansah. Georgia Masters war meine knallharte Mutter, die sich hinter einem höflichen, freundlichen Äußeren verbarg. Einzelne dunkelbraune Strähnen waren noch in ihrem silbernen Haar verblieben. Viele Jahre lang hatte sie es noch lang getragen, aber jetzt war es kurz, ihre Locken immer noch ein bisschen wild. Ich hatte meine grünen Augen von ihr, ebenso wie das widerspenstige braune Haar. Meine Mutter war die Stadtbibliothekarin - klug, freundlich und so nah am Puls der Stadt wie niemand sonst.

Ich nahm einen Schluck von dem Kaffee, den sie mir gemacht hatte, und nickte. „Jawohl."

Mama lehnte sich in ihrem Stuhl zurück. „Ihre Mutter ist krank vor Sorge. Amelia ist aus der Kirche gerannt, wirklich gerannt, und hat Earl zurückgelassen. Sarah sagt, sie hat seitdem nichts mehr von ihr gehört." Sie hielt inne, lehnte sich zurück und nahm ihr Telefon vom Küchentisch. „Ich rufe Sarah an. Wo ist Amelia jetzt?"

Ich überlegte, was ich sagen sollte. Ich wusste genau, wo ich Amelia abgesetzt hatte, aber ich wusste nicht, ob sie wollte, dass irgendwer ihren Aufenthaltsort kannte. Vielleicht kämpfte ich mit meinen Gefühlen ihr gegenüber, aber ich hatte ihr gegenüber einen Beschützerinstinkt. Aber sie hatte mich nicht darum gebeten, zu verheimlichen, wo sie war, also zuckte ich schließlich mit einer Schulter. „Mom, ich weiß nicht, ob sie will, dass es jemand weiß."

Mama kniff die Augen zusammen, ihre Lippen wurden schmal. „Was ist passiert?"

Ihre Frage überraschte mich nicht. Seit ich weggezogen war, hatte meine Mutter immer wieder betont, wie sehr sie es bedauerte, dass ich mich nicht mehr um Amelia bemüht hatte. Sie hatte erst damit aufgehört, als sie von ihrer Verlobung erfuhr. Ich dachte an die ungefähr vierundzwanzig Stunden, die ich mit Amelia verbracht hatte. Nachdem ich sie auf dem Bürgersteig in Anchorage geküsst hatte, war mein Kopf den Rest der Nacht voller Vorwürfe gewesen, weil ich meinem Verlangen so leicht erlegen war. Doch wir konnten unsere Vergangenheit nicht mehr ändern. Einst hatte sie mir die Welt bedeutet. Keine Frau kam auch nur annähernd an das heran, was sie für mich war. Nicht, dass ich irgendjemandem eine Chance gegeben hätte. Ich dachte nicht viel darüber nach, schätzte aber, dass es viele Frauen gab, die mich für kalt hielten. Ich mied Bindungen und machte das jeder Frau, die mir über den Weg lief, unmissverständlich klar. Wenn ich eine Nacht mit einer Frau verbrachte, endete sie, bevor ich einschlief. Tatsächlich war die Nacht mit Amelia seit sieben Jahren die erste gewesen, in der ich mir erlaubt hatte, mit einer Frau einzuschlafen.

Mein Herz krampfte sich zusammen. Mist. Diese ganze Sache war viel schwieriger, als ich sie mir vorgestellt hatte. Ich hatte damit gerechnet, wieder nach Willow Brook zu ziehen und zu lernen, damit zu leben, dass Amelia mit einem anderen verheiratet war. Ich hatte nicht damit gerechnet, wie es sich anfühlen würde, sie zu sehen, und schon gar nicht damit, dass sie Single sein würde. Gestern Nachmittag hatte sie angefangen zu weinen und war fluchtartig aus meinem Truck gerannt, und sie so zu sehen, hätte mich fast umgebracht. Obwohl ich wusste, dass sie wahrscheinlich in Ruhe gelassen werden wollte, folgte ich ihr aus dem Wagen zu den Bänken, die am Geländer des Aussichtspunkts an der Autobahn standen.

Vor einem herrlichen Blick auf den Denali in der Ferne und einem Fluss, der sein glitzerndes Band durch ein Feld entlang des Highways schlängelte, hatte ich mich neben sie gesetzt und gewartet. Es hatte mich viel Disziplin gekostet, sie nicht in meine Arme zu schließen, aber es war mir gelungen. Schließlich wischte sie sich mit dem Rand meines T-Shirts - das sie trug - ihr Gesicht ab und sah zu mir hinüber. Ohne ein Wort zu sagen, stand sie auf, schloss die Augen und nickte. „Ich denke, wir sollten gehen.“

Ich hatte so viele Dinge zu sagen, aber nichts davon schien mir richtig. Ich hasste es, verdammt noch mal, zu hören, dass sie dachte, Earl zu heiraten sei das Beste, was sie bekommen konnte. Sie hatte keine Ahnung - keine verdammte Ahnung - was ich alles dafür gegeben hätte, die Dinge zwischen uns wieder ins Reine zu bringen. Ich hatte eine Ahnung, warum sie so dachte. Ich wusste, dass viele Jungs sie heiß fanden. Zum Teufel, ich war mit den meisten von ihnen auf der High School gewesen. Dennoch war sie groß, temperamentvoll und verdammt einschüchternd.

Wenn man bedachte, dass sie mit ihren eins achtzig den meisten Männern Auge in Auge gegenüberstand und sich fast überall behaupten konnte, dann war das nicht unbedingt einfach. Auch mich hatte sie eingeschüchtert, aber ich wollte sie so sehr, dass ich mich von nichts abhalten ließ.

Die Kehrseite ihrer leidenschaftlichen, zügellosen Art: wenn sie wütend wurde, wurde sie richtig wütend. So wie sie ihr Telefon weggeworfen hatte, nachdem sie aus der Kirche gestürmt war, ging sie in den Tagen und Wochen, nachdem sie mir den Rücken gekehrt hatte, nicht ein einziges Mal ans Telefon, wenn ich sie anrief. Um ehrlich zu sein, war ich so sauer und verletzt, dass ich es nur ein paar Mal versucht hatte, nachdem ich weggezogen war, und sei es nur, um ihr die Meinung zu sagen. Gestern hatte ich sie angesehen und mir die Worte verkneifen müssen. Ich brauchte Zeit, um mich zu beruhigen, bevor ich noch mehr sagte, was ich später vielleicht bereuen würde. Also war ich den Rest des Weges nach Willow Brook gefahren und hatte sie beim Haus ihres Bruders am Stadtrand abgesetzt. Dort gab es kein Telefon, aber sie hatte darauf bestanden, dass sie in Ruhe gelassen werden wollte, also war ich weggefahren. Und ich hatte ihr nicht versprochen, ihren Aufenthaltsort geheim zu halten.

Meine Mutter räusperte sich, und ich blickte auf.

„Bekomme ich eine Antwort?", fragte sie.

Ich nahm einen weiteren Schluck Kaffee und überlegte, was ich sagen sollte. Nach einem Moment fuhr ich mir seufzend mit einer Hand durch die Haare. „Mama, es ist gar nichts passiert."

Georgia hob eine Augenbraue. „Ich bin nicht dumm, Cade. Ich sehe an deinem Gesichtsausdruck, dass etwas passiert ist. Bitte sag mir, dass ihr beide zur

Vernunft gekommen seid und festgestellt habt, dass ihr zusammengehört."

„Mama, es ist sieben Jahre her. Amelia hat erst gestern ihren Verlobten verlassen. Du kannst doch nicht ernsthaft glauben, dass ich wie aus dem Nichts hier auftauche und alles so schnell wieder in Ordnung kommt. Ich weiß nicht mal ..."

„Fang gar nicht erst an", schnauzte sie. „Ihr beide seid nie übereinander hinweggekommen. Meine Güte, Amelia war so entschlossen, nicht über dich zu sprechen, dass sie den Raum verließ, wenn ich bei ihrer Mutter auch nur deinen Namen erwähnte. Und du? Du bist sechs Jahre länger als geplant in Kalifornien geblieben, nur um dieses Mädchen nicht zu sehen."

Die Worte meiner Mutter waren wie ein Tritt in die Magengrube - ein ekelhaft harter Tritt. Sie hatte zwar recht, aber ich dachte nicht gerne darüber nach. Es tat weh, zu hören, wie sehr sich Amelia bemühte, die Wahrheit über das, was mit Shannon nie passiert war, nicht zu hören. Sie war genauso stur wie ich. Wenn nicht sogar noch sturer.

Meine Mutter schnaubte, stand auf und schnappte sich meinen leeren Kaffeebecher. Sie stapfte geräuschvoll zum Tresen und füllte ihn nach, bevor sie zurückkam. Sie schwieg einen Augenblick lang, dann sah sie wieder zu mir hinüber. „Kannst du Sarah wenigstens sagen, dass du Amelia gesehen hast und dass es ihr gut geht?", fragte sie.

„Ja. Wenn sie sich Sorgen macht, sag ihr bitte, dass ich Amelia bei Quinns Hütte abgesetzt habe. Ich denke, Amelia möchte ein wenig Ruhe und Frieden, bevor sie sich dafür verantworten muss, dass sie kurz vor ihrer Hochzeit abgehauen ist. Sie hat mich nicht darum gebeten, geheim zu halten, wo sie ist, also denke ich, ihre Mutter sollte es wissen."

Meine Mutter musterte mich einen langen Moment lang. Nicht zum ersten Mal wünschte ich mir, sie wäre nicht so verdammt scharfsinnig. Ich konnte spüren, wie sie versuchte, mich zu lesen. Mein Herz und mein Verstand waren ein einziges riesiges Durcheinander, und ich wollte auf keinen Fall versuchen, mit meiner Mutter den Sinn des Ganzen zu ergründen. Ich liebte sie über alles, und ich wusste, dass ich mich glücklich schätzen konnte, sie zu haben, aber ein bisschen Privatsphäre würde jetzt nicht schaden.

„Mom, starr mich nicht so an, okay?"

Sie setzte ein wissendes Lächeln auf. „Du fühlst dich nur unwohl, weil ich dich so gut kenne. Vielleicht willst du nicht reden, aber dann werde ich es eben tun. Ich habe es schon einmal gesagt und ich sage es wieder: Wir dürfen nicht zulassen, dass schlechte Gefühle uns von den Menschen fernhalten, die wir lieben. Shannon hat einen Keil zwischen euch getrieben und euch beiden ganz schön in die Suppe gespuckt. Aber lass nicht zu, dass ihre Handlungen deine Zukunft diktieren. Du hast endlich die Chance, mit der einzigen Frau, die du je geliebt hast, ins Reine zu kommen. Tu es."

Daraufhin nahm sie einen langsamen Schluck Kaffee, griff zu ihrem Telefon, stand auf und ließ mich allein am Tisch sitzen.

„Sarah, ich bin's. Ich habe gerade mit Cade gesprochen und ob du es glaubst oder nicht, er hat Amelia gestern gesehen ..."

Die Worte meiner Mutter verklangen, als sie den Flur hinunterging. Ich trank noch einen Schluck Kaffee und starrte aus dem Fenster. Das Haus meiner Eltern lag ein paar Meilen vom Stadtzentrum von Willow Brook entfernt. Sie besaßen ein großes Blockhaus, eingebettet in ein Pappelwäldchen. In dieser

Gegend Alaskas gab es außer Feldern auch schon einige Felsformationen, da sie sich in den entfernten Ausläufern des Denali befand, dem berühmten Herzstück der Alaska Range. Der Pappelwald öffnete sich zu einem grasbewachsenen Feld, durch das ein Fluss verlief. Ich hatte diesen Anblick vermisst, jeden Tag, an dem ich fort gewesen war.

Aber ich hatte ihn nicht so sehr vermisst wie Amelia.

Kapitel Sieben

AMELIA

Ich beobachtete den Elch, der zwischen dem ramponierten Truck meines Bruders und mir stand. Dieser Elch, ein schlaksiges Jährlingsweibchen, starrte mich an. Sein braunes Fell sah weich aus, seine dunklen Augen waren groß und neugierig. Der Elch sah so entspannt aus, dass ich versucht gewesen wäre, weiterzugehen und direkt an ihm vorbeizukommen, aber ich wusste es besser. Elche sind kurzsichtig. Aller Wahrscheinlichkeit nach sah ich auf diese Entfernung wie ein verschwommener Schatten aus. Wenn ich Glück hatte, würde der Elch in die entgegengesetzte Richtung davonlaufen, falls ich ihm zu nahekam, aber dafür gab es keine Garantie. In Alaska wurden jedes Jahr mehr Menschen von Elchen verletzt als von Bären. Elche sind keine Raubtiere, aber sie erschrecken leicht. Man wusste nie, ob sie davonlaufen oder auf einen zustürmen würden, also war es am besten, ihnen aus dem Weg zu gehen.

Ich lehnte mich an das Terrassengeländer und wartete. Ein Eichhörnchen spähte von seinem Sitzplatz auf dem Geländer ein paar Meter entfernt zu mir herüber. Ich hatte heute Morgen Sonnenblumenkerne auf den Boden gestreut. Der Blick des Eichhörnchens wanderte von mir auf den Boden, bevor es in lautes Geplapper ausbrach und auf den Boden sprang. Das Geschnatter erschreckte den jungen Elch, und er joggte in die Bäume.

Ich ließ mir noch ein paar Minuten Zeit, bevor ich von der Veranda trat und zu Quinns Wagen ging. Mein älterer Bruder war einer meiner Lieblingsmenschen. Ich dachte mir, er wäre sicher besorgt um mich, wenn ich hier auftauchte, aber er würde mir trotzdem den Freiraum geben, den ich brauchte. Seine Hütte lag etwa eine halbe Stunde außerhalb von Willow Brook. Er hatte sie vor etwa einem Jahr gekauft. Er hatte nicht die Absicht, hier fest zu wohnen, aber er wollte in der Nähe übernachten können, wenn er mit seiner Frau Lacey zu Besuch war. Erst vor ein paar Monaten hatte Lacey ihre erste Tochter zur Welt gebracht. Sie hatten sie nach unserer Mutter benannt, Sarah. Ich liebte Quinn und war überglücklich, als er endlich zur Vernunft kam und zugab, dass er Lacey liebte.

Ich kam nicht umhin, mich zu fragen, ob Sarahs Geburt der Auslöser gewesen war, der mich aus meinem Nebel gerissen hatte, was Earl anging. Ich war nach Diamond Creek gefahren, wo Quinn und Lacey lebten, um die kleine Sarah zu sehen. Am nächsten Tag war ich mit der Frage abgereist, ob ich jemals das Glück haben würde, etwas Ähnliches zu finden, was die beiden miteinander hatten. Quinn vergötterte Lacey - die eigenwillige, eigensinnige, wilde Lacey. Ich wünschte mir jemanden, der mich genauso liebte.

Es war nicht so, dass zwischen Earl und mir nicht viel Leidenschaft herrschte. Darüber war ich mich durchaus im Klaren. Ich hatte Cade nicht angelogen, als ich sagte, dass ich Earl für meine beste Chance hielt. Denn danach hatte es verdammt nochmal ausgesehen. Aber weniger als vierundzwanzig Stunden mit Cade waren eine brutal schmerzhafte Erinnerung an das, was ich einmal gehabt hatte.

Ich kletterte in den alten Truck, den Quinn hier geparkt hatte. Mehrere Versuche, den Motor zum Laufen zu bringen, schlugen fehl. Seufzend lehnte ich meinen Kopf gegen den Sitz. Ich hatte nicht klar denken können, als ich Cade gestern gebeten hatte, mich hier abzusetzen. Ich wusste nur, dass ich von ihm wegmusste, bevor ich noch etwas Dummes tat oder sagte. Ich war auch nicht bereit gewesen, irgendwem aus Willow Brook gegenüberzutreten. Doch jetzt war ich hier, ohne Telefon und ohne die Möglichkeit, irgendwohin zu gehen. Quinn und Lacey hatten jede Menge Essen im Haus, aber ich hatte schnell festgestellt, dass es nicht gerade hilfreich war, mit meinen Gedanken allein zu sein und so gut wie nichts zu haben, was mich ablenkte. Überhaupt nicht hilfreich.

Letzte Nacht hatte ich unruhig geschlafen, meine Träume waren eine chaotische Mischung aus Wut und Erregung gewesen. Mitten in einem heißen Traum war ich aufgewacht – so heiß, dass ich jetzt noch errötete, wenn ich daran dachte. Natürlich war der einzige Mann, von dem ich je so geträumt hatte, Cade. Schlimmer noch, der Traum war lebendiger als alle anderen gewesen, die mich in den letzten Jahren heimgesucht hatten, weil wir uns begegnet waren. Er war von einem Geist aus meiner Vergangenheit zu einer lebendigen, atmenden, rohen Manifestation von Männlichkeit im Hier und Jetzt geworden.

Mit einem gemurmelten Fluch sprang ich wieder aus dem Wagen, nur um festzustellen, dass der neugierige Jährling zurückgekehrt war und an den Büschen neben der Veranda knabberte. Ich stemmte meine

Hände in die Hüften und seufzte. „Verdammt! Elch, geh und such dir woanders was zu essen", rief ich.

Der Jährling hielt inne, sein Ohr zuckte kurz in meine Richtung, bevor er weiterfraß. Ein weiteres Eichhörnchen flitzte über dem Steinweg, der zur Hütte führte, an mir vorbei, rannte zu den Sonnenblumenkernen und direkt unter die Füße des Jährlings. Ich schaute zu der Hütte hinauf. Es war ein niedliches kleines Haus mit zwei Stockwerken und einem schrägen Dach, damit der Schnee im Winter abrutschen konnte. Quinn hatte mich letztes Jahr beauftragt, das Dach zu erneuern, und ich hatte hübsche blaue Stahlschindeln angebracht.

Ich blickte auf meine Klamotten hinunter. Ich trug immer noch Cades T-Shirt und die Jeans, die ich gestern Morgen in dem Kaufhaus neben dem Hotel erstanden hatte. Seufzend drehte ich mich um und lehnte mich gegen den Wagen. Der Elch kaute fröhlich an den Büschen herum, und wenn ich ihn nicht verjagen wollte, musste ich warten.

Ich wünschte, ich wäre nicht so dumm gewesen, mein Handy wegzuwerfen, und, noch schlimmer, so dumm, darauf zu bestehen, dass Cade mich hier absetzte. Ich suchte die kleine Lichtung vor der Hütte ab, und mein Blick fiel auf den Holzstapel mit der Axt, die in einem großen Stumpf steckte. Er war ein gutes Stück von dem Elch entfernt. Nun gut. Ich würde etwas Holz hacken. Das war das Mindeste, was ich für Quinn und Lacey tun konnte, die mich beherbergten, obwohl sie nicht einmal wussten, dass ich hier war.

Holz hacken war so befreiend. Jeder Schwung der Axt, jeder Schlag, wenn sie auf das Holz traf, linderte die Anspannung in meinem Kopf. Ich muss eine gute halbe Stunde damit beschäftigt gewesen sein, als ich das leise Brummen eines Motors hörte, der die gewundene Einfahrt hinaufratterte. Ich hatte es endlich geschafft, meine Gedanken von Cade abzulenken, aber sie kehrten sofort zu ihm zurück. Niemand sonst wusste, dass ich hier war.

Mein Puls raste und mein Bauch schlug Purzelbäume, als ich über meine Schulter sah, wie sein schwarzer Truck langsam zum Stehen kam. Dann zwang ich mich, meinen Blick abzuwenden, und schwang erneut die Axt.

Kapitel Acht

CADE

Ich durchquerte die Kiesauffahrt, meine Augen auf Amelia gerichtet. Sie hatte mein zu großes Hemd in der Taille verknotet und gewährte mir einen schönen Blick auf ihren üppigen Hintern, während sie sich nach vorne beugte, um das Holz, das sie gerade gehackt hatte, beiseite zuwerfen. Sie schwang die Axt erneut, spaltete effizient ein weiteres Scheit und machte sich sofort an das nächste. Als ich mich neben sie stellte, hörte sie auf und ließ die Axt auf den Boden fallen. Sie strich sich mit dem Ärmel über das Gesicht und sah zu mir herüber. Ihr Haar war offen und fiel ihr in honigbraunen Wellen um die Schultern. Ihr Gesicht war gerötet, ihr Blick unsicher.

Einfach so war ich auf einmal hart. Scheiße. Amelia machte mich verrückt. Ich wusste nicht einmal, warum ich hier war. Ich wusste nur, dass ich mir Sorgen machte, und, dass ihre Mutter herkommen würde, sobald sie herausfand, wo Amelia war. In dem Moment, als mir das klar wurde, rief ich meiner Mutter zu, ich käme später wieder, und machte mich auf den Weg.

Ich riss meine Augen von ihrem bernsteingoldenen Blick los, der mich immer so fesselte, und suchte den Hof ab. Ein Jährling stand an der Veranda und verwüstete dort die Büsche, und ein paar Eichhörnchen liefen emsig hin und her. Ich holte tief Luft und versuchte, mich zu beruhigen. Ein weiterer Atemzug, und ich fühlte mich imstande, sie wieder anzusehen.

Sie stand da, eine Hand an der Hüfte, und alles, was ich wollte, war, sie in meine Arme zu nehmen und mich in ihr zu verlieren. Ich erinnerte mich an die Bemerkungen meiner Mutter über uns und darüber, dass ich endlich die Chance bekäme, alles ins Reine zu bringen. Wenn es nur so einfach wäre.

Ich wischte diese Gedanken beiseite und sah Amelia an. „Ich dachte, ich schaue mal vorbei. Du hast mich nicht darum gebeten, niemandem zu sagen, wo du bist. Meine Mutter lag mir in den Ohren, ich solle wenigstens deiner Mutter sagen, dass es dir gut geht, also habe ich nachgegeben. Wenn ich meinen Mund hätte halten sollen, tut es mir leid. Ich dachte, du solltest das wissen."

Amelia nickte langsam. „Okay. Ich hatte nicht erwartet, dass du es niemandem sagst. Ich, äh, na ja, ich glaube, ich habe gemerkt, dass es nicht die beste Idee war, hier draußen zu sein, ganz allein und ohne Telefon. Quinns Truck springt nicht an", sagte sie und deutete auf einen alten Truck, der definitiv schon bessere Tage gesehen hatte.

Ich blickte zum Truck, dann wieder zu ihr. „Hätte ich auch nicht gedacht. Sieht aus, als hätte er fast das ganze Jahr hier gestanden", sagte ich mit einem Fingerzeig auf die Reifen, die schon in den Boden eingesunken waren.

„Vielleicht kannst du mir Starthilfe geben", sagte

Amelia, ihre Stimme klang ein ganz klein wenig flehend.

Ich war sofort enttäuscht. Nicht wegen ihrer Aussage, sondern wegen dem, was sie bedeutete. Wenn der Truck ansprang, würde sie von mir erwarten, dass ich sofort wieder ging. Ich konnte zwar nicht genau sagen, warum ich hier war, aber ich wollte ganz sicher nicht gleich wieder gehen. *Ja, und es wird toll aussehen, wenn du dich weigerst, mit dem Truck zu helfen. Also sei ein Mann und hilf ihr.*

Bevor ich es merkte, nickte ich. Da Reden bei uns keinen Sinn machte, ging ich einfach zurück zu meinem eigenen Truck. In kürzester Zeit hatte ich ihn vor dem alten Truck geparkt und schloss das Starthilfekabel an. Ein Versuch, dann noch einer, schließlich ein dritter. Nichts passierte. Amelia kletterte aus Quinns Wagen und starrte unter die Motorhaube.

„Bist du sicher, dass du sie richtig angeschlossen hast?", fragte sie und warf zuerst einen Blick auf die Batterie, dann zu mir.

Ich versuchte nicht einmal, mit den Augen zu rollen. „Im Ernst, Lia?" Ich wedelte mit meiner Hand über die Lücke zwischen den beiden Lastwagen. „Du kannst gerne nachsehen."

Amelias Augen weiteten sich, ihre Nasenflügel blähten sich auf. Mir wurde schlagartig klar, dass ich sie gerade mit dem alten Spitznamen angesprochen hatte. Die meiste Zeit nannte ich sie Amelia, wie alle anderen auch. Aber wenn wir allein waren, hatte ich sie manchmal Lia genannt. Ich fühlte mich, als hätte ich gerade einen Tritt in die Brust bekommen - so schmerzhaft war die Erinnerung.

Sie sagte kein Wort und riss ihren Blick schließlich von mir los, ihre Augen wanderten entlang der Überbrückungskabel von meiner Autobatterie zur anderen. „Natürlich hast du es richtig gemacht", sagte sie leise. Dann sah sie wieder auf, ihre Augen waren geschlossen. „Lass es uns noch einmal versuchen. Okay?"

Ein weiterer vergeblicher Versuch. Amelia kletterte aus Quinns altem Truck und löste das Starthilfekabel, wickelte es sorgfältig auf und gab es mir zurück. Meine Finger berührten ihre, als ich es nahm, und ein heißer Stromstoß durchfuhr mich. Ich legte das Kabel zurück in meinen Wagen und schloss die Motorhaube. Dann warf ich einen Blick über meine Schulter zur Hütte und kicherte.

„Ich hoffe, Quinn hat nicht zu sehr an den Büschen gehangen", bot ich an, während ich beobachtete, wie der Jährling einen weiteren Busch abknabberte.

Amelia folgte meinem Blick und lachte leise. „Lacey wird wahrscheinlich nicht allzu begeistert sein. Sie hat sie letzten Sommer gepflanzt."

„Lacey?"

Sie sah mich an, ihre Augen waren verwirrt. Nach einer Sekunde entspannte sich ihre Miene. „Ach ja. Du hast wahrscheinlich nicht mitbekommen, dass Quinn geheiratet hat. Nachdem er sein Medizinstudium und seine Auslandsaufenthalte beendet hatte, kam er zurück nach Hause. Er nahm eine Stelle in einer medizinischen Klinik in Diamond Creek an. Nun, es ist mehr als eine Stelle. Er übernimmt die ganze Klinik von dem Arzt, der dort in Rente geht. Ich weiß nicht, ob du Lacey je getroffen hast, aber sie waren jahrelang befreundet. Sie hat mit ihm immer diese Ausflüge ins Hinterland gemacht. Jedenfalls kamen sie endlich dahinter, dass sie perfekt füreinander sind. Quinn hat diese Hütte vor etwa einem Jahr gekauft, damit sie eine Bleibe haben, wenn sie Mom und mich besuchen kommen."

Mir fiel auf, dass ich eine Menge von dem Leben meiner Freunde und Familie in Willow Brook verpasst hatte. Das hatte mich keine Mühe gekostet; ein Dasein als rasender Feuerwehrmann ließ nicht viel Zeit für Besuche. Das Gefühl, ein riesiges Loch in meinem Verständnis von Amelia zu haben, belastete mich. Ich verdrängte mein Bedauern und sah zu ihr hinüber. „Freut mich für Quinn. Ich glaube, ich erinnere mich an Lacey. Sie war ein paarmal zu Besuch - eine eingefleischte Wanderin, stimmt's?"

Amelia lachte. „So könnte man sie auch beschreiben. Sie betreibt ein eigenes Geschäft für Wanderausflüge. Quinn hilft ein bisschen mit, aber sie hat sich aus den meisten Touren schon herausgezogen. Sie ist an MS erkrankt und jetzt haben sie das Baby. Wenn du hierbleibst, wirst du sie sicher in der Stadt sehen. Sie kommen alle paar Monate hierher."

Ich nickte; langsam schien es, als könnten wir vielleicht ein normales Gespräch führen. Das war alles, was wir brauchten - ein wenig Übung darin, normal miteinander umzugehen, und vielleicht würde ich aufhören, mich in ihrer Nähe so verrückt zu fühlen.

„Es wäre schön, Quinn zu sehen. Es ist Jahre her", sagte ich schließlich und merkte, dass sich alles wieder um Amelie und unsere hässliche Trennung drehte, sobald die Worte meinen Mund verließen.

Ich hatte Quinn seit Jahren nicht mehr gesehen, weil ich Willow Brook in den letzten sieben Jahren gemieden hatte. Das Einzige, was mich nach Hause brachte, waren meine Eltern, und diese Besuche hatte ich kurzgehalten. Wieder herrschte Schweigen zwischen uns. Ich ließ meinen Blick über den Hof schweifen, bis ich einen weiteren Elch bemerkte, der die Einfahrt hinunterging.

„Wir haben noch mehr Gesellschaft."

Amelia folgte meinem Blick und drehte sich seufzend wieder zu mir um. „Man merkt, dass wir hier am Rand der Zivilisation sind. Ich schätze, sie denken, wir befinden uns in ihrem Gebiet, und das ist wohl auch so."

Sie biss sich auf die Lippe, rieb sie an den Zähnen, und mein Blut schoss direkt in meine Leistengegend. Verdammt. Sie musste damit aufhören. *Mann, damit du dich zusammenreißen kannst, müsste sie aufhören zu existieren.* So wahr, und ich wusste es ganz genau.

Ein weiterer Blick die Einfahrt hinunter und ich sah, dass es sich bei unserem neuesten Besucher um einen ausgewachsenen Elchbullen handelte. Es war zwar noch keine Paarungszeit, aber es wäre klüger, ein wenig Abstand zu gewinnen.

„Komm schon", sagte ich und nahm Amelias Hand. „Lass uns reingehen. Die Chancen, an unserem jungen Freund da drüben vorbeizukommen, stehen besser, als mit diesem Kerl Feigling zu spielen."

Amelia setzte sich, ohne zu zögern in Bewegung, ihr Schritt war lang und sicher. „Hey, Elch, wir kommen jetzt vorbei", rief sie, als wir uns dem Jährling näherten.

Der Jährling hob ruckartig den Kopf; als wir vorbeigingen, rührte er sich aber nicht. Amelia ließ meine Hand nicht los, als sie die Tür öffnete und wir ins Innere der Hütte traten. Ich glaubte nicht, dass ich sie wieder loslassen konnte. Noch nicht. Allein das Gefühl, ihre Hand in meiner zu halten, war so überwältigend, dass mein Herz schneller klopfte.

Ich sah mich in dem Raum um, den wir betraten. Licht fiel durch die Fenster an der gegenüberliegenden

Wand, die durch die Fichten auf einen abgelegenen See hinausblickten. Der Raum war luftig und offen, mit einem Sofa und zwei Schaukelstühlen um einen Kamin an der Rückwand. Auf der einen Seite befand sich eine Küche mit kupfernen Töpfen und Pfannen, die an einem dekorativen Regal hingen, und eine niedrige, geschwungene Insel diente als Sitzgelegenheit. Eine Wendeltreppe führte nach oben, wo sich vermutlich die Schlafzimmer befanden, denn die einzige Tür hier unten befand sich an der Seite der Küche.

Ich blickte zu Amelia, die sich nicht mehr bewegt hatte, seit die Tür hinter uns zugefallen war. Die Sonne, die in den Raum fiel, verfing sich in ihrem Haar und färbte es golden. Sie musste nicht einmal etwas tun, und ich wollte sie so sehr, dass ich das Verlangen, das mich durchströmte, kaum unterdrücken konnte. Sieben verdammte Jahre, und ich gehörte ihr noch immer voll und ganz. Ich war so verdammt dumm gewesen zu glauben, ich könnte einfach nach Hause kommen und mich zurückhalten.

Sie starrte mich an, ihr honiggelber Blick verdunkelte sich zur Farbe von Cognac. Ich wusste, was ich in ihren Augen sah. Ich konnte nur hoffen, dass sie mich so verzweifelt begehrte wie ich sie.

Meine Vernunft wurde von einem tosenden Strom des Verlangens davongespült – pure, rohe Lust ergriff Besitz von mir. Ihre Hand lag warm in meiner. Ich drehte mich zu ihr um und strich mit dem Daumen langsam über ihr Handgelenk, wo ich ihren rasenden Puls spüren konnte. Ich trat näher an sie heran, bis wir uns fast berührten. Ihre Brüste hoben und senkten sich mit ihrem raschen Atem gegen meine Brust. Es verschaffte mir eine grimmige Genugtuung zu wissen, dass sie vielleicht genauso zu kämpfen hatte wie ich.

Ich fühlte mich getrieben von der jahrelangen Sehnsucht nach ihr, von jahrelangem leerem Sex mit Frauen, die mir so gut wie nichts bedeuteten, und von jahrelanger Wut und Verbitterung über das, was wir nur wegen der Lügen eines anderen Menschen verloren hatten. Ich klammerte mich an den dünnsten Faden der Kontrolle, als ich dort stand, mein Schwanz hart und mein Körper wie ein Sklave des überwältigenden Bedürfnisses, ihr nahe zu sein. Nach ein paar Schlägen machte ich einen weiteren Schritt und drängte mich gegen sie. Ich konnte das feine Schaudern spüren, das ihren Körper durchlief.

Ihre Wangen waren immer noch gerötet, ihr Haar zerzaust vom Holzhacken. Rohes Verlangen peitschte mich an. Ich sagte mir, dass ich es nicht zu weit kommen lassen konnte. Nicht jetzt. Aber ich würde nicht auf einen Vorgeschmack dessen verzichten, was ich so verzweifelt wollte.

Sie wich zurück, und ich folgte ihr. Nur ein paar Schritte, und ihr Hintern stieß gegen den Tresen. Ich ließ ihre Hand los, umfasste ihre Taille und hob sie auf den Tresen.

„Cade."

Sie sprach meinen Namen aus wie ein Flehen – rau, heiser und knapp.

„Lia."

Ihr Name klang kratzig und hart, gezeichnet von jahrelanger Not, Sehnsucht, Wut und Reue.

Ich zerrte ihre Hüften an den Rand des Tresens und trat zwischen ihre Knie. Vielleicht war ich verrückt, aber ich musste ihr die Chance geben, mir zu sagen, dass ich mich verdammt noch mal zurückhalten sollte.

„Sag mir, dass du das nicht willst", murmelte ich.

Die Röte in ihren Wangen wurde dunkler. Sie schüttelte den Kopf. „Ich kann nicht."

„Was willst du?“

Sie schluckte, als meine Hände über die Kurven ihrer Hüften und ihre Seiten hinaufglitten. Ich berührte eine ihrer Brüste und genoss das üppige, schwere Gewicht.

Sie hatte mir noch nicht geantwortet. Ich fuhr mit dem Daumen über ihre Brustwarze, die unter meinem T-Shirt straff und gehärtet war. „Du antwortest mir nicht.“

Ich wusste nicht, wer ich in diesem Moment war. Wir waren schon immer ein bisschen wild gewesen, wenn es um Sex ging - und zwar auf die harte Tour. Amelia war in allem so stark, und Sex war keine Ausnahme. Bei uns war es, als würde ein Streichholz nach dem anderen ein neues Feuer entfachen. Doch selbst mit der Erinnerung daran, wie es mit ihr gewesen war, bewegte ich mich jetzt auf der Kante zu einem gefährlichen Abgrund. Mit einem peitschenden Sturm von Emotionen, der auf mich einprasselte, war ich an der Grenze meiner Beherrschung angelangt. Ich musste wissen, dass sie genauso hilflos verloren war wie ich.

Während ich noch immer mit einer Hand an ihrer Brustwarze spielte, legte ich die andere um ihren Hals und grub sie in ihr zerzaustes Haar. Mein Daumen strich über den wilden Schlag ihres Pulses. „Lia ... komm schon. Versteck dich nicht vor mir.“

„Ich will dich“, sagte sie schließlich, und ich sah Verlangen in ihren Augen aufblitzen, aber da war auch noch etwas anderes.

„Es ist so, wie ich gesagt habe, als du mich gefunden hast. Ich war vielleicht betrunken und durcheinander, aber es war die Wahrheit. Es gab immer nur dich. Niemanden sonst. Für alle anderen bin ich zu ..." Sie hielt inne, Wut flammte in ihren Augen auf.

Ich konnte nicht anders, als mich in sie sinken zu lassen, fast stöhnte ich, als ich ihren heißen Kern spürte. Sie murmelte etwas, dann hob sie ihren Blick. Ich dachte, sie wolle etwas sagen. Stattdessen zog sie mich an sich, und unsere Münder trafen in einem heftigen Kuss aufeinander.

Kapitel Neun

AMELIA

Ich stürzte mich in den Wahnsinn von Cades Kuss. Er war schon immer ein guter Küsser gewesen - eine Mischung aus heftig und zärtlich -, aber inzwischen war er ein verdammter Meister geworden. Tiefe Zungenschläge, Knabbern an meiner Unterlippe, langsame, feuchte Spuren auf meinen Lippen - heiß, nass und überwältigend. Meine Sinne waren so von der Lust vernebelt, dass ich nicht einmal bemerkte, wie er mir das T-Shirt über den Kopf zog. Verdammt, ich hatte auch nicht bemerkt, dass ich ihm das Hemd schon ausgezogen hatte, bis er näherkam und ich aufstöhnte, als ich seine harte, muskulöse Brust an meinem Körper spürte. Seine Haut war heiß und geschmeidig. Ich hätte es nicht für möglich gehalten, dass er noch fitter geworden war. Entweder spielte mir meine Erinnerung einen Streich, oder es war tatsächlich so. Sein ganzer Körper bestand aus harten Muskeln, und ich konnte nicht genug von ihm bekommen. In der Nähe anderer Männer fühlte ich mich oft unförmig, zu groß und unbeholfen. Bei Cade fühlte ich mich nie so.

Cade war tatsächlich größer als ich, aber daran lag es nicht. Irgendwie fühlte ich mich in seinen Armen geborgen, wann immer ich bei ihm war. Ich brauchte zwar keinen Schutz, aber wenn ich mit ihm zusammen war, fühlte ich mich beschützt - als würde er alles Schlechte abwehren. Das vermittelte mir ein seltsames Gefühl von Freiheit, als könnte ich mich auf eine Weise gehen lassen, die ich sonst nicht an mich heranließ. Dieses Gefühl war so kostbar und selten, dass ich mich ihm hingab und mich in den Wahnsinn treiben ließ, den es nur mit ihm geben konnte.

Seine Lippen tasteten sich in einer feuchten Feuerspur an meinem Hals hinunter, während ich mit meinen Händen seine Brust abtastete und jeden harten, gehobelten Muskel genoss. Ich schrie auf, als er mir den BH vom Leib riss und seinen warmen Mund auf eine Brustwarze legte. Allein davon wäre ich fast gekommen. Seit sieben Jahren hatte ich keinen Orgasmus mehr mit etwas anderem als meinem Vibrator gehabt, ganz abgesehen von all den anderen hässlichen Dingen, die unsere Trennung mit sich gebracht hatte. Alles, was ich wollte, war er. Und zwar jetzt.

Ich fuhr mit meiner Hand über die Wölbung seines Schwanzes und genoss sein raues Stöhnen auf meiner Haut. Er hob den Kopf, sein dunkelgrüner Blick traf auf meinen. Er hatte bereits die Knöpfe meiner Jeans aufgerissen und mich gnadenlos erregt, indem er mich durch den Stoff massierte. Jetzt hakte er aber einen Finger über den Rand meiner Unterwäsche und fuhr durch meine Locken hinunter, direkt in meine durchnässten Falten.

Ich machte mir nicht mehr die Mühe, mein Stöhnen zu unterdrücken. Ich war so fertig, dass es mir egal war.

Cades Stirn legte sich an meine, seine Lippen waren nur einen Flüsterton entfernt. „Du bist so feucht", murmelte er.

Meine einzige Reaktion war ein Stöhnen, als er mit seinem Daumen über meinen Kitzler strich - nur einmal und gerade so viel, dass es mich fast wahnsinnig machte. Dann schob er einen seiner Finger tief in mich hinein. Ich schrie auf, meine Hüften öffneten sich in seine Berührung. Ein weiterer Finger gesellte sich zu dem ersten und er spielte mit mir, spreizte und reizte mich, während sein Daumen weiter meine Klitoris bearbeitete.

Ich jagte nach meiner Erlösung, aber er hielt mich zurück, brachte mich ganz nah an den Abgrund, nur um dann im letzten Moment wieder von mir abzulassen. Wild vor Verlangen und beinahe verzweifelt fluchte ich.

„Cade, wenn du nicht ..."

Er gluckste. „Das ist mein Mädchen. Ich liebe es, wenn du wütend wirst."

Und dann verlor ich den Verstand. Ich ließ meine Hand in seine Unterhose gleiten und seufzte, als ich die heiße, samtige Haut über seinem harten Schwanz spürte. Sein Atem zischte und er hörte auf, mich zu streicheln. Stattdessen drang er in mich ein, fickte mich mit seinen Fingern und stieß mich in einen Strudel scharfer, besinnungsloser Lust.

Kapitel Zehn

CADE

Ich blickte auf Amelia hinunter und mein Herz schnürte sich inmitten eines donnernden Schlages zusammen. Verdammt. Amelia war unglaublich, wenn sie sich gehen ließ. Ihr kehliger Schrei war wie Musik in meinem Körper, die jede Faser anspannte. Sie saß vor mir auf dem Tresen, ihre langen Beine um meine Hüften geschlungen, ihre Wangen gerötet und ihre Lippen geschwollen. Ihr Kanal krampfte sich um meine Finger, sein Pulsieren verlangsamte sich. Mein Blick glitt hinunter zu ihren Brüsten - voll und üppig, ihre Brustwarzen feucht und zartrosa. Ich hatte nichts von ihr vergessen, und doch war alles verblasst. Die Schärfe des Jetzt durchbohrte mein Herz. Alles an ihr - wie sie aussah, wie sie sich anfühlte, wie wir miteinander waren − blendete mich in seiner schimmernden Helligkeit, und ich konnte kaum noch Luft holen.

Sie seufzte, ihre Beine entspannten sich um meine Hüften. Ich schaffte es, meinen Blick zu heben, wo ihrer bereits auf mich wartete. Bevor ich einen Gedanken fassen konnte, schob sie mir die Jeans um die Hüften, und mein Schwanz sprang hervor. Amelia schob mich schnell ein Stück nach hinten, während sie ihre Hüften von der Theke hob. Ihre Hand streichelte mich, dann ließ sie ihre Zunge auf der einen und auf der anderen Seite hinauf- und wieder hinunterwandern. Meine Knie gaben fast nach, als sie zu mir aufsah. Ihre Wimpern glitzerten golden von der Sonne, die durch die Fenster schien, und die Augen, die sie umrahmten, waren dunkel vor Verlangen, blitzten aber auch mit einem Hauch von Schalk. Sie liebte es, wenn ich ihr ausgeliefert war, und sie wusste genau, dass sie mich jetzt mit meinem Schwanz in ihrer Faust und ihren Lippen nur wenige Zentimeter weiter entfernt in der Hand hatte.

Sie wartete einen Moment – ihre Augen verließen meine keine Sekunde -, dann senkte sie den Kopf, wirbelte ihre Zunge um die Spitze meines Schwanzes und zog mich in ihren Mund. Ich hätte gerne geglaubt, dass ich mich besser unter Kontrolle hatte. Verdammt, ich war schon lange nicht mehr jung und schnell. Aber ich hatte sieben lange Jahre ohne die eine und einzige Frau verbracht, der jemals alles von mir gehört hatte – Körper, Herz und Seele. Ihr warmer Mund um meinen Schwanz, ihre Zunge und ihre Lippen. Ich war so kurz davor, zu kommen, dass ich die Zähne zusammenbeißen musste. Noch einmal zog sie langsam mit ihrer Unterlippe und ihrer Zunge an mir, saugte, nahm mich dann wieder tief in sich auf, und ich war am Ende. Meine Erlösung donnerte und zuckte durch mich hindurch.

Amelia wich langsam zurück; es schien sie kein bisschen zu kümmern, dass ich mich gerade in ihrem Mund entladen hatte. Sie war noch nie prüde gewesen und war es auch jetzt nicht. Sie richtete sich auf und stützte sich mit der Hüfte auf dem Tresen ab. Irgendwo in der Mitte meiner brüllenden Erlösung hatte ich meine Hände auf dem Tresen hinter ihr abgelegt und sie mit meinen Armen gefangen genommen. Ich atmete noch ein paarmal stoßweise ein und aus, während ich versuchte, mich wieder einigermaßen unter Kontrolle zu bringen. Schließlich richtete ich mich auf und sah ihr in die Augen. Ihr Mundwinkel neigte sich zu einem Lächeln nach oben, ihre Wangen röteten sich leicht.

Als ich sie ansah, kämpfte ich mit mir selbst – ich sehnte mich danach, sie in meine Arme zu nehmen und nach oben zu tragen, wo es meiner Meinung nach ein Bett geben musste. Dieser Schritt erschien mir fast gefährlich - zu intim, zu viel von dem, was ich wollte, zu viel von allem, von dem ich nicht sicher war, ob ich es haben durfte. Nicht bevor wir uns die Zeit genommen hatten, das Chaos aus Bedauern und Missverständnissen zu entwirren, das zwischen uns lag. Es war eine Sache, das Geschehene darzulegen - eine gut getimte Sabotage, die uns auseinanderriss - und eine ganz andere, das emotionale Durcheinander zwischen uns zu überwinden, zu dem noch die Jahre der Trennung hinzukamen.

Mehrere Minuten lang blieben wir so stehen. Amelias halbes Lächeln verblasste, und ihre Miene wurde ängstlich. Sie verbarg es gut, aber ich kannte sie wahrscheinlich besser als ich mich selbst kannte. Ich schüttelte den Kopf. „Nicht."

„Was nicht?", konterte sie.

„Nicht an diesen Ort in deinem Kopf gehen, bitte. Ich wollte nicht, na ja, dass die Dinge so aus dem Ruder laufen, aber am Ende des Tages wissen wir doch beide, was zwischen uns ist."

Sie sagte nichts, nickte aber schließlich. Es hätte sich unangenehm anfühlen müssen - wir hatten uns geradezu ineinander verloren -, aber das tat es nicht.

Ich versuchte, mich an das letzte Mal zu erinnern, als ich nicht sofort fluchtartig davongerannt war, nachdem ich eine Frau Haut an Haut gespürt hatte, und konnte mich an keine einzige erinnern ... außer Amelia.

Ich trat einen Schritt zurück und strich mit meinen Fingern über ihren Arm. Ein subtiles Gefühl der Befriedigung durchfuhr mich, als ich spürte, dass sie Gänsehaut bekam. Ich zwang mich, noch einen Schritt zurückzutreten und beugte mich hinunter, um ihr Shirt vom Boden aufzuheben. Eigentlich war es mein Shirt, aber sie hatte es an. Auch das verschaffte mir eine seltsame Genugtuung.

Nachdem sie ihre viel zu verlockenden Brüste hinter ihrem BH und meinem Hemd versteckt und ich meine Jeans zugeknöpft hatte, umrundete sie den niedrigen Tresen und warf einen Blick über ihre Schulter. „Kaffee? Oder etwas anderes?"

Ich starrte sie an und ertappte mich dabei, dass ich einfach nickte, weil ich nicht wusste, was ich sonst tun konnte. Was sollte ich denn sonst auch tun, wo ich sie sieben Jahre lang so heftig vermisst hatte und ich mich jetzt endlich dem hingeben konnte, was mir so gefehlt hatte wie die Luft zum Atmen?

Nun, es schien, dass das Alltägliche die beste Option war, also wurde es Kaffee. Ich hakte meinen Stiefel unter die Sprosse eines Hockers und zog ihn von der Theke weg. Dann stützte ich mich auf einen Ellbogen und sah ihr beim Kaffeemachen zu.

Kapitel Elf

AMELIA

Ich stellte mich auf den Boden und holte die Leiter vorsichtig vom Dach. Ich wollte heute das komplette Dach erneuern. Ich war mit Cade in die Stadt zurückgefahren, nachdem er vorbeigekommen war und mich so gründlich daran erinnert hatte, warum ich es nie geschafft hatte, über ihn hinwegzukommen. Dann hatte ich meine Mutter angerufen, um ihr zu sagen, dass ich zurück war. Sie hatte sich mit ihren Fragen an mich zurückgehalten, aber ich wusste, dass sie sich Sorgen machte – immerhin hatte ich meine Hochzeit platzen lassen. Ich dachte mir, dass ich mit dem Klatsch und Tratsch, den die ganze Sache verursacht hatte, zurechtkommen musste. Die Arbeit lenkte mich ab. Abgesehen davon konnte ich kaum aufhören, wie besessen an Cade zu denken, also war es dringend nötig, dass ich mich beschäftigte.

Ich blickte zu Lucy Caldwell hinüber, die an unserem Arbeitslaster lehnte. Lucy mit ihren blonden Haaren, blauen Augen und der rundlichen Figur, die sie in ihrer schweren Baukleidung gut verbarg. Lucy war so freundlich, mich nicht mit Fragen zu löchern, als ich sagte, wir würden uns heute auf der Baustelle sehen. Lucy war die einzige Vollzeitmitarbeiterin der kleinen Baufirma, die ich vor etwa fünf Jahren gegründet hatte. Kick A** Construction war der Name, den ich als Anspielung auf die in Alaska weit verbreiteten Autoaufkleber mit der Aufschrift *Alaskan Girls Kick Ass* gewählt hatte.

Ich hatte schon immer gerne draußen gearbeitet und liebte es, zu bauen. Als ich klein war, hatte ich mein allererstes Projekt gebaut: eine Hundehütte für unseren Familienhund Dora. Die Hütte war ziemlich schief geworden, meine Mutter und Quinn hatten mir geholfen, sie in Ordnung zu bringen, aber ich hatte unheimliche Freude an dem Projekt gefunden. Im Laufe meines Lebens nahm ich immer wieder kleine Projekte in Angriff. Ich besuchte das College in Anchorage, mitten in meiner berauschenden Liebe zu Cade, und studierte Architektur. Nachdem die Sache mit Cade in die Brüche gegangen war, stand ich vor einem Scherbenhaufen. Zu der Zeit waren wir gerade zurück nach Willow Brook gezogen. Ich hatte einen Job im Firehouse Café angenommen, einem lokalen Café-Restaurant und überlegte was ich mit meinem Leben tun wollte. Cade sollte für ein ganzes Jahr nach Kalifornien gehen, um dort eine Ausbildung zum Feuerwehrmann zu absolvieren. Wir hatten darüber gesprochen, ob ich vielleicht mit ihm dorthin ziehen würde, aber das Geld war damals knapp gewesen.

Es war mir nie in den Sinn gekommen, dass unsere Beziehung in die Brüche gehen könnte. Er hatte den Flug nach Kalifornien genommen, und ich war so verdammt wütend gewesen, dass ich kaum noch klar sehen konnte. Zwischen den Schichten im Café fing ich an, Gelegenheitsjobs als Bauunternehmerin anzu- nehmen. Ehe ich mich versah, machte ich das hauptberuflich und musste einige Entscheidungen treffen, um mein Unternehmen offiziell zu machen. Kick A** Construction war geboren. Am Anfang war ich allein. Kleine Aufträge führten zu Empfehlungen für größere Projekte, und ich brauchte Hilfe. Lucy kannte ich damals nur flüchtig. Sie war nach Alaska gekommen, als wir noch in der High School waren, zu einem Zeitpunkt, als ich bereits einen ziemlich festen Freundeskreis hatte. Shannon, meine einstige Freundin, hatte diesen Kreis mit ihrem schrecklichen Verrat schließlich zerstört.

Eines Tages hörte Lucy zufällig, wie ich im Café meine Aufträge plante, und bot mir ihre Hilfe an. Wir waren ein super Team.

Ich winkte ihr zu, klemmte mir die Leiter unter den Arm und ging über den Hof, um das Gestell auf den Lastwagen zu hieven. Ohne ein Wort zu sagen, reichte Lucy mir die Hand, um die Leiter in die Vorrichtung zu stellen und die Halterungen einzustellen, mit denen man sie fixiert.

Wir lehnten uns gegen die Heckklappe. Ich begutachtete das neue Dach, das wir auf das kleine Haus gesetzt hatten. „Sieht gut aus."

Lucy kicherte. „Dächer müssen nicht gut aussehen, auch wenn das bei diesem hier der Fall ist, wegen der roten Farbe. Dächer sind wie Schuhe. Man braucht sie. Sie sind praktisch, aber sie müssen nicht schön sein."

Ich warf Lucy einen Blick zu und schüttelte den Kopf. „Kann ich mich nicht an der Tatsache freuen, dass es schön ist? Ich meine, das Rot sieht toll aus neben den Bäumen", sagte ich mit einer Geste auf das rote Stahldach.

Lucy verdrehte die Augen. „Natürlich kannst du dich daran erfreuen. Ich wollte nur darauf hinweisen, dass es ein Dach ist. Es soll gegen Regen und Schnee und dergleichen schützen." Sie warf einen Blick auf ihre Uhr und wischte sich einen Schmutzstreifen vom Arm. „Es ist erst Mittag. Sollen wir rübergehen und mit der Arbeit bei den Jacobsons anfangen oder bis morgen warten?"

Wir wollten diese Woche mit einem neuen Hausprojekt beginnen. Ich sah Lucy an und dachte über ihre Frage nach. „Fangen wir morgen an. Ich möchte noch einmal einen Blick auf die Zeichnungen werfen und bei Denali Builders vorbeischauen, um sicherzugehen, dass wir alle Aufträge bekommen haben."

Lucy nickte. „Klingt gut. Wollen wir erst etwas essen gehen?"

„Klar. Firehouse?"

Auf Lucys Nicken hin kletterten wir in den Wagen. Nach einer kurzen Fahrt in die Innenstadt rollte ich auf einen Parkplatz vor dem Firehouse Café. Die Innenstadt von Willow Brook lag malerisch in einem Tal am Fuße der Alaska Range, mit Blick auf den Swan Lake. Der See wird von mehreren Bächen gespeist, die von den entfernten Bergen herabfließen, und sieht zu jeder Jahreszeit herrlich aus. Der See war der eigentliche Grund für die ersten Siedler von Willow Brook. Er bot den ganzen Sommer über frisches Wasser und Angelmöglichkeiten. Die Nähe der Siedlung zu Anchorage ermöglichte es den Bewohnern, die Vorteile des Lebens in einer kleinen, wilden Gegend zu genießen und dennoch innerhalb eines Tages für Besorgungen nach Anchorage zu fahren. Touristen sorgten dafür, dass die örtlichen Geschäfte vom Frühjahr bis zum Herbst gut besucht waren, doch die Stadt behielt ihren Charakter durch die Kerngruppe von Einwohnern, die das ganze Jahr über hier lebten.

Ich kletterte aus dem Wagen und sah mich um. Das Firehouse Café befand sich auf der Main Street in der ehemaligen Feuerwache der Stadt. Es war ein hohes, quadratisches Gebäude mit einer alten Garage, die zu einem Sitzbereich und einer offenen Bäckerei mit Küche umgebaut worden war. Die Feuersäulen waren bunt gestrichen, was die leuchtenden Farben des Cafés mit seinen bunten Fensterrahmen und den Kunstwerken an den Wänden abrundete. An den Wänden hingen Kunstwerke in verschiedenen Farben. Quadratische Holztische dienten als Sitzgelegenheiten und man konnte auch an der Theke Platz nehmen, von wo aus man einen freien Blick in die Küche und die Bäckerei hatte. Die hellen Farben belebten die langen, dunklen Winter.

Egal zu welcher Jahreszeit, im Firehouse Café war immer etwas los. Lucy entdeckte einen freien Tisch in der Ecke und rannte quer durch das Restaurant, um ihn zu ergattern. Sie grinste breit, als ich sie einholte und mich auf einen Stuhl ihr gegenüber fallen ließ. „Ich hoffe, du hast auf dem Weg zu deinem Tisch niemanden umgestoßen", kommentierte ich kopfschüttelnd.

Lucy kicherte und griff nach oben, um ihren Pferdeschwanz festzuziehen. Würde man ihre Kleidung - meist abgewetzte Jeans und T-Shirts, fast nie feminin - nicht beachten, könnte man meinen, sie sei zerbrechlich. Mit ihrem blonden Haar, den leuchtend blauen Augen und dem cremefarbenen Teint war sie wunderschön. Sie hatte ein mädchenhaftes Kichern und war eher kleinwüchsig. Und doch war sie so burschikos wie kaum eine andere Frau, die ich kannte. Sie tat absolut gar nichts, um ihr Aussehen hervorzuheben. Sie war eine verdammt harte Arbeiterin und schreckte nicht davor zurück, sich schmutzig zu machen oder den ganzen Tag lang einen Hammer zu schwingen. Ich liebte es, mit ihr zu arbeiten, und war froh, dass Lucy an diesem Tag mein Gespräch mitgehört hatte. Außerdem war sie meine beste Freundin geworden. Da wir sehr viel Zeit miteinander verbrachten, war das ein großer Bonus.

„Hey Mädels! Zwei Kaffee?", fragte Janet James, als sie mit einem Tablett voller schmutzigem Geschirr an unserem Tisch vorbeikam. Janet war die Besitzerin des Cafés, man traf sie dort fast immer an.

„Ganz genau", sagte ich schnell.

„Gebt mir zwei Minuten", sagte Janet, während sie mit schnellen Schritten zum Tresen ging, dahinter schlüpfte und durch eine Schwingtür verschwand.

Eine Köchin stand am Grill und schob das Essen schnell vom Rost auf die Teller, die dann von der Kellnerin weggetragen wurden. Ich sah mich im Café um, ein wenig erleichtert, dass ich niemanden sah, den ich zu gut kannte. Oh, auf den ersten Blick kannte ich fast jeden, aber ich hatte mich in den Tagen seit meiner nie stattgefundenen Hochzeit sehr zurückgehalten. Lucy nahm einen Anruf auf ihrem Telefon entgegen und meine Gedanken schweiften sofort zu Cade. Das wurde zu einem Problem. Wenn ich nichts zu tun oder niemanden zum Reden hatte, schlenderte Cade in meine Gedanken - frech wie eh und je.

Es waren erst zwei Tage vergangen, seit ich wegen ihm fast den Verstand verloren hatte, und ich hatte unzählige Stunden damit verbracht, an ihn zu denken. Alles, was ich wollte, war, ihn wiederzusehen ... und wieder und wieder. Irgendwie waren wir zu einer Art Normalität gelangt, bevor er mir angeboten hatte, mich zurück nach Willow Brook zu fahren. Ich hatte mir nichts mehr gewünscht, als einfach mit ihm in Quinns Hütte zu bleiben und alles andere zu vergessen. Aber so einfach war es nicht, und das wusste ich verdammt genau. Er hatte mich vielleicht zum einzigen Orgasmus gebracht, den ich in sieben Jahren mit einem Mann gehabt hatte, aber das bedeutete nicht, dass es uns gelungen war, den Schmerz von früher zu überwinden.

Ich versuchte immer noch zu verdauen, was er mir auf der Rückfahrt von Anchorage erzählt hatte. Ich verstand definitiv, dass er verletzt und sauer gewesen war, als ich ihm nicht einmal eine Chance zugestanden hatte, sich zu erklären. Ich war zu verdammt wütend gewesen, um ihn zu sehen und mit ihm zu reden. Die meiste Zeit über, hatte ich mich davor gedrückt, darüber nachzudenken. Es tat zu sehr weh. Wenn ich jetzt darüber nachdachte, kam ich in Versuchung, jeden zu fragen, der mehr darüber wissen könnte, wie dumm ich gewesen war. Shannon hatte nicht ein einziges Mal versucht, mit mir zu reden, bevor sie weggezogen war. Ich wusste aber, dass es ein paar Leute geben würde, die wissen könnten, warum Shannon tat, was sie tat.

„Huhu, du bist mir schon wieder entglitten", sagte Lucy und wedelte mit der Hand vor meinem Gesicht herum.

Ich sah vom Tisch auf. „Hm?"

Lucy rollte mit den Augen. „Okay. Zeit zum Plaudern", sagte sie sachlich. „Du hast Earl sitzen lassen. Ich werde nicht sagen ..."

„Oh, du kannst sagen: ‚Ich hab's dir doch gesagt.' Das hast du schließlich auch", unterbrach ich sie mit einem traurigen Lächeln. Lucy hatte mehr als einmal ihre Besorgnis darüber ausgesprochen, dass Earl und ich zusammen, nun ja, wie Lucy es beschrieb, „wie fade Haferflocken" waren.

Lucy lächelte, aber es erreichte nicht ihre Augen. „Ich will dir nicht sagen, dass ich es dir gesagt habe, denn ich wünschte, ich hätte mich geirrt. Ich habe dich in Ruhe gelassen, seit du gestern wie aus dem Nichts bei der Arbeit aufgetaucht bist, aber könntest du mir bitte sagen, wie es dir geht?"

Ich zuckte mit den Schultern und rollte meine Hand hin und her. „Nicht gut. Ich fühle mich beschissen. Als ich vorgestern in die Stadt zurückkam, beschloss ich, mich wenigstens gleich mit Earl zu konfrontieren, aber er war nicht zu Hause."

Lucy lehnte sich in ihrem Stuhl zurück, als Janet an unseren Tisch kam. Sie stellte uns zwei Tassen Kaffee vor die Nase und blickte zwischen uns hin und her. „Essen?"

„Bring uns heute einfach das Mittagsangebot", sagte Lucy.

„Zwei Lachsburger. Eine Beilage dazu?", gab Janet zurück.

„Pommes", bat ich.

„Alles klar", rief Janet, während sie sich umdrehte und davon ging.

Lucy nahm einen Schluck von ihrem Kaffee und neigte den Kopf zur Seite. „Earl ist nicht zu Hause, weil er mit seinem Bruder zum Angeln gefahren ist." Es gelang ihr nicht, das leichte Kräuseln ihrer Lippen zu verbergen.

Lucy hatte ihre Meinung, dass Earl mich nicht so zu schätzen wusste, wie ich war, nie verheimlicht. Sie hatte mich damals nicht gut gekannt, als ich mit Cade zusammen gewesen war, und wusste daher nicht, wie schmerzhaft bewusst ich mir war, dass mir etwas Wesentliches fehlte.

Ich starrte sie an. „Er war auf einem Angelausflug?"

Lucy seufzte. „Äh, ja. Amelia, ich würde ja gerne sagen, dass der Kerl am Boden zerstört war, als du ihn verlassen hast, bevor er überhaupt vor dem Altar stand, aber das war er nicht. Er erzählte seinem Vater, was passiert war, und sie traten zusammen vor die Gäste, um zu verkünden, dass die Hochzeit abgesagt sei. Während wir uns alle fragten, wo zum Teufel du steckst, und deine Mutter einfach nur ausflippte, sagte er allen, sie sollten einfach die Feier genießen. Das Nächste, was ich hörte, war, dass er mit Dan zum Angeln ging." Lucy schloss mit einem Achselzucken, ihre Augen suchten mein Gesicht ab.

Ich spürte den Stich in meinem Herzen. Es wäre schlicht und ergreifend lächerlich, wenn es mir das Herz bräche, zu erfahren, dass mein Verlobter die geplatzte Hochzeit mit nicht viel mehr als einem Schulterzucken hingenommen hatte. Es tat insofern weh, als dass es all die Gründe für meinen Ausstieg noch verstärkte. Wenn es eine Frage gab, die ich Earl hätte stellen wollen - wenn er von seinem verflixten Angelausflug zurückkehrte -, dann war es die, was er eigentlich überhaupt von mir gewollt hatte.

„Bist du okay?", fragte Lucy.

Ich nahm einen Schluck von meinem Kaffee. „Mir geht's gut. Es ist einfach scheiße. Das ist genau der Grund, warum ich es nicht geschafft habe, ihn zu heiraten. Ich wünschte, ich wäre schon viel früher zur Vernunft gekommen, aber es ist, wie es ist." Ich hielt inne und blickte zum Eingang, als ich das Bimmeln der Türglocke hörte.

Eine Gruppe von Wanderern trat ein. Ich ertappte mich dabei, dass ich ein wenig enttäuscht war. Immer wieder hoffte ich, Cade zu sehen und war dann enttäuscht, wenn ich ihn nicht sah.

„Okay, ist noch etwas anderes mit dir los? Ich schätze, ich dachte, die ganze Hochzeit-nicht-Hochzeit-Sache würde dich so beschäftigen, aber das ist es nicht", sagte Lucy und ihre Augen verengten sich, als ich ihren Blick erwiderte.

Ich konnte die Röte, die meine Wangen erhitzte, nicht verbergen. Lucy sagte kein weiteres Wort, stattdessen legte sie nur den Kopf schief.

Ich nahm noch einen Schluck Kaffee und knallte meine Tasse dann fast auf den Tisch.

„Gut. Ich habe Cade gesehen.“

„Cade Masters? Der Typ, nach dem du früher so verrückt warst. Ich kannte ihn kaum in der High School, aber es war unmöglich, nicht zu wissen, wer er war. Alle Mädchen schwärmten für ihn. Ich weiß von dem ganzen hässlichen Schlamassel mit deiner alten Freundin Shannon. Was ist also passiert?“

Ich schloss die Augen und holte tief Luft. „Er ist zufällig in der Bar aufgetaucht, in der ich vielleicht in eine Schlägerei geraten bin“, sagte ich mit einem Fingerzeig auf mein inzwischen verblassendes blaues Auge.

Zum Glück hatte der Kerl, der mich geschlagen hatte, nicht gut gezielt. Er hatte mein Gesicht getroffen, aber seine hatte meine Wange nur gestreift und war nicht frontal hineingekracht. Der Bluterguss war nicht allzu schlimm und verblasste bereits.

Lucys Augen weiteten sich. „Weißt du, ich sollte ein paar ernsthafte Punkte dafür bekommen, dass ich den Mund gehalten habe. Ich habe nur einen einzigen Blick auf dich geworfen und wusste, dass es da eine Geschichte gibt, aber ich dachte, du würdest sie mir schon noch erzählen, wenn du denn willst. Du hast eine Schlägerei angefangen, dir ein blaues Auge geholt und dein Ex-Freund ist aufgetaucht, um dich zu retten?“

„So ungefähr, ja.“

Lucy ließ ihre Hand in der Luft kreisen. „Oh, du bist noch lange nicht fertig. Was ist noch passiert?“

Ich dachte an die heißen, verrückten, herzzerreißenden Momente in der Hütte. Allein bei dem Gedanken daran schoss Hitze durch meine Adern. Ich sah zu Lucy hinüber und seufzte. „Vielleicht noch ein bisschen mehr. Ich bin ganz durcheinander", sagte ich, am Ende des Satzes überschlug sich meine Stimme.

Das neckische Glitzern verschwand aus Lucys Augen. „Hey, ist schon okay. Die letzten paar Tage waren heftig für dich. Ich wollte nicht ..." Sie hielt inne, als Janet kam, um unser Essen zu servieren.

Ich war erleichtert über die Unterbrechung. Ich war auch mehr als dankbar, dass ich Lucy hatte – sie war so eine gute Freundin. Lucy wusste intuitiv, wann jemand Freiraum brauchte, und es machte ihr nichts aus, ihn auch zu geben. Sie machte sich gierig über ihr Essen her, während ich an meinem nur ein wenig knabberte, zu geistesabwesend, um irgendetwas anderes zu tun. Ich hatte so lange daran gearbeitet, die Gedanken an Cade zu verdrängen, dass es mir jetzt schwerfiel, an ihn zu denken, geschweige denn über ihn zu sprechen. Einst hatte ihm der größte Teil meines Herzens gehört. Dann war es in Stücke zerbrochen. Ich war den Scherben aus dem Weg gegangen, indem ich sie einfach beiseitegeschoben hatte. Innerhalb weniger Tage hatte ich einen großen Fehler vorgebeugt, indem ich Earl verließ, hatte Cade zum ersten Mal seit langer Zeit wiedergesehen und erfahren, dass meine Auffassung seines Verrats ein wenig daneben lag. Ich wusste, dass er seinen eigenen Schmerz und Groll in sich trug. Ich konnte spüren, wie er das ausstrahlte. Es gab ein riesiges Wirrwarr von Gefühlen zu bewältigen, und ich wusste nicht einmal, wie ich über ihn sprechen sollte.

Nachdem wir uns ein paar Minuten lang schweigend unserem Essen gewidmet hatten, sah ich zu Lucy hinüber. „Zwischen mir und Cade ist es chaotisch. Ich habe ihn wie verrückt geliebt und dann ist alles explodiert. Wir haben geredet, und, na ja, es scheint, als hätte ich ein paar Details verpasst, wie die Dinge mit Shannon wirklich gelaufen sind."

Lucy hielt mitten im Kauen inne und nahm einen großen Schluck Wasser aus dem Glas, das Janet neben ihr auf den Tisch gestellt hatte. „Moment mal. Du redest nie über Cade. So gut wie nie. Ich habe dich nie darauf angesprochen, weil ich dachte, das ist Geschichte. Was hast du verpasst? Bitte sag mir, du wusstest, dass da zwischen ihm und Shannon nie etwas gelaufen ist. Denn selbst ich wusste das."

Mir blieb der Mund offen stehen. „Hä? Woher wusstest du das denn?"

Lucy schlug sich mit der Hand an die Stirn. „Jeder weiß das. Genauso wie jeder weiß, dass du sofort den Raum verlässt, wenn man in deiner Gegenwart über Cade redet. Okay, ich stand dir damals nicht nahe, also ist es besser, es von mir zu hören als von jemand anderem. Shannon hatte eine schlimme Trennung, erinnerst du dich? Ich weiß nicht mal, wie der Typ hieß, aber es war irgendein Typ vom College."

Ich nickte, mein Magen kribbelte. Mir wurde übel, als ich feststellte, dass ich vielleicht mit meiner wilden Entschlossenheit, nicht über Cade zu reden, alles noch schlimmer gemacht hatte.

Lucy fuhr fort: „Wie auch immer, sie kam zurück in die Stadt und machte sich sofort an Cade ran. Er warf sie raus und das war's. Glaube mir, du kannst jeden fragen. Shannon war stinksauer wegen der ganzen Sache." Lucy machte eine Pause, um einen weiteren Bissen von ihrem Burger zu nehmen. Nachdem sie fertig gekaut hatte, sah sie zu mir hinüber. „Willst du mir sagen, du bist so verdammt stur, dass du das nie kapiert hast?"

Ich schluckte gegen die Enge in meiner Brust an und nickte. So war ich nun mal, stur wie die Hölle.

Lucys Augen wurden traurig. „Oh, Schatz. Du meine Güte. Das ist ja ätzend. Ich meine, alles, was man über dich und Cade sagt, ist, dass ihr beide perfekt zusammenpasst. Und was ist passiert, als du ihn gesehen hast? Wie fühlst du dich jetzt?"

Die Glocke über der Tür bimmelte erneut, und ich warf reflexartig einen Blick über meine Schulter. Cade betrat das Café, sein subtiler, fast träger Gang machte mich ganz heiß. Sein braunes Haar war zerzaust. Er trug verblichene schwarze Jeans, die seine muskulösen Beine umspielten, und ein schwarzes T-Shirt, das absolut nichts dazu beitrug, jeden Zentimeter seiner harten Brust zu verbergen, und ich konnte ihn einfach nur anstarren.

Sein Blick fiel von der anderen Seite des Raumes auf mich, und er legte den Kopf leicht schief. Mein Herz schlug schneller, Schmetterlinge sammelten sich in meinem Bauch, und mein Mund wurde trocken.

„O Gott", sagte Lucy übertrieben dramatisch.

Ich riss meinen Blick von Cade los und sah zu ihr hinüber. „Was?"

Lucys Mundwinkel zogen sich nach oben, während sie langsam den Kopf schüttelte. „Nun, jetzt weiß ich, warum Earl nie an dich herankommen konnte. Mädchen, du bist bis über beide Ohren verliebt, und er auch. Ihr solltet aufpassen, dass ihr mit euren Blicken nicht den ganzen Laden abfackelt."

Kapitel Zwölf

CADE

Ich zwang meine Füße, auf die Bar zuzusteuern, aber verdammt, war das schwer. Ich wusste sofort, dass Amelia hier war, als ich durch die Tür trat. Ich konnte sie spüren, bevor ich zu ihr hinüberblickte und sie sah. Ich erreichte den Tresen und warf einen Blick auf die Kreidetafel, die neben der Kasse an der Wand hing. Das Firehouse Café war ein alter Favorit von mir, eigentlich von jedem in der Stadt. Janet servierte gutes Essen und hielt den Laden in Schwung. Es tat nicht weh, dass sie in Willow Brook geboren und aufgewachsen war, so dass sie so ziemlich jeden kannte und jedem half, der ihre Hilfe brauchte. In den sieben Jahren, die ich nicht hier gewesen war, hatte ich bei meinen Besuchen zu Hause nicht ein einziges Mal einen Fuß hierhergesetzt. Das Café erinnerte mich zu sehr an Amelia. Zum einen hatte sie hier ab und zu gearbeitet, aber wir hatten auch viel Zeit hier verbracht, um zusammen Kaffee zu trinken oder zu essen.

Der Grill war mit zwei Köchen bemannt, Gäste bevölkerten die Hocker an der Theke. Da es Hochsommer war, sah man hier viele unbekannte Gesichter, die sich unter die Einheimischen mischten. Die Schwingtür zum hinteren Teil des Lokals öffnete sich und Janet trat hindurch, ein breites Lächeln zog sich über ihr Gesicht, als sie mich sah.

„Cade Masters! Ich habe mich schon gefragt, wann du vorbeikommen würdest. Ich habe von deiner Mama gehört, dass du endgültig wieder da bist", sagte Janet, als sie um den Tresen herumging und mich herzlich umarmte.

Ich musste kichern, als sie zurücktrat und mich in die Wange kniff. Selbst meine eigene Mutter tat das nicht mehr, aber Janet durfte es. „Du siehst so gut aus wie immer. Wie geht es dir?", fragte sie, und Lachfalten zeigten sich neben ihren braunen Augen.

Als ich sie das letzte Mal gesehen hatte, war ihr Haar dunkelbraun gewesen, mit ein paar silbernen Strähnen. Jetzt war es überwiegend silbern mit dunkelbraunen Strähnen. Sie hatte eine warme, mütterliche Ausstrahlung, die durch ihre rundliche Figur und ihr Gesicht noch verstärkt wurde, doch hinter dieser Ausstrahlung verbarg sich ein Rückgrat aus Stahl. Sie hatte dieses Café jahrelang allein geführt, nachdem ihr erster Mann bei einem Unfall auf einer vereisten Autobahn im Norden ums Leben gekommen war.

Ich grinste sie an. „Mir geht's gut. Es ist schön, dich zu sehen. Wirklich schön."

Janet warf einen Blick über ihre Schulter, um etwas zu einem der Köche zu sagen, dann wandte sie sich wieder mir zu. „Ich bringe dir etwas zu essen und zu trinken. Das geht heute auf mich. Was darf's sein?"

„Fangen wir mit einem Kaffee an." Ich hielt inne und blickte mich um. Kein einziger Tisch war frei und die Theke war überfüllt. „Ich werde wohl warten, bis ich einen Platz finden kann."

Als ich Janet wieder ansah, hob sie eine Augenbraue und zeigte mit ihrem Kinn knapp in Amelias Richtung. „Du kannst dich zu Amelia und Lucy setzen. Ich bin sicher, sie haben nichts dagegen", sagte sie mit einem Funkeln in den Augen.

Ich gluckste. „Ich bin mir da nicht so sicher."

Janet stemmte ihre Hand in die Hüfte und warf mir einen bösen Blick zu. „Ich weiß, dass du sie nach Willow Brook gefahren hast, also mach mir nichts vor. Und keine Sorge wegen all dem Klatsch. Sie und Earl hätten nie zusammen sein sollen. Er dachte, sie wäre eine Art Herausforderung, die er gewinnen könnte. Dieser Mann hat sie nie als den Menschen geschätzt, der sie war, und ist nicht im Geringsten traurig darüber, dass sie die Hochzeit platzen ließ. Oh, vielleicht hat sein Stolz einen kleinen Knacks bekommen, aber mehr nicht. Rede mit dem Mädchen. Wenn du die Dinge wieder in Ordnung bringen willst, kannst du dich nicht darum drücken."

Ich öffnete meinen Mund und klappte ihn dann wieder zu. Janet lachte leise und drehte sich um und schenkte mir einen Kaffee ein. Als sie ihn mir in die Hand drückte, zwinkerte sie mir zu. „Außerdem ist momentan sowieso kein anderer Platz frei."

Ich schüttelte nur den Kopf, aber verdammt, ich ertappte mich dabei, genau das zu tun, was sie sagte. Janet hatte diese Wirkung auf die Leute – sie nahmen sie ernst und hörten auf sie. Ich schlängelte mich durch die Tische auf dem Weg zu der Ecke, in der Amelia mit Lucy Caldwell saß. Ich kannte Lucy nur flüchtig, nicht allzu gut. Sie war irgendwann nach Willow Brook gezogen, als wir alle in der High School waren. Mit ihrer blonden, blauäugigen Schönheit hatte sie den Jungs sicherlich den Kopf verdreht, aber sie war an keinem von ihnen interessiert gewesen. In den wenigen Tagen, seit Amelia mein Herz und meinen Körper bei unserer viel zu kurzen Begegnung in der Hütte ihres Bruders wieder in Beschlag genommen hatte, war ich um einige Informationen reicher. Um ehrlich zu sein, musste ich nur ein paar Andeutungen bei meiner Mutter machen, und schon redete sie über Amelia wie ein Wasserfall.

Sie hatte mir erzählt, dass Amelia sich hier und da verabredet hatte und es erst vor ein oder zwei Jahren mit Earl ernst zu werden schien. Anscheinend besaß Amelia jetzt ihr eigenes Bauunternehmen, und Lucy arbeitete bei ihr. Meiner Mutter zufolge stellte sie hier und da noch andere Leute ein, wenn sie besonderen Bedarf hatte, aber Lucy war ihre einzige Festangestellte.

Damals, als ich alles für meine Ausbildung zum Feuerwehrmann vorbereitet hatte, schien es, als wisse sie nicht genau, was sie tun sollte. Ich fand es toll, dass sie etwas gefunden hatte, das ihr Spaß machte und in dem sie verdammt gut war. Ich wusste genau, dass es für sie wahrscheinlich nicht gut ausgehen würde, wenn sie versuchen müsste, sich einer neuen Mannschaft anzuschließen. Nicht viele Frauen arbeiteten im Baugewerbe und in der Baubranche. Nicht einmal in Alaska, wo Frauen hin und her wechselten, um einerseits genauso weiblich zu sein wie überall sonst und andererseits mit den besten Männern in den Bergen zu wandern, zu jagen und zu fischen. Amelia hatte auch eine ziemlich starke unabhängige Ader. Sie mochte es, Dinge zu ihren eigenen Bedingungen zu tun. Die Kehrseite der Medaille war, dass sie es manchmal zu weit treiben konnte, wenn sie wütend wurde. Und ich hatte genug Verstand, um zu wissen, dass dieser Teil von ihr sicherlich zu meiner absoluten und gründlichen Ausschließung aus ihrem Leben beigetragen hatte.

Ich trat um einen auf den Boden geworfenen Rucksack herum und erreichte den Tisch, an dem Amelia und Lucy saßen. Lucy blickte zuerst auf, ihre runden blauen Augen waren rund mit dichten blonden Wimpern geschmückt. Mich beeindruckte sie nicht besonders, aber ich konnte mir vorstellen, dass sie alle anderen Jungs hier in den Wahnsinn trieb. Ihr Aussehen stellte einen ziemlichen Kontrast zu ihrer Kleidung mit den ausgebeulten Jeans, dem lockeren T-Shirt und dem Schmutzfleck auf ihrem Arm dar. „Hi Cade", sagte sie strahlend. „Ich weiß nicht, ob du dich an mich erinnerst."

Ich neigte den Kopf. „Lucy Caldwell. Ich habe dich zwar nicht gut gekannt, aber ich erinnere mich."

Lucys Grinsen wurde breiter. „Gut zu wissen. Wie wäre es, wenn du dich zu uns setzt?"

Ich warf einen Blick auf Amelia, die zu mir aufschaute. Ihre Wangen waren gerötet, und sie sagte kein Wort. Ich konnte spüren, wie aufgewühlt sie war. Mir war das egal. Nachdem sie mich aus ihrem Leben gestrichen hatte, fühlte ich mich wie Treibgut an einem felsigen Strand, und ich wusste genau, dass wir etwas hatten, das nicht viele Menschen jemals bekamen. Ich wollte mir keine weitere Chance entgehen lassen, egal wie sehr ich mit meinen eigenen verworrenen Gefühlen kämpfte.

Ich zog mir einen Stuhl vom Tisch hervor und setzte mich. „Danke, dass ich mich zu euch setzen darf", sagte ich und lächelte Lucy an, bevor ich Amelia direkt in die Augen sah.

Lucy und Amelia saßen einander gegenüber, ich zwischen ihnen. Amelia hob ihr Kinn leicht an und ich bekämpfte einen starken Drang, mich herunterzubeugen und sie zu küssen. Ich hatte jahrelang Küsse in mir aufgestaut. Die wenigen, die wir bisher geteilt hatten, schürten mein Verlangen nur. Sie war vielleicht einen halben Meter von mir entfernt, aber ich beherrschte mich. Es war nicht einfach, ihr so nahe zu sein.

„Hey Amelia", sagte ich schließlich.

Sie räusperte sich, dann wurden ihre Wangen noch rosiger. Verdammt. Ich liebte Amelia, wenn sie aufgeregt war. Das gab es ziemlich selten. Zumindest war es früher so gewesen. Sie war von Natur aus stark und selbstbewusst. Jeder Riss in dieser Struktur gab mir ein besonderes Gefühl. Nicht weil ich sie aus der Fassung bringen wollte, sondern weil ich mich so verdammt verletzlich fühlte, wenn es um sie ging, dass ich damit nicht allein sein wollte. Zu wissen, dass sie sich vielleicht ähnlich fühlte, erleichterte meine Unsicherheit.

Als Amelia nicht antwortete, stieß Lucy einen lauten Seufzer aus. „Okay, wie wär's, wenn ich euch beide allein lasse?"

Amelias Augen weiteten sich und sie riss ihren Blick von mir los, Panik trat in ihre Augen. „O nein, das musst du nicht. Ich meine, wir müssen zurück an die Arbeit und ..."

Lucy schüttelte den Kopf. „Du bist meine Freundin, und ich liebe dich, aber du hast dich so tief eingeigelt, um diesen Mann hier zu meiden", sie deutete mit einem warmen Lächeln auf mich, „dass es an der Zeit ist, diesen Wahnsinn zu beenden. Wir sehen uns morgen früh. Wir treffen uns im Büro und fahren gemeinsam zum Jacobson-Gelände."

Ich beschloss auf der Stelle, dass Lucy absolut fantastisch war. Sie gab Amelia nicht viel Gelegenheit zu antworten, als sie schnell aufstand und sich ihren

Teller schnappte. Dann beugte sie sich nach vorne und gab Amelia ein Küsschen auf die Wange. „Du schaffst das schon." Diese großen blauen Augen blickten zu mir herüber. „Und du solltest dich von deiner besten Seite zeigen. Ich habe viel Gutes über dich gehört, also beweise mir lieber, dass ich recht habe."

Lucys unschuldiges Aussehen passte nicht zu ihrer Haltung. Ich spürte, dass sie mir die Hölle heiß machen würde, wenn ich Amelia auch nur ein Haar krümmte. Ich fragte mich, wie viel sie über unsere Vergangenheit wusste. Da ich das jetzt nicht mehr erfahren würde, begegnete ich nur ihrem festen Blick und nickte. „Verstanden."

Sie grinste. „Viel Spaß, Kinder." Damit drehte sie sich weg und rief Janet zu: „Ich brauche eine Box zum Mitnehmen, Janet!"

Ich nahm einen Schluck von meinem Kaffee und blickte zu Amelia. Sie schürzte ihre Unterlippe; das musste sie unbedingt unterbinden. Sonst könnte ich noch mehr Ärger bekommen, als ich ohnehin schon hatte, und sie hier vor allen Leuten küssen. Natürlich wusste ich, dass Amelias Entscheidung, Earl nicht zu heiraten, richtig gewesen war, aber ich wusste genauso gut, dass es nicht gut ankäme, wenn wir eine Woche später mitten in der Stadt vor aller Augen rummachten.

Sie begegnete meinem Blick. „Hey", sagte sie schließlich. „Ähm, wie geht es dir?"

Ich fragte mich, wie ich antworten sollte. Denn die Antwort war kompliziert. Einerseits ging es mir gut. Die einzige Frau, die ich je geliebt hatte, heiratete keinen anderen. Ich hatte sie endlich wieder in meinen Armen halten können. Das hatte zwar nur bewirkt, dass die Lust, die mich innerlich fast verbrannte, noch weiter gewachsen war, aber es fühlte sich so verdammt gut an. Andererseits saß ich hier, sah sie an und wünschte mir nichts sehnlicher, als die Mauer zwischen uns zu überwinden. Auf beiden Seiten lagen sieben Jahre Bitterkeit und Bedauern. Um wirklich das zu erreichen, was ich mit Amelia haben wollte, mussten wir diese Grenzen gemeinsam sprengen, sonst würde das, was wir miteinander wiedergefunden hatten, niemals anhalten. So wie es vorher auch nicht gehalten hatte.

Ich sah tief in ihre bernsteinfarbenen Augen, in denen so viel Gefühl flackerte, und versuchte, mich zu sammeln. „Mir geht's gut. Und dir?"

Sie hob achselzuckend eine Schulter. „Es geht so. Es ist, äh ... Nun, es ist seltsam, zu wissen, dass du hier bist. Du bist tatsächlich hier. Für immer."

Mein Herz setzte einen Schlag aus. Ich musste meine Gefühle unter Kontrolle bringen, also nahm ich noch einen Schluck Kaffee, bevor ich antwortete. „Für mich ist es auch seltsam. Aber es ist nicht die Situation, die ich erwartet hatte, und das ist gut so."

„Was meinst du?"

Ich lachte, aber es hatte einen Hauch von Bitterkeit. „Nun, ich dachte, ich würde nach Hause kommen und mich daran gewöhnen müssen, dass du mit jemand anderem verheiratet bist." Ich hielt inne und räusperte mich. „Hör zu, du musst wissen, dass ich nicht wusste, wie ich das anstellen sollte. Ich habe mir eingeredet, ich sei über dich hinweg. Ich habe es vermisst, hier zu sein, aus allen möglichen Gründen, die nichts mit dir zu tun haben, und aus allen möglichen Gründen, die nur mit dir zu tun haben. Jetzt bin ich hier und es ist ganz anders als ich dachte. Du bist nicht verheiratet und ich kann auf gar keinen Fall sagen, dass ich über dich hinweg bin. Aber ich würde lügen, wenn ich sagen würde, dass ich nicht bedauere, wie sich die Dinge entwickelt haben. Vor allem aber bin ich sauer, dass du mir nie eine Chance gegeben hast, mich zu erklären."

Sie atmete scharf ein, Tränen glitzerten in ihren Augen. Mist. Vielleicht war ich zu weit gegangen. Ohne nachzudenken, nahm ich ihre Hand und streichelte sie sanft. „Hey, ich wollte nicht ..."

Sie schüttelte heftig den Kopf. „Ist schon gut. Du sagst es einfach so, wie es ist. Es ist ja nicht so, als wüssten wir es nicht beide."

Ihre Hand war kalt, sie zitterte leicht. Ich blieb ruhig.

Nach ein paar Herzschlägen warf sie mir wieder einen Blick zu. „Vielleicht sollten wir einfach zu Mittag essen", sagte sie mit einem halben Lächeln.

Ich konnte mir ein Grinsen nicht verkneifen. Wir mochten aufgewühlt und emotional sein, aber die wichtigste Wahrheit blieb, dass ich zu Hause war und Amelia hier bei mir hatte.

Kapitel Dreizehn

AMELIA

Ich lehnte mich mit der Hüfte gegen den Tresen, verschränkte die Arme und unterdrückte den Drang, zu fluchen.

Meine Mutter, Sarah Haynes, stand an der Spüle und wusch das Geschirr. Sie war normalerweise ein ruhiger Mensch, aber eine Sache ärgerte sie maßlos: Drama. Im Moment ließ sie ihren Frust an mir aus, weil ich von meiner eigenen Hochzeit abgehauen war.

„Ich kann es immer noch nicht glauben", sagte meine Mutter, ihr dunkles, grau meliertes Haar wallte auf ihrem Rücken hin und her, als sie den Kopf schüttelte. Sie spülte einen weiteren Teller ab und stellte ihn energisch in den Geschirrständer, bevor sie sich zu mir umdrehte. Dann schnappte sie sich ein Handtuch um ihre Hände abzutrocknen, und fixierte mich mit ihrem dunkelbraunen Blick. „Ich wünschte, du hättest dir den Ärger erspart und dich gar nicht erst auf die ganze Hochzeitssache eingelassen."

„Mama, ich weiß, es ist alles total durcheinander. Und es tut mir leid. Das tut es wirklich. Aber die einzige Person, bei der ich mich entschuldigen muss, ist Earl, und der ist schon zum Angeln gefahren“, antwortete ich, immer noch genervt über mich selbst, dass ich es überhaupt so weit hatte kommen lassen.

Der Blick meiner Mutter glitt über mich hinweg. Nach einem Moment seufzte sie, und ihre Augen wurden weicher. „Es tut mir leid, Schatz. Du hast völlig recht. Die einzige Person, bei der du dich entschuldigen musst, ist Earl, und nicht einmal darüber bin ich mir sicher. Ehrlich gesagt, so wie er mit der ganzen Sache umgegangen ist, hat es ihn nicht besonders getroffen. Ich hatte schon vorher meine Zweifel an euch beiden, aber danach ...“ Wut blitzte in ihren Augen auf. „Die abgesagte Hochzeit stört mich nicht. Ich bin verärgert darüber, dass du dir das alles selbst angetan hast.“

Meine Mutter trat von der Anrichte weg und stützte sich dabei auf ihren Gehstock. Sie hatte vor zwei Jahren einen schweren Autounfall gehabt, der eine gebrochene Hüfte, einen zertrümmerten Oberschenkel und einen gebrochenen Knöchel nach sich zog. Die Wunden waren verheilt, aber sie hatte nie wieder so gut laufen können wie zuvor. Das war ihr ein massiver Dorn im Auge, denn sie hatte immer ein aktives Leben geführt, aber mittlerweile hatte sie sich damit abgefunden.

Ich folgte ihr zum Küchentisch, setzte mich ihr gegenüber und stützte mein Kinn in die Hand. „Ich hab's kapiert, Mom. Ich wünschte, ich hätte das alles schon viel früher herausgefunden. Lucy hat auch gesagt, dass die Situation Earl nicht besonders tangiert hat.“

Meine Mutter nickte langsam, während sie an einer Tasse Kaffee nippte, die sie ein paar Minuten zuvor dort abgestellt hatte. „Nicht besonders. Oh, ich glaube, es hat ihm schon ein bisschen wehgetan, aber mehr auch nicht. Aber wie geht es dir?"

Ich dachte über die Frage nach und zuckte mit den Schultern. Die Antwort war zu verwirrend. In manchen Momenten war ich geradezu überwältigt von der Erleichterung, dass die Sache mit Earl zu Ende war. In anderen fühlte ich mich überglücklich, weil ich wusste, dass Cade zurückgekommen war und dass wir das Chaos, das wir angerichtet hatten, vielleicht wieder gutmachen konnten. Ich schwankte zwischen Gefühlen von Freude und Schrecken. Ich glaubte nicht, dass ich es noch einmal mit Cade versuchen könnte, wenn es dieses Mal schief ginge.

Verdammt, ich hatte den Schmerz so sehr verdrängt, dass ich es nicht einmal ertragen konnte, über ihn zu sprechen und irgendwie war es mir sogar gelungen, die Wahrheit über das, was mit Shannon passiert war, nicht zu erfahren. Mit Shannon war nie etwas gewesen. Der Verrat war allein Shannons Schuld.

Und doch nagten Zweifel an mir, die ich nicht vertreiben konnte. Die Sache war die: sie gehörte zu der Sorte Mädchen hinter der die meisten Jungs her waren. Sie war hübsch, definitiv nicht so amazonenhaft wie ich, und sehr feminin. Ehrlich gesagt, hätten wir uns wohl nicht miteinander angefreundet, wenn wir nicht schon als Kinder unzertrennlich gewesen wären. Als die High School kam, war sie schon sehr mädchenhaft, während ich immer noch ein ziemlicher Wildfang blieb, dem diese Mädchenspiele einfach nicht lagen.

Der aufmerksame Blick meiner Mutter glitt über mich hinweg. „Cade hat dich zurück nach Willow Brook gefahren", sagte sie, es war eher eine Feststellung als eine Frage.

Auf mein Nicken hin fragte sie: „Ich nehme nicht an, dass du darüber sprechen möchtest?"

Ich zuckte mit den Schultern und sammelte meinen Verstand. „Es ist irgendwie schwer, darüber zu reden, wenn er aus heiterem Himmel auftaucht und alles durcheinanderbringt."

Meine Mutter lächelte sanft. „Ich wette, das ist es. Aber ich sehe es als gutes Zeichen, dass du nicht gleich das Thema gewechselt hast, als ich seinen Namen sagte."

Ich brachte ein Lachen heraus, aber es tat weh. Ich war so blind entschlossen gewesen, immer das Thema zu wechseln, als es um Cade ging, dass mir dabei ein paar sehr wichtige Details entgangen waren.

Meine Mutter neigte ihren Kopf zur Seite. „Nun, ich habe mich vorher zurückgehalten, weil du mich nicht an dich herangelassen hast. Jetzt, wo er zurück ist und nach dem, was ich von Georgia gehört habe, auch hier bleiben wird, kann ich ja sagen, was ich denke. Du hast diesen Mann wie verrückt geliebt und bist nie über ihn hinweggekommen. Sei nicht wieder so dumm und stur."

Ich starrte sie an und kämpfte unterdrückte den Drang, ihr zu widersprechen. Nach einem Moment nickte ich. „Sagen wir einfach, ich werde es versuchen. Reicht das?"

Ich hoffte nur, dass es mir gelingen würde, die andere Seite meiner Zweifel zu überwinden.

Meine Mutter hob eine Augenbraue. „Es ist dein Leben, aber ich liebe dich, und es war schrecklich, dich so zerrissen zu sehen. Cade war weg, also schien es sich nicht zu lohnen, darin herumzustochern."

Ich war erleichtert, als das Telefon meiner Mutter anfing zu piepsen. Sie grinste mich an. „Von deinem Bruder gerettet", sagte sie, während sie auf das Display hinunterblickte und auf den Bildschirm tippte um das Gespräch entgegenzunehmen.

„Hey Quinn", sagte sie.

Sie nickte, als Quinn etwas sagte, und ihr Blick wanderte zu mir. „Deine Schwester sitzt genau hier. Wie ich dir gesagt habe, kam sie zwei Tage später wieder zurück, nachdem sie sich eine Nacht lang bei dir versteckt hatte."

„Grüß ihn von mir", bot ich an.

Sie hielt einen Finger hoch, während sie Quinn zuhörte. „Ich soll dir Grüße sagen."

Daraufhin reichte meine Mutter mir das Telefon. Ich hatte keine andere Wahl, also nahm ich den Hörer und hielt ihn an mein Ohr. „Wie geht's, Quinn?"

„Mir geht es gut, aber wie geht es dir?", konterte er.

Ich konnte mir seinen besorgten Blick vorstellen. Ich hatte mich immer glücklich geschätzt, meinen Bruder zu haben. Er war ein durch und durch guter Kerl.

„Mir geht es gut", antwortete ich, da ich nicht wusste, was ich nach meinem ziemlich dramatischen Wochenende sonst sagen sollte. Normalerweise wäre ich jetzt in den Flitterwochen, aber das konnte ich mir schon gar nicht mehr vorstellen. Innerhalb von ein paar Minuten hatte ich mein gesamtes Leben auf den Kopf gestellt. Ich war so erleichtert, dass allein der Gedanke daran sich wie eine beruhigende Welle der Entspannung anfühlte.

Quinn gluckste leise. „Das hat Mom auch gesagt. Gut zu wissen. Wenn du das nächste Mal beschließt, an deiner Hochzeit Reißaus zu nehmen, könntest du Mom dann wenigstens einen Herzinfarkt ersparen und einen von uns zurückrufen?"

Ich unterdrückte ein Seufzen, und ein Stoß von Schuldgefühlen durchfuhr mich.

„Quinn, es tut mir leid. Tut es mir wirklich. Ich war nicht ganz klar im Kopf und habe mein Handy weggeworfen. Eigentlich war es ja nur Earl, mit dem ich nichts zu tun haben wollte, aber an etwas anderes konnte ich nicht denken."

„Das dachte ich mir schon. Wie auch immer, ich denke, ich kann jetzt sagen, dass du das Richtige getan hast."

Ich lehnte mich in meinem Stuhl zurück und zeichnete die Maserung des Holzes auf dem Tisch nach. „Das habe ich. Es war kurz bevor ich da reingehen musste, und ich konnte einfach nicht."

„Das ist doch in Ordnung. Ich will nur, dass es dir gut geht und solange es dir gut geht, geht es mir auch gut. Lacey hat gesagt, du sollst jederzeit anrufen, wenn du reden willst."

Ich lächelte, und meine Emotionen schnürten mir die Kehle zu. Auch wenn es vielleicht schmerzte, wusste ich, dass ich mich glücklich schätzen konnte, eine Familie zu haben, die sich um mich kümmerte. „Sag ihr, ich werde darauf zurückkommen. Im Moment versuche ich einfach, in mein Leben zurückzukehren."

„Dann ist es ja gut. Wenn du länger als eine Nacht in der Hütte bleiben musst, nur zu."

„Danke, Quinn. Ich habe viel Holz für dich gehackt."

Mit einem Lachen verabschiedete er sich. Ich blieb noch ein wenig, um meiner Mutter mit ein paar Dingen im Garten zu helfen, und machte mich dann auf den Weg ins Büro. Cade hatte sich in meine Gedanken genistet, und wann immer ich nicht beschäftigt war, träumte ich von ihm. Er hatte eine fesselnde Präsenz, und die Tagträume die ich von ihm erfuhr zogen mich mit sich wie die Gezeiten. Wenn ich nicht gerade damit beschäftigt war, mir Gedanken darüber zu machen, wie ich über die sieben langen Jahre voller Sturheit und Missverständnisse hinwegkommen sollte, die zwischen uns standen, gab ich mich anderen Fantasien hin. Gerade jetzt durchfuhr mich ein heißer Stromschlag, als ich mich an das Gefühl seiner Lippen auf meinen und seiner Finger in mir erinnerte.

Kapitel Vierzehn

CADE

Ich betrat die Feuerwache in Willow Brook und ging zum Schalter, hinter dem eine junge Frau am Telefon saß. Ich hatte sie noch nie zuvor gesehen. Bevor ich zu meiner Ausbildung aufgebrochen war, hatte ich mich hier regelmäßig freiwillig gemeldet. Carol Rogers war damals die gute Seele der Zentrale gewesen, solange ich mich erinnern konnte. Sie war vor etwa einem Jahr verstorben, und ich war traurig gewesen, als ich erfuhr, dass ich die Beerdigung verpasst hatte. Ich war zu der Zeit im Einsatz, um einen gefährlichen Brand in den Sierra Mountains zu bekämpfen. Carol war wie eine Großmutter für mich gewesen, genau wie für viele andere Feuerwehrleute, die hier ein- und ausgingen.

Die junge Frau, die ihre Position eingenommen hatte, trug einen lockigen braunen Pferdeschwanz und hatte große braune Augen. Sie beendete ihr Gespräch und sah mich über den Tresen hinweg an. „Hallo, kann ich Ihnen helfen?", fragte sie kühl. Ihr fehlte eindeutig Carols warme, mütterliche Art.

„Cade Masters. Ich bin hier, um meine Ausrüstung abzugeben, bevor ich nächste Woche anfange."

Ihr Gesichtsausdruck änderte sich nicht, aber sie nickte. „Okay. Ich sehe mal nach, ob jemand Sie schon erwartet."

Leicht verärgert zuckte ich mit den Schultern. So viel zu einer herzlichen Begrüßung.

Sie nahm den Hörer ab und rief hinten an. Ich hörte, wie sie meinen Namen nannte und dann nickte. Nachdem sie aufgelegt hatte, stand sie auf, ging um den Schreibtisch und öffnete die Tür zum hinteren Bereich. „Kommen Sie mit", sagte sie und machte eine Geste in den Flur.

Ich folgte ihr und spürte, wie mich ein Gefühl der Heimkehr überkam. Ich war schon seit ein paar Tagen zu Hause, aber dieses Gebäude stellte für mich eine ganz andere Ebene dar. Ich hatte einen Großteil meiner Jugend hier verbracht. Da mein Vater Polizeichef gewesen war und die Polizeibehörde im Nebengebäude lag, hatte ich mich fast immer in der Gegend herumgetrieben. Nachdem ich meine Ausbildung zum Hot Shot erfolgreich beendet hatte, hatte ich immer ein Auge auf die Jobs hier geworfen.

Vielleicht wollte ich den Schmerz vermeiden, zu sehen, wie Amelia mit einem anderen Mann sesshaft wurde, aber ich vermisste Willow Brook, und mein Traum war es, hier zu den heißen Jungs zu gehören. Willow Brook hatte eine örtliche Feuerwehr, deren Mannschaft aufgrund der Größe der Stadt recht beschaulich war. Allerdings diente die Feuerwache hier als Stützpunkt für zwei Löschmannschaften, so dass es hier trotzdem genug zu tun gab. In der Hochphase der Feuersaison flogen Bundes- und Staatsteams in Willow Brook ein und aus. In den letzten Jahren hatten die Brände im Westen, auch in Alaska, stark zugenommen, so dass die Hot Shot-Teams sehr gefragt waren. Wir waren die einzigen, die eine Spezialausbildung dazu hatten, in abgelegener Wildnis und unwegsamem Gelände unabhängig zu arbeiten. Ich hatte eine Stelle als Vorarbeiter für eine der Crews angenommen und war bereits gespannt. Offiziell sollte ich erst nächste Woche meinen Dienst antreten, aber ich hatte noch Ausrüstung abzugeben und wollte sehen, wen ich hier noch kannte.

Die junge Frau lächelte kaum, als sie auf mich wartete und sich dann umdrehte, um die Tür hinter uns zu schließen. Ich konnte nicht anders, als ihren kurvenreichen Körper zu bemerken. Zwar empfand ich nichts dabei, weil Amelia momentan ständig in meinem Kopf herumspukte, aber ich konnte mir vorstellen, dass diese Frau auf dieser Wache eine willkommene Ablenkung war. Nun, abgesehen davon, dass sie anscheinend etwas launisch sein konnte. Ich beschloss, sie ein wenig zu pushen.

„Ich bin also Cade. Ich glaube nicht, dass ich dich hier schon mal gesehen habe." Ich streckte meine Hand aus.

„Ich bin Maisie Rogers", sagte sie mit flacher Stimme, während sie mir die Hand schüttelte.

„Sie sind doch nicht etwa mit Carol Rogers verwandt?", fragte ich, als ich ihre Hand losließ und begann, ihr den Flur zu folgen.

„Sie war meine Großmutter", antwortete Maisie, und ihr Tonfall wurde matter.

„Wirklich? Du bist wohl nicht hier aufgewachsen, sonst würde ich dich kennen."

Eine Locke wippte, als sie den Kopf schüttelte. „Nö. Meine Mutter hat in San Francisco studiert und ist nie wieder hierher zurückgekommen. Großmutter hinterließ mir ihr Haus, als sie starb. Ich hatte nicht vor, ihren Job zu übernehmen, aber als ich hierherkam, war die Stelle noch nicht besetzt. Ich dachte mir, ich könnte eine Weile lang einspringen, und jetzt bin ich immer noch hier."

Wir erreichten die Hintertür, Maisie drängte sich hindurch und blieb dann abrupt stehen.

Der hintere Bereich war genauso, wie ich ihn in Erinnerung hatte - Schränke, ordentlich aufgereihte Ausrüstung, eine Küche und ein Aufenthaltsbereich weiter hinten.

„Cade!", rief eine Stimme.

Der Mann, der mich gerufen hatte, drehte sich von seinem Platz am Esstisch um und ging auf mich zu.

„Beck, Mann. Schön, dich zu sehen! Ich war mir nicht sicher, ob du noch hier bist", antwortete ich, als wir uns auf halbem Weg durch den Raum begegneten.

Beck umarmte mich kurz und kräftig, trat dann einen Schritt zurück und grinste lässig. „Natürlich bin ich hier. Ich bin der Vorarbeiter für die andere Mannschaft. Wie geht's dir?"

Beck Steele war mit mir auf die High School gegangen. Wir verkehrten in denselben Kreisen, obwohl Beck noch nicht als Feuerwehrmann gearbeitet hatte, bevor ich die Stadt verließ. Klatsch und Tratsch verrieten mir irgendwann, dass er hier gelandet war. Beck war ein guter Kerl. Solide, beständig und immer für einen Scherz zu haben. Er nahm weder sich selbst noch andere zu ernst. Mit seinen schwarzen Locken und grünen Augen waren die Mädchen in der High School hinter ihm her gewesen. Soweit ich weiß, hatte ihm aber nie eine von ihnen ernsthaft zugesetzt. Er genoss die Jagd, aber das war auch schon alles.

„Es geht mir gut. Es ist schön, zu Hause zu sein", antwortete ich.

„Schön, dass du hier bist. Du hast Maisie kennengelernt, richtig?", gab Beck zurück und blickte zwischen uns hin und her.

Maisies lockiger Pferdeschwanz hüpfte, als sie nickte. Die Unvereinbarkeit mit ihrem kühlen Gesichtsausdruck brachte mich zum Lachen.

„Ja, wir kennen uns", antwortete ich.

Beck zuckte mit den Schultern und grinste erneut träge. „Natürlich." Er warf einen Blick zu mir. „Wir vermissen Carol wie verrückt, aber Maisie ist fast so herrisch wie sie."

Maisies Augen verengten sich, und ihre Wangen wurden rosa. Sie öffnete den Mund, um etwas zu sagen, aber da piepte das Funkgerät, das an ihrem Gürtel hing. Sie schnappte es sich und eilte zurück durch die Tür in den vorderen Bereich der Wache.

Ich blickte von der Tür zurück zu Beck. „Sie ist vielleicht herrisch wie Carol, aber .... nicht gerade warm und knuffig."

Beck zuckte mit den Schultern und rollte mit den Augen. „Ja, wir versuchen immer noch, sie ein bisschen aufzuwärmen."

Ich ließ meinen Blick durch den Raum schweifen und wandte mich schließlich wieder Beck zu. „Also, ich habe ein paar Sachen mitgebracht, die ich abgeben wollte. Ist es okay, wenn ich sie reinbringe?"

„Natürlich, lass mich dir helfen."

In kürzester Zeit hatte ich meine Ausrüstung in einen Spind gehängt, ein paar der anderen Jungs getroffen und mit Beck Neuigkeiten ausgetauscht. Beck begleitete mich hinaus bis zu seinem Truck und lehnte sich gegen die Heckklappe. „Also, was hat dich letztendlich zurückgebracht?", fragte er.

„Ich wollte schon seit einer Weile wiederkommen. Als ich sah, dass die Stelle des Vorarbeiters frei wurde, habe ich sofort zugeschlagen."

Ich erwähnte nicht, dass ich unter anderem so lange weggeblieben war, weil ich Amelia und allem, was zwischen uns passiert war, aus dem Weg gehen wollte.

Beck sah mich an und nickte langsam. „Ich nehme an, du hast gehört, dass dein Mädchen Earl Osborne vor dem Altar stehen gelassen hat."

Ich fuhr mir mit einer Hand durchs Haar. „Amelia ist schon lange nicht mehr mein Mädchen."

Beck gluckste. „Wie auch immer, Mann. Ich liebe diese kleine Stadt, aber solche Sachen sprechen sich herum. Ich habe schon gehört, dass du sie wieder zurück in die Stadt gebracht hast, nachdem sie bei ihrer Hochzeit das Weite gesucht hatte. Nur so als Vorwarnung: Wenn ich davon gehört habe, dann weiß es auch der Rest der ganzen verdammten Stadt."

Ich trat mit dem Absatz gegen einen Reifen. Ich hatte viele Dinge an Willow Brook vermisst, aber der Klatsch gehörte nicht dazu. „Ach, verdammt. Sag mir nicht, dass ich mich mit Leuten auseinandersetzen muss, die sauer auf mich sind. Ich habe sie nur zufällig in einer Bar getroffen. Die verdammte Frau hat es irgendwie geschafft, dort eine Schlägerei anzufangen", sagte ich kichernd.

Beck warf lachend den Kopf zurück. „Das muss ein Anblick gewesen sein."

„Oh ja. Ich komme rein und sehe, wie sie ihre Faust direkt in das Gesicht eines Typen pflanzt. Das Nächste, was ich weiß, ist, dass er ihr eine Ohrfeige verpasst und sie zu Boden geht." Ich hielt inne und schüttelte den Kopf. „Also bin ich dazwischen gegangen und habe sie da rausgeholt. Ich hatte keine Ahnung, dass sie gerade Earl verlassen hatte, obwohl die Tatsache, dass sie ein Hochzeitskleid trug, mich darauf hinwies."

Beck schüttelte den Kopf. „Nun, sie hat den Klatschbasen ein paar Monate lang etwas zum Kauen gegeben, nachdem sie Earl verlassen hatte und du in die Stadt zurückgekommen bist."

„Oh, verdammt. Ich hasse diese Scheiße", antwortete ich.

Beck musterte mich einen Moment lang. „Richtig, nun, wenigstens ist es Earl. Er ist so entspannt bei allem, dass ich bezweifle, dass es ihn groß kümmert. Ich persönlich finde, das zeigt nur, dass sie das Richtige getan hat."

Becks Handy piepte, und er blickte auf das Display. „Da muss ich rangehen. Ich versuche, ein Stück Land zu kaufen, es ist die Bank. Wie wär's, wenn du diesen Samstag mit mir und den Jungs nach Wildlands kommst?"

„Wird gemacht", antwortete ich, während Beck nickte und den Anruf entgegennahm.

Ich drehte mich um und spähte auf die andere Straßenseite, als Beck verschwand. Willow Brook war eine der älteren Städte in Alaska, gegründet während der sagenumwobenen Goldrauschzeit. Die ursprüngliche Feuerwache war zum Firehouse Café umgebaut worden, während man dieses neue Gebäude errichtet hatte, als ich noch ein Junge war. Es war quadratisch und zweckmäßig, lag aber direkt an der Main Street und bot einen schönen Blick auf den Swan Lake.

Die Sonne glitzerte auf dem See, in der Mitte tummelten sich die namensgebenden Schwäne. Jeden Sommer kamen sie hierher und schmückten den See mit ihrer majestätischen Anmut. Ich blickte über das Wasser und atmete tief durch. Ich hatte diese Aussicht vermisst, wie so vieles andere auch. Teilweise machte ich mir Vorwürfe, dass ich so lange gewartet hatte, hierher zurückzukehren. Doch im Hinterkopf wusste ich, dass ich mich ganz sicher nicht so gut gefühlt hätte, wenn Amelia vor meiner Nase mit einem anderen Mann zusammen gewesen wäre. Vielleicht befand ich mich ihretwegen in einem unendlichen Gefühlschaos, aber der unerträgliche Schmerz, zu denken, sie sei unerreichbar, war verschwunden.

Ich warf einen Blick auf meine Uhr und dachte bei mir, dass es an der Zeit war, sie aufzuspüren.

Kapitel Fünfzehn

AMELIA

„Was soll das heißen, du kannst erst nächste Woche herkommen?", fragte ich in mein Telefon.

„Amelia, es tut mir leid. Mein Bagger wurde letzte Woche auf dem Rückweg von Anchorage von einem Sattelschlepper gerammt und beschädigt. Glaube mir – dieses Chaos verärgert mich mindestens genauso sehr wie dich", antwortete Max.

Max Richards war derjenige, den ich normalerweise als Subunternehmer für Aushubarbeiten einsetzte. Für ihn war das keine Haupteinnahmequelle, sondern eher ein Nebenverdienst. Er war Biologe für die Bundesregierung, aber wie die meisten Menschen in Alaska hatte er mehrere Eisen im Feuer. Nachdem ich von einigen der Vollzeit-Crews hier in der Gegend über den Tisch gezogen worden war, die mich für dumm genug hielten, ihre Preise nicht zu hinterfragen, hatte ich gehört, dass Max diese Arbeit nebenbei machte, und ihn deshalb angerufen. Er war ein alter Freund von Quinn, und ich vertraute ihm voll und ganz. Seine Preise waren fair, sein Tempo passte zu meinem. Mit meiner kleinen Zwei-Frauen-Crew war ich gut ausgelastet, aber ich hatte nicht allzu viele Projekte zu bewältigen.

Ich ging vor meinem Arbeitswagen auf und ab und überlegte, was ich tun sollte. „Wann ist er denn fertig?"

„Nächste Woche. Wenn du warten kannst, bin ich am Montag vor Ort", antwortete Max.

Da ich wusste, dass ich so kurzfristig keinen Ersatz finden konnte, ohne ein Vermögen für einen Notdienst zu bezahlen, hielt ich es für das Beste zu warten. „Das muss klappen."

„Danke Amelia. Bis dann.", sagte Max, dann legte er auf.

Ich steckte mein Handy in die Tasche und schaute mich nach Lucy um. Drüben am Bach, der durch die Ecke des Grundstücks floss, entdeckte ich schließlich ihr blondes Haar, das unter einer Baseballmütze hervorlugte. Als ich zu ihr hinüberging, sah ich, wie sie sich mit dem Gesicht fast in den Bach beugte.

„Okay Lucy, *was* machst du da?"

Lucy blickte kurz auf, bevor sie ihr Gesicht wieder senkte. „Schau! Da sind ein paar kleine Forellen drin", sagte Lucy und zeigte auf den Bach, auf dessen Oberfläche die Sonne glitzerte.

Ich trat näher und beugte mich hinunter, um die Forellen zu sehen, die in einem kleinen Strudel neben den Felsen im Wasser schwebten. „Schön. Ob die Jacobsons wohl auch angeln?"

Lucy richtete sich auf und zuckte mit den Schultern. „Vielleicht. Hast du sie schon kennengelernt?"

Die Jacobsons waren das Ehepaar, das mich auf Empfehlung von niemand Geringerem als Cades Vater mit dem Bau ihres Hauses beauftragt hatte. Ich schüttelte den Kopf. „Nö. Sie haben uns im Sommer besucht, aber dieses Jahr waren sie noch nicht hier. Sie haben vor, nächsten Monat zu kommen, also hoffen wir, dass sie die Verzögerung nicht allzu sehr stört."

Lucys Augen verengten sich. „Was meinst du?"

„Max' Bagger ist kaputt. Ein Sattelschlepper hat ihn auf der Autobahn gerammt. Er sagt, er kann nächste Woche hier sein, aber bis dahin ..." Ich zuckte mit den Schultern. „Für uns gibt es nicht viel zu tun. Alle Pläne sind fertig, aber wir können nicht bauen, bevor das Land nicht fertig ist, also warten wir. Wir sollten uns für heute aufteilen. Wie wäre es, wenn du dich um die Fertigstellung der Terrassendielen auf der anderen Seite der Stadt kümmerst? Ich treffe mich mit dem Paar, das Pläne für ein Haus entwerfen will. Ich glaube, es ist ein bisschen spät, um dieses Jahr noch damit anzufangen, aber sie wollen den Ball schon einmal ins Rollen bringen. Klingt das nach einem guten Plan?"

Wir drehten uns um und gingen gemeinsam zurück zu meinem Arbeitswagen. Lucy kickte müßig einen Kieselstein. „Das geht für mich in Ordnung. Meinst du, es lohnt sich, zu sehen, ob jemand anderes die Aushebung kurzfristig übernehmen kann?"

„Nur wenn ich viel Geld ausgeben will. Außerdem macht Max gute Arbeit und versucht nie, an der falschen Stelle zu sparen. Ich nehme lieber eine Verzögerung in Kauf, als mir Sorgen zu machen, dass jemand den Auftrag in die Länge zieht und es dann nicht richtig macht."

Wir hielten an, als wir den Lastwagen erreichten. Lucy wollte etwas sagen und hielt inne, als wir das Geräusch von Reifen hörten, die den Kiesweg zwischen den Bäumen hinunterfuhren. „Wer ist denn ...?", begann Lucy zu fragen, aber dann breitete sich ein Grinsen auf ihrem Gesicht aus.

Ich stand mit dem Rücken zur Einfahrt und sah

über meine Schulter, wie Cades Wagen auf uns zurollte. Mein Herz schlug schneller, mein Magen wurde flau.

Cade parkte neben meinem Truck und kletterte heraus. Meine Augen verschlangen ihn. Ich konnte nicht anders. Ich war fast ausgehungert danach, ihn zu sehen. Sieben Jahre, in denen ich ihn aus meinen Gedanken verdrängt hatte, hatten nichts bewirkt als sieben Jahre aufgestauter Sehnsucht. Ihn hier zu haben, in Fleisch und Blut, und mich an das Gefühl seiner Lippen auf meinen zu erinnern, während seine Finger mich fast in den Wahnsinn trieben - ich war sofort heiß und erregt.

Er trug eine verblichene schwarze Jeans und ein schwarzes T-Shirt; beide Kleidungsstücke trugen kein bisschen dazu bei, seinen muskulösen Körperbau zu verstecken. Mir lief das Wasser im Mund zusammen, als seine Augen auf mir landeten und sein grüner Blick sich blitzartig verdunkelte. Ich vergaß, dass Lucy direkt neben uns stand, bis sie sich räusperte, so laut, dass ich rot wurde.

Ich riss meinen Blick von Cade los und blickte hinüber zu Lucy, im verzweifelten Versuch, lössig zu wirken. „Also, äh ...“

Lucy schaltete sich ein und sah zwischen uns hin und her. „Cade, würdest du Amelia in ihr Büro fahren?“

Verwirrt starrte ich sie an. „Was? Nein, ich muss noch arbeiten. Ich werde ...“

„Ich brauche den Truck. Ich hole die Terrassendielen und fahre los, um den Job zu beenden. Du brauchst kein Auto. Und so muss ich nicht durch die Stadt fahren“, sagte Lucy sachlich.

Lucys Standpunkt war völlig vernünftig, doch mir

entging nicht das subtile, neckische Glitzern in ihren Augen. Bevor ich etwas erwidern konnte, ergriff Cade das Wort.

„Dann fährst du wohl mit mir. Ich möchte nicht, dass Lucy Zeit mit einem Ausflug in die Stadt vergeudet", sagte er.

Seine raue Stimme jagte mir einen Schauer über den Rücken. *Das ist doch lächerlich. Er redet die ganze Zeit nur, und du stöhnst praktisch schon.* Ich brachte meinen inneren Kritiker zum Schweigen und blickte zwischen Lucy und Cade hin und her. Ich war hin- und hergerissen zwischen zwei Trieben - dem Drang zu fliehen, weil Cade alle möglichen Gefühle in mir auslöste, mit denen ich nicht umgehen konnte, und dem Drang, mich ihm, um den Hals zu werfen und den Rest der Welt zu vergessen.

Als ich nichts sagte, streckte Lucy ihren Arm aus und riss mir die Schlüssel aus der Hand. „Dann ist das geklärt. Schick mir eine SMS mit unseren Plänen für morgen."

Lucy, flink wie sie war, sprang innerhalb von Sekunden in den Truck, so dass ich gerade noch winken konnte, als sie rückwärts den Lkw wendete. Ich sah, wie die Heckklappe von Kick A** Construction aus dem Blickfeld verschwand, während Lucy zügig die Einfahrt hinunterfuhr.

Mein Herz fing an, schnell und heftig zu schlagen. Mit Cade allein zu sein, war etwas, wonach ich mich so sehr sehnte, dass mein Körper auf Hochtouren lief und meine Gefühle wild durcheinanderwirbelten. Nach einem tiefen Atemzug und einem komplett vergeblichen Versuch, meinen Puls zu verlangsamen, sah ich zu Cade hinüber. Er blickte sich um und gab mir einen Moment Zeit, ihn zu betrachten. Seine braunen Locken waren zerzaust, wie fast immer. Ich folgte der kräftigen Kante seines Kiefers, seinem Hals und seiner muskulösen Brust, dann wanderte mein Blick zum Kragen seines Shirts, wo seine verlockende gebräunte Haut war. Ich wollte sie einfach nur küssen und lecken.

Im Ernst? So kannst du nicht denken. Dieser Mann hat dich fast ruiniert. Selbst wenn es nicht so war, wie du dachtest, darfst du dich nicht gleich wieder so hingeben, dass du dich nicht mehr zusammenreißen kannst.

„Schönes Grundstück", meinte Cade, als sein Blick wieder zu mir zurückkehrte. „Wem gehört es?"

Ich überprüfte das Gebiet. Wir standen an einem wunderschönen Baugrundstück neben einem Waldgebiet mit Blaufichten, Pappeln und Birken. Der Bach, in dem Lucy die Forellen entdeckt hatte, verlief auf der einen Seite des Grundstücks, wo sich die Bäume lichteten und einen weiten Blick auf den Swan Lake boten. Ich sah zu Cade auf und nickte. „Es ist wirklich toll. Ein Ehepaar aus einem anderen Bundesstaat hat sich das Land geschnappt, als die Holzfirma vor ein paar Jahren Parzellen verkauft hat. Dein Vater hat den Jacobsons letztes Jahr sogar meinen Namen genannt."

Cade nickte langsam und hielt meinen Blick fest, woraufhin mein Magen einen tausendfachen Salto machte. Er hatte nie den Augenkontakt gescheut. In den berauschenden Tagen unserer Jugendliebe hatte er mich mit einem einzigen Blick in den Wahnsinn getrieben. Er hatte sein Gespür nicht verloren. Ich wusste nicht, ob es an ihm lag oder an meiner eigenen lächerlichen Schwäche für ihn. Er sagte nichts, aber alles um uns herum verblasste. Aus der Ferne hörte ich das Rascheln von Eichhörnchen in den Bäumen und das Geschnatter einer wütenden Elster, aber mein ganzer Körper war auf Cade eingestimmt. Es war, als übte er eine magnetische Kraft auf mich aus.

Mein Atem wurde flach und ich versuchte, meinen Körper im Zaum zu halten, aber es war vergeblich. Hitze kochte in meinem Bauch hoch und strahlte nach außen. Cade drehte sich zu mir um und hob die Hand, um meine Baseballkappe abzunehmen. Ich hatte mein Haar darunter hochgesteckt, und es fiel mir offen auf die Schultern. Er hob eine Hand und fuhr mit den Fingern durch meine Locken. Er sagte kein einziges Wort. Die Luft um uns herum summte, während das Verlangen in Wellen durch mich rollte. Heiße Schauer jagten über meine Haut.

Er trat näher, wickelte mein Haar um seine Hand und zog mich mit jedem Atemzug, den ich kaum nehmen konnte, näher zu sich heran.

„Cade, was machst du da?" Meine Stimme war heiser, ich flüsterte fast.

„Das", sagte er, das Wort heftig und endgültig, bevor seine Lippen auf meine trafen.

Die Berührung war wie ein Feuerblitz. Er schlug tief in meinem Inneren ein. Mein Verlangen und der Tumult meiner Gefühle verbrannten mich fast innerlich - die einzige Erleichterung bestand darin, dass wir gemeinsam in die Flammen sprangen.

Unsere Zungen duellierten sich - der Kuss war rau, prickelnd und feucht. Er drückte mich an sich, sein Schwanz lag heiß und hart an mir, während seine Hände grob über mich strichen. Ich konnte ihm nicht nahe genug kommen, meine Hände erkundeten ihn gierig, glitten unter sein Hemd und genossen jede harte Muskelpartie und die Wärme seiner Haut.

Ich war mir gar nicht bewusst, was ich tat, bis unser Kuss sanfter wurde und er sich langsam von mir löste. Seine Lippen strichen an meinem Kiefer entlang bis zu meinem Hals hinunter. Meine Haut kribbelte und ich rang nach Atem, als er innehielt und seine Lippen an der Stelle auf meine Haut presste, wo mein Hals meine Schulter berührte. Ich wurde mir bewusst, dass ich eine Hand auf der Wölbung in seinen Jeans hatte, während die andere seinen Rücken umklammerte und ihn fest an mich drückte. Mein Körper wollte keinen Abstand zwischen uns, nicht einmal das kleinste Stück. Und mein Herz wollte das genauso wenig.

Mein Verstand? Nun, darin lag das Problem. Jedes Mal, wenn ich nachdachte, fühlte ich mich, als würde ich durch sieben Jahre verworrener Gefühle waten, die auf das folgten, was ich für seinen Verrat gehalten hatte. Dazu kam meine eigene Schuld, weil ich ihn so vollständig ausgeschlossen und mich selbst davon abgehalten hatte, herauszufinden, was geschehen war.

„Ich denke, ich sollte dich vielleicht jetzt fahren", murmelte Cade an meinen Hals.

Ich spürte, wie sich seine Lippen auf meiner Haut bewegten, als er sprach, und Hitze durchströmte mich. Ich hielt still, weil ich mich noch nicht dazu durchringen konnte, mich von ihm zu entfernen.

Sein Herz pochte im Takt mit meinem, und ich war ein wenig erleichtert, dass ich mit meiner Reaktion nicht allein war. Nach einem Moment zog er sich langsam zurück, richtete sich auf und begegnete meinem Blick. Er hob eine Hand und strich mir das Haar aus der Stirn. „Und?"

Durch den Dunst des Verlangens hindurch starrte ich ihn an und versuchte zu denken.

„Sollen wir gehen?", fragte er und durchbrach den Nebel gerade so weit, dass mir ein Gedanke gelang.

„Wahrscheinlich", sagte ich.

Sein Mund verzog sich an einer Ecke. Verdammt,

ich hatte vergessen, wie zerstörerisch sein halbes Lächeln sein konnte. Ich hatte meinen Körper kaum unter Kontrolle gebracht, und jetzt durchfuhr mich eine weitere Welle von unkontrolliertem Verlangen.

Als er sich nicht wegbewegte, nahm ich schließlich meine Hand von seinem Schwanz. Ich wollte es nicht, wirklich nicht, aber es war mehr als lächerlich. Schließlich sollte ich in der Lage sein wenigstens so zu tun, als hätte ich irgendeine Art von Kontrolle. Obwohl ich – bis auf das jähe Ende – nur gute Erinnerungen an unsere Beziehung hatte, wusste ich nicht mehr, dass ich seinetwegen so sehr die Kontrolle verlieren konnte.

Schließlich trat er zurück, seine Hand glitt meinen Arm hinunter und legte sich um meine. „Lass uns gehen."

Wenige Augenblicke später sah ich die Landschaft an mir vorbeiziehen, während Cade in Richtung Innenstadt fuhr. Ein Schwarm Kraniche stakste verstreut über ein Feld, ihre markanten roten Kronen stachen inmitten der hohen Gräser hervor. Die Fahrt in die Stadt verlief ruhig. Ich wollte Cade gerade sagen, wo mein Büro war, als er auf den Parkplatz hinter dem Gebäude einbog.

Als ich mein Unternehmen gründete, hätte ich nie gedacht, dass ich einmal ein Büro brauchen würde. Ich nahm hier und da Aufträge an und kümmerte mich zu Hause um Geschäftliches. Mein Geschäft wuchs von kleinen Aufträgen zu solchen, bei denen ich meine Fähigkeiten als Architektin tatsächlich einsetzen musste, und es funktionierte nicht so gut, wenn Kunden bei mir zu Hause auftauchten. Also mietete ich ein kleines Büro um die Ecke der Feuerwache. Das Gebäude beherbergte im unteren Stockwerk ein

Geschäft für Bürobedarf und im Obergeschoss ein paar Arbeitsplätze.

Cade stellte seinen Wagen ab, und es wurde still. Mein Puls hatte sich auf der kurzen Fahrt hierher kaum beruhigt. In der erdrückenden Stille klopfte mein Herz wie wild. Als ich ihm den Kopf zuwandte, sah er aus dem Fenster, sein Blick war unergründlich. Als spürte er, dass ich in seine Richtung sah, drehte er sich zu mir um. Ich schluckte und versuchte, die Schmetterlinge, die durch meinen Bauch flatterten, zu unterdrücken.

„Ich nehme an, du hast zu tun", sagte er schließlich.

„Ein wenig. Wann fängst du an zu arbeiten?"

„Nächste Woche."

Ich spürte, wie ich nickte, während ich überlegte, was ich als Nächstes sagen sollte. Ich hasste diese Spannung zwischen uns. Da war die gute Spannung, die sich mit all der Sehnsucht sieben Jahre lang aufgestaut hatte, und dann die andere Art, verursacht durch chaotische Gefühle, Wut und Trauer.

Seine Worte rissen mich aus meinen Gedanken. „Ich nehme an, du hast keine Toilette?"

Ein Lachen sprudelte aus mir hervor. „Komm mit." Ich winkte ihm zu, mir zu folgen, während ich ausstieg und mich auf den Weg ins Haus machte. Vom hinteren Flur aus ging es eine Treppe hinauf, und ich ging ihm voraus in mein Büro.

„Die Toilette ist gleich da drüben", sagte ich und deutete auf die Tür im Flur.

Ich betrat mein Büro und blickte mich um. Es war ein einziger Raum mit einem Zeichentisch, einem Schreibtisch und einer kleinen Sitzecke für Kundentermine. Ich war selbst überrascht, dass ich hier eine ganze

Menge Zeit verbrachte. Normalerweise traf ich mich hier an ein paar Vormittagen pro Woche mit Lucy und arbeitete hin und wieder noch allein am Abend, wenn ich viel zu tun hatte. Ich schlenderte zu den Fenstern hinüber und warf einen Blick nach draußen. Die Sonne stand hoch am Himmel auf der Straße unter uns staute sich der Verkehr hinter einem langsam fahrenden Wohnmobil. Die Straßen Alaskas waren jeden Sommer überfüllt, wenn riesige Wohnmobile alles verstopften.

Mein Handy vibrierte in meiner Tasche und ich nahm den Anruf entgegen, ohne auf das Display zu schauen.

„Hey Amelia." Earls tiefe Stimme dröhnte durch die Leitung.

Mein Magen krampfte sich zusammen. Ich hatte mich bereits entschuldigt, als ich ihm kurz vor unserer Nicht-Hochzeit den Laufpass gegeben hatte, aber ich fürchtete mich vor dem nächsten Gespräch mit ihm. Ich verfluchte mich dafür, nicht nachgesehen zu haben, wer anrief, bevor ich rangegangen war. Es wäre schön gewesen, mental vorbereitet zu sein, ganz zu schweigen davon, dass Cade jeden Moment hereinspazieren würde.

„Hallo Earl. Wie ist dein Angelausflug?", fragte ich, nicht in der Lage, mir den giftigen Tonfall zu verkneifen.

Ich war zwar erleichtert, die Sache ein für alle Mal beendet zu haben, und ich wollte auch nicht, dass er litt, aber es war unglaublich, dass er sich so einfach wieder in sein Leben gestürzt hatte, als wäre nichts geschehen. Das bestätigte zwar alle Zweifel, die ich während unserer gemeinsamen Zeit immer gehabt hatte, aber das hieß nicht, dass es sich gut anfühlte, wie wenig die Situation ihn tangierte.

„Das Angeln war gut. Ich dachte, ich melde mich mal und frage, wie es dir geht", gab er zurück.

Ob er über das Geschehene auch nur ein bisschen verärgert war, konnte ich nicht feststellen.

„Mir geht's gut. Ich bin vorbeigekommen, um zu reden, als ich wieder in der Stadt war, aber dann habe ich gehört, dass du mit Dan zum Angeln gefahren bist."

„Ja. Wir sind zum Yukon River hochgefahren. Übermorgen kommen wir zurück, also dachte ich, wir könnten vielleicht morgen im Wildlands zu Abend essen."

Ich war verblüfft, aber mir wurde sofort klar, dass ich so etwas von Earl hätte erwarten müssen. Ich fand, ich schuldete ihm zumindest ein Abendessen.

Ich hörte, wie sich die Badezimmertür vom Flur aus öffnete, dann näherten sich Cades Schritte meinem Büro. Angestrengt sah ich aus dem Fenster. Ich hatte nichts zu verbergen, also wollte ich auch nicht so tun, als wäre das anders.

„Sicher. Wo?"

„Treffen wir uns im Wildlands. Sagen wir um 19 Uhr?"

„Okay."

Ich spürte, dass er abwartete, ob ich noch mehr sagen würde, aber ganz abgesehen von Cade hatte ich nicht viel mehr zu sagen. Ich wollte nicht unbedingt mit ihm zu Abend essen, aber ich dachte mir, das Mindeste, was ich tun konnte, war, ihm eine bessere Erklärung zu geben als eine panische, überhastete Entschuldigung zwischen Tür und Angel.

Nach einem Moment der Stille, in dem ich spürte, wie Cade den Raum durchquerte und auf mich zukam, sagte Earl: „Okay, bis dann."

„Okay. Gute Fahrt."

Ich beendete den Anruf schnell, wischte über den Bildschirm und drehte mich zu Cade um.

Seine Gesichtszüge waren angespannt, und ich wusste sofort, dass er wütend war.

Er schwieg einen Moment lang und starrte aus dem Fenster, dann wandte er sich mir zu. „Das war Earl“, sagte er, eher feststellend als fragend.

Kapitel Sechzehn

CADE

Ein Blitz von Wut und Eifersucht durchfuhr mich, als ich dastand und Amelia ansah. Was zum Teufel besprach sie am Telefon mit Earl?

Wäre ich vernünftig gewesen, hätte ich bedacht, dass sie von ihrer Hochzeit abgehauen war, ohne Earl eine Erklärung zu geben. Aber ich war nicht vernünftig. Ich fühlte mich einfach nur, als müsste ich mein Revier verteidigen. Es spielte keine Rolle, dass wir die Mauer von Jahren des Bedauerns und der Sehnsucht zwischen uns noch nicht eingerissen hatten. Es spielte keine Rolle, dass ich absolut keine Pläne gehabt hatte, mich jemals wieder mit jemandem ernsthaft einzulassen - denn Amelia war in meinem Kopf tabu gewesen, seit ich gehört hatte, dass sie verlobt war. Es spielte auch keine Rolle, dass ich nicht wirklich wusste, was sie eigentlich wollte.

Nichts spielte eine Rolle, außer dem Wissen, das ich tief in meinem Herzen und in meiner Seele trug. Amelia gehörte mir, und so war es schon immer gewesen. Kein anderer Mann hatte einen Anspruch auf sie.

Ihre Augen suchten mein Gesicht ab, ein subtil

herausfordernder Ausdruck legte sich über ihre Miene. Ich kannte diesen Blick. Sie war stur, und was immer sie glaubte, über meine Gedanken zu wissen, sie war bereit, darüber zu streiten.

Heiße Wut, Eifersucht und pure Lust trieben mich an, als ich ihre Hand nahm und sie an mich zog. Ich ließ eine Hand über ihren üppigen Hintern gleiten, drückte sie gegen meine Erregung und presste meinen Mund auf ihren. Sie keuchte, und ich fiel über sie her. Unser Kuss entwickelte sich zu einem feuchten Gewirr aus Lippen, Zähnen und Zungen. Ich drückte sie noch fester an mich und griff mit der anderen Hand in ihr Haar, während ich ihren Mund verschlang.

Sie hielt sich nicht zurück, und das liebte ich an ihr. Ihre Zunge kämpfte mit meiner, während sie sich an mir krümmte. Feuer durchschoss mich, unser Kuss wurde mit jeder Sekunde rauer und wilder. Das Geräusch von Schritten auf dem Flur durch die offene Tür drang kaum in mein Bewusstsein.

„Hey Amelia, bist du ...“

Wer auch immer es war, der Amelias Büro hatte betreten wollen, blieb abrupt stehen, als sich Amelia gerade von mir losriss. Wir trennten uns so abrupt, wie wir zusammengekommen waren. Ich starrte sie an, unfähig, meinen Blick von ihr zu lassen. Ihr Atem ging stoßweise, genau wie meiner, und ihre Wangen waren gerötet. Ihre Lippen waren geschwollen von unserem heftigen Kuss, und es war mir egal, dass wir gerade für jemanden eine Show hingelegt hatten.

„Wow, entschuldigt die Unterbrechung, aber ihr zwei habt mir gerade den Tag versüßt.“

Amelia drehte ihren Kopf zur Tür, genau wie ich. Dort stand Janet vom Firehouse Café mit einem verschmitzten Grinsen im Gesicht. Amelias Wangen erröteten in einem noch tieferen Rosaton, so dass ich sie am liebsten sofort wieder an mich gedrückt hätte. Ich unterdrückte mein Verlangen und versuchte, mein rasendes Herz ein wenig zu beruhigen.

„Janet, was gibt's?", brachte Amelia mit heiserer Stimme hervor.

Janet blickte zwischen uns hin und her, ohne ihr Grinsen zu verstecken. „Überhaupt nichts." Mit einem Zwinkern drehte sie sich um und schloss die Tür hinter sich.

Ich wandte meinen Blick wieder zu Amelia. Ein paar Momente lang standen wir einfach nur da. Sie war mir so nah, dass ich sie leicht zu mir heranziehen konnte. Aber ich tat es nicht. Ich wollte sie so sehr, doch ich musste mich beherrschen. Meine brennende Lust verzehrte mich; ich hatte mich nicht mehr unter Kontrolle, und die kochende Eifersucht blubberte noch immer in mir. Ich zwang mich zu einem langsamen, tiefen Atemzug.

Nach einem Moment glaubte ich, mich genug beherrschen zu können. „Ich, äh ..."

Was wollte ich eigentlich sagen? Wenn ich das nur wüsste.

Verwirrt und verärgert darüber, dass ich ihr so ausgeliefert war, trat ich einen Schritt zurück und steckte die Hände in die Taschen. „Ich nehme an, du musst an die Arbeit. Ich muss mich auch noch um ein paar Dinge kümmern, also gehe ich dann jetzt."

Ich wollte mich gerade umdrehen, als ihre Stimme mich aufhielt.

„Cade."

Ich warf einen Blick zurück und hob eine Augenbraue.

„Ich habe Earl nicht angerufen. Sondern er mich", sagte sie schlicht.

Ich nickte und hielt meinen verdammten Mund.

Ich benahm mich ihr gegenüber wie ein verdammter Idiot, und das gefiel mir nicht. Ganz und gar nicht.

„Es hat nichts zu bedeuten", fügte sie hinzu.

Ich merkte, dass sie auf eine Reaktion von mir wartete.

„Ich habe kein Recht, mich über Earl aufzuregen, also musst du dich auch nicht rechtfertigen." Ich hielt inne und dachte an den Tag zurück, an dem Amelia zum denkbar schlechtesten Zeitpunkt den Raum betreten hatte. Es spielte keine Rolle, dass Shannon an der ganzen Situation schuld war. Ich hatte eine Ahnung, wie sie sich damals gefühlt haben musste. Ich war innerlich aufgewühlt wegen nichts als einem Anruf von dem Mann, den sie gerade verlassen hatte.

Sie beobachtete mich immer noch, und ich wollte am liebsten zu ihr gehen, sie in meine Arme schließen und das verworrene Durcheinander von Gefühlen vergessen, das wir nie entwirren konnten. Jetzt hatten wir diese Chance, aber es war nicht ganz einfach.

„Jetzt weiß ich, wie du dich an dem Tag gefühlt haben musst, als Shannon versucht hat, zu mir ins Bett zu steigen."

Ihre Augen weiteten sich, ihr Atem ging schneller. Schwere legte sich in den Raum zwischen uns, und mein Herz schmerzte, buchstäblich.

„Vielleicht", sagte sie leise.

Wieder ertönten Schritte auf dem Flur. Ich nahm all meinen Verstand zusammen und trat auf sie zu. Ich senkte den Kopf und drückte ihr einen kurzen Kuss auf die Lippen, zwang mich aber, sofort wieder zurückzuweichen. „Ich bin am Samstag mit den Jungs in Wildlands verabredet. Wie wäre es, wenn wir uns später dort treffen?"

Ich dachte mir, vielleicht sollten wir versuchen, etwas Normales zu tun, vielleicht würde das helfen.

Amelias Augen blitzten kurz auf, dann schüttelte sie langsam den Kopf. „Ich habe Earl nur gesagt, dass ich mich mit ihm zum Essen treffe. Es ist kein Date. Ich dachte nur, ich schulde ihm eine ausführliche Erklärung, warum ich von unserer Hochzeit abgehauen bin."

Ihre Worte hätten genauso gut ein weißes Rauschen sein können, denn ich hörte nichts als die heiße Eifersucht, die durch meine Adern schoss. Ich konnte das nicht tun, ich konnte es verdammt nochmal nicht. Ich drehte mich weg und stapfte aus ihrem Büro.

Kapitel Siebzehn

AMELIA

Ich wollte ihm nachlaufen, blieb aber abrupt stehen, als ich Cades Mutter in der Tür sah. Es mussten ihre Schritte gewesen sein, die wir gehört hatten. Georgia Masters ließ ihren Blick von Cade zu mir schweifen. Was auch immer ihr durch den Kopf gehen mochte, sie behielt es für sich. Cade ging weiter seines Weges, den Kopf gesenkt.

Ich versuchte, die Tränen zu unterdrücken, die mir heiß in den Augen standen. Georgias Blick blieb auf mir ruhen, als Cades Schritte auf der Treppe verhallten. Ich hielt mich zurück, um nicht an Georgia vorbeizustürmen und ihm nachzurennen, und holte tief Luft.

Die Tür knallte zu, das Geräusch hallte die ganze Treppe hinauf. Georgias prüfender Blick tastete mich ab. Lange bevor Cade und ich zusammenkamen, war Georgia für mich so etwas wie eine zweite Mutter gewesen. Da sie mit meiner Mutter gut befreundet war, hatte sie uns oft besucht und auf meinen Bruder und mich aufgepasst, als wir noch klein waren. Nachdem Cade weggezogen war und die Dinge auf so hässliche Weise geendet hatten, war es schwer gewesen, in Georgias Nähe zu sein.

Nach anfänglichen Annäherungsversuchen hörte Georgia auf, mit mir über Cade zu sprechen, und ließ mich in meiner Wut schmoren. Ich wünschte mir zum tausendsten Mal, nicht so verdammt stur gewesen zu sein. Meine feste Weigerung, mich mit irgendetwas auseinanderzusetzen, was mit Cade zu tun hatte, bedeutete, dass ich nie die Wahrheit über die Situation und Shannon herausgefunden hatte.

Georgia neigte ihren Kopf in Richtung meines Büros und ging auf den Tisch zu. Ich folgte ihr, vor allem, weil ich nicht wusste, was ich sonst tun sollte. Georgia setzte sich an den kleinen runden Tisch. „Setz dich, Liebes", sagte sie mit fester Stimme.

Ich setzte mich ihr gegenüber, stützte meine Ellbogen auf den Tisch und fuhr mir mit den Händen durch die Haare.

„Okay, dürfen wir jetzt über Cade sprechen?", fragte Georgia mit Nachdruck.

Ich begegnete ihrem scharfen grünen Blick und nickte.

Georgia zögerte einen Moment lang. „Du liebst ihn und er liebt dich. Ihr habt es beide vermasselt, weil ihr beide so verdammt stur seid."

Ich versuchte, die Emotionen zu schlucken, die sich in meiner Brust und in meiner Kehle aufstauten. „Wusstest du schon immer, dass er nie etwas mit Shannon hatte?"

Georgia nickte langsam. „Zuerst war es nur, weil ich wusste, dass mein Sohn so etwas nie tun würde. Später haben sich die Gerüchte gelegt und ich habe herausgefunden, was wirklich passiert ist. Damals habe ich nicht versucht, mit dir darüber zu sprechen. Zu dem Zeitpunkt war er weit weg in Kalifornien, und du,

Schatz, wolltest nicht mit mir reden. Also habe ich es sein lassen. Er hat sein Leben weitergelebt und du anscheinend auch. Glaube mir, ich wollte mich einmischen, aber es schien keinem von euch gegenüber fair zu sein."

Ich ließ die Hände aus meinem Haar gleiten und fuhr mit einer Fingerspitze an der geschwungenen Tischkante entlang. Ich wünschte mir sehnlichst, sie wäre unfair gewesen und hätte sich eingemischt, aber es war viel zu spät, um etwas daran zu ändern.

„Ich weiß nicht, wie ich das jetzt in Ordnung bringen soll. Ich war so lange wütend und es war alles nur ein Missverständnis. Ich bin immer noch wütend auf Shannon, aber jetzt bin ich genauso wütend auf mich selbst." Ich hielt inne, um zu Atem zu kommen. Die Gefühle durchströmten mich so stark und schnell, dass mir schwindelig wurde. „Er, äh ... Er hat sich aufgeregt, weil ich ihm gesagt habe, dass ich mit Earl zum Essen verabredet bin. Es ist aber kein Date. Ich denke nur, dass ich Earl eine bessere Erklärung schulde als die, die ich ihm gegeben habe, als ich von unserer Hochzeit geflohen bin."

Georgia trommelte mit ihren Fingern auf den Tisch und seufzte. „Natürlich tust du das. Ich bin der Meinung, dass du endlich die richtige Entscheidung für dich und, offen gesagt, auch für Earl getroffen hast. Aber wenn er ein paar Minuten deiner Zeit haben will, sollte er sie bekommen. Earl hat dich vielleicht nie für das geschätzt, was du bist - zumindest sehe ich das so -, aber er ist kein schlechter Mensch. Er ist nur ..." Sie schürzte die Lippen, als würde sie nach den richtigen Worten suchen. „Er ist durch und durch ein Kerl, und er ist ziemlich einfach gestrickt. Ich meine nicht, dass er dumm ist, nur einfach im Denken. Du bist, nun ja, lass es mich so ausdrücken. Du schüchterst die meisten Männer ein, weil du so stark, so unabhängig und schön bist. Er wollte zeigen, dass er sich von all dem nicht einschüchtern lässt, aber er hat nicht darüber hinweggesehen. Cade wird sich wieder beruhigen. Er hat sich selbst belogen, dass er über dich hinweg ist. So viel weiß ich. Sieh es als gute Sache, dass er so wütend ist. Der Mann liebt dich über alles. Er war noch nie ein Freund von halben Sachen. Gib ihm einfach ein wenig Zeit."

Ich schaffte es zu nicken, aber mein Herz fühlte sich an, als würde es zersplittern. Meine Finger wanderten weiter zu einem Aktenordner auf dem Tisch, meine Augen folgten seinen Rändern. Nach einem Moment schaffte ich es, aufzublicken und brach fast in Tränen aus. Ich hasste es, mich verletzlich zu fühlen, und zwar so sehr, dass ich Cade und alles, was mit ihm zu tun hatte, komplett aus meinem Leben gestrichen hatte. Jetzt suchte mich all das mit voller Wucht heim, und Georgias fürsorglicher Blick erinnerte mich nur daran, wie sehr es wehtat.

Georgia griff über den Tisch, nahm meine Hand und drückte sie. „Es ist in Ordnung, sich so zu fühlen. Wenn wir jemanden lieben, ist es manchmal schwer. Du und Cade hattet es damals sehr leicht. Nichts hat euch gestört, ihr hattet keine Probleme. Aber manchmal stellen sich einem Hürden in den Weg, die es zu überwinden gilt. Bei euch beiden ist das schon lange überfällig, und ihr beide habt einiges an Gefühlen in euch aufgestaut. Lasst euch einfach Zeit. Okay?"

Ich atmete langsam ein, und die Wärme in Georgias Worten durchdrang die reflexartige Angst, die meine Brust zusammenschnürte. Ich fühlte mich keineswegs gut mit dem Stand der Dinge, aber vielleicht, nur vielleicht, würden Cade und ich das tatsächlich durchstehen.

———

Am nächsten Abend starrte ich Earl über den Tisch hinweg an. Ich hatte es geschafft, höflich zu sein, aber er machte mich wütend. Zu diesem Zeitpunkt fragte ich mich, wie ich ihn jemals für etwas anderes als einen arroganten Idioten hatte halten können. Ich hatte praktisch Bremsspuren auf der Zunge, weil ich mich so anstrengen musste, den Mund zu halten. Das Einzige, was mich jetzt noch am Tisch hielt, war die Tatsache, dass ich annahm, sein Stolz sei angekratzt und er benähme sich deswegen wie ein Arsch. Ich würde ihm dieses Abendessen geben und damit wäre es dann zu Ende.

Allerdings war ich so verärgert, dass ich es mir nicht verkneifen konnte, zu sticheln.

„Also, Angelausflug, ja?", fragte ich.

Ich wollte Earl nicht, aber dass er sich so mühelos erholte, nachdem ich ihn zurückgelassen hatte, war wie Salz in einer alten Wunde. Eine Wunde, die nichts mit ihm zu tun hatte, und doch war alles an unserer gescheiterten Beziehung wie ein roter Pfeil, der auf meine alten Unsicherheiten hinwies. Abgesehen von Cade hatte mir kein Mann jemals das Gefühl gegeben, dass ich wirklich wichtig war. Für Earl war ich so unwichtig, dass ich ihn wenige Minuten vor unserer Hochzeit abservieren konnte und er so schnell darüber hinweg war, dass es meine Unwichtigkeit doppelt und dreifach unterstrich.

Earl sah mich über den Tisch hinweg an und zuckte mit den Schultern. Sein Mundwinkel verzog sich zu einem Grinsen. Als wäre das alles irgendwie lustig.

„Amelia, du bist gegangen. Was zum Teufel hätte ich tun sollen? Du hattest etwas Zeit, dich zu beruhigen, also lass uns ehrlich sein. Ich weiß nicht, was passiert ist, aber was wir hatten, war gut. Lass uns in Ruhe reden und dahin zurückkehren, wo wir einmal waren. Ich glaube, du bist nur ausgeflippt, weil ...“

Mein Blut kochte. Ein dröhnendes Geräusch ließ die Stimmen um mich herum verstummen. Ich schüttelte den Kopf. Earl griff über den Tisch und nahm meine Hand. Ich schüttelte sie ab und wich zurück.

„Earl, wir kehren zu gar nichts mehr zurück. Ich habe das ernst gemeint, was ich an dem Tag gesagt habe. Ich hätte nie ja sagen sollen.“

Er starrte mich an, seine Augen waren klein und schwer zu lesen. Lucys Bemerkungen über seinen Stolz wurden immer deutlicher.

Kapitel Achtzehn

CADE

Ich ließ meinen Wagen vor dem Wildlands zum Stehen kommen. Die Wildlands Lodge war ein Zentrum für Wildnistouren- und Angelresort an der Willow Brook Street, die rechtwinklig zur Main Street verlief und nur einen Steinwurf vom Swan Lake entfernt war. Willow Brook war nach einem kleinen Bach benannt worden, der in der Ferne aus den Bergen entsprang. Er verlief entlang der gleichnamigen Straße, bevor er sich zum Swan Lake schlängelte. Wildlands war einst nur ein Restaurant mit Bar gewesen. Als sich die Stadt in den achtziger Jahren vom Ölboom abgehängt fühlte, richteten die Besitzer ihr Augenmerk auf die vielen Menschen, die in den Bundesstaat zogen, und die Touristen, die ihnen folgten. Wildlands lockte nun als Wildnis-Lodge einige Touristen an, die bereit waren, viel Geld für Angeln und Führungen zu bezahlen.

Es war eine moderne Lodge mit Zedernholzverkleidung und prächtigen Steinkaminen an beiden Enden des Hauses. Der Hotelteil befand sich auf der

Rückseite des Gebäudes mit Anlegestellen am Swan Lake. Ich ging hinein, und ein Gefühl der Vertrautheit überkam mich. Ich hatte hier schon viele Nächte mit Freunden und mit Amelia verbracht. Das Restaurant war voll, sowohl mit Einheimischen als auch Touristen. Ich überflog die Menge und bahnte mir einen Weg zur Bar im hinteren Teil. Polierte Holztische, Bilder von der Wildnis Alaskas und verschiedenen Fischerfotos an den Wänden verliehen dem Raum ein modernes, aber rustikales Flair.

Ich erblickte Beck drüben in der Ecke mit ein paar anderen Jungs, von denen ich annahm, dass sie Feuerwehrleute waren. Nachdem ich mich durch die Menge geschlängelt hatte, schlüpfte ich auf den Stuhl, den Beck neben sich tätschelte.

„Hey, Mann, heute Abend ist es hier voll", begrüßte ich ihn.

Beck grinste. „So ist es jetzt den ganzen Sommer über. Seitdem sie den Anbau an der Hütte fertig haben, ist hier wahnsinnig viel los."

„Wann war das?", fragte ich.

„Vorletzten Sommer. Sie haben jetzt hundert Zimmer mehr. Das ist Wahnsinn. Wie auch immer, lasst mich euch vorstellen. Leute, das ist Cade, der neue Vorarbeiter." Er deutete auf einen Mann mit dunkelblondem Haar und strahlend blauen Augen. „Levi Phillips gehört zu deiner Crew." Levi neigte seinen Kopf in meine Richtung. „Dann haben wir hier Thad Mason und Jesse Franklin. Die beiden gehören auch zur Crew. An Thad erinnerst du dich vielleicht noch, aber Jesse ist ein Überläufer aus Fairbanks."

Ich grüßte und warf Thad einen Blick zu. „Du warst in der High School ein paar Jahre unter mir, stimmt's?"

Thad nickte und drehte seine Bierflasche auf dem

Tisch im Kreis. „Sicher. Gerade jung genug, dass ihr mich ignorieren konntet", sagte er kichernd. Er hatte dunkelbraunes Haar und dazu passende Augen.

Beck ließ sich von Thad ködern und gab ihm einen Klaps auf die Schulter. „Kumpel, wir haben dich nicht ignoriert. Wir hatten damals nur Augen für die Mädels. Du weißt, wie das läuft."

Ich sah zu Levi. „Freut mich, Mann. Wie lange bist du schon bei der Crew hier?"

Levi lehnte sich in seinem Stuhl zurück. „Ungefähr ein Jahr. Ich habe meine Ausbildung in Arizona gemacht, aber ich komme aus Juneau. Als hier eine Stelle frei wurde, habe ich sofort zugesagt."

Das Gespräch ging weiter, und ich erfuhr alles, von der neuen Ausrüstung des Senders bis hin zu Becks letztem Frauendrama, als er, wie er sagte, versehentlich zwei Frauen gleichzeitig datete, von denen er nicht wusste, dass sie befreundet waren. Ich trank gerade mein zweites Bier, als ich zufällig Amelias Haar aufblitzen sah. Ihr bernsteinfarbenes Haar schimmerte golden in den Lichtern. Selbst durch den überfüllten Raum spürte ich ihre Anwesenheit wie eine Druck-welle. Ich konnte nicht anders, als meinen Kopf zu neigen. Im selben Moment bereute ich es dann sofort wieder. Earl Osborne saß ihr gegenüber.

Ich sah rot und tat mein Bestes, um die rasende Eifersucht, die mich durchströmte, im Zaum zu halten. Ich zwang mich, meine Augen abzuwenden, und begegnete dabei Becks allzu scharfsinnigem Blick. Beck hob eine Braue, ein wissendes Grinsen umspielte einen seiner Mundwinkel. Ich schüttelte den Kopf. Becks Grinsen verblasste schnell, und er nickte. Beck mochte es genießen, mich ein wenig zu ärgern, aber er war kein Arschloch.

Eine Kellnerin kam an uns vorbei, und so sehr ich

mir ein weiteres Bier wünschte, um die Eifersucht, die mich zerfraß, unter Kontrolle zu halten, lehnte ich ab. Das Letzte, was meine Wut brauchte, war genug Alkohol, um mich auch noch dumm zu machen.

Der Lärm der Bar summte um mich herum. Ich bemühte mich, einen kühlen Kopf zu bewahren, aber es war riskant. Ich hielt es für das Beste, meinen Arsch hier herauszubewegen, also verabschiedete ich mich und stand auf, währenddessen warf ich einen Zwanziger auf den Tisch, um meine Biere zu bezahlen. Ich begann, mir einen Weg durch die Menge zu bahnen, als mein Blick auf Amelia und Earl fiel. Meine nur schwer zu unterdrückende Eifersucht flammte auf, als ich sah, wie Earl sich über den Tisch lehnte und versuchte, nach ihrer Hand zu greifen.

Jetzt war ich nicht mehr einfach wütend, sondern ich stand lichterloh in Flammen. Ich ging geradewegs zu ihrem Tisch hinüber Amelias Blick schweifte zu mir. „Komm schon", sagte ich.

Earl blickte auf, sein Blick war verärgert. „Das hier geht dich nichts an, Cade. Ich weiß, dass du und Amelia eine gemeinsame Vergangenheit habt, aber ..."

Earl machte den Fehler, wieder nach Amelias Hand zu greifen. Sie wich zurück, ihre Augen blitzten. „Earl, ich habe es dir schon gesagt. Es ist aus mit uns. Punkt."

„Amelia, du kannst nicht einfach ..."

Ich packte Earl bei seinem Hemd und riss ihn aus seinem Stuhl hoch. Kein leichtes Unterfangen, denn Earl war fast so groß wie ich und ziemlich stark. Aber ich war mehr als wütend. In meine Eifersucht mischte sich nun rohe Wut darüber, dass Earl versuchte, Amelia zu irgendetwas zu drängen. „Hör verdammt noch mal auf sie. Du wirst sie nicht mehr zwingen, mit dir zu reden."

Earls Augen waren jetzt groß. Was auch immer er bisher über uns gedacht hatte, es schien ihm zu dämmern, dass es mehr als eine alte Geschichte sein könnte. „Oh, du glaubst, du kannst einfach wieder in der Stadt auftauchen und sie dir schnappen? Das ist verdammter Schwachsinn. Wir wollten heiraten. Du bist derjenige, der sie betrogen hat."

Ich wich zurück, holte aus und schlug meine Faust in Earls Gesicht. Vor lauter Wut, die wie ein Rauschen durch mein Gehirn schwirrte, hörte ich gar nichts mehr. Earl stolperte nach hinten. „Was zum Teufel soll das, Mann!"

Bevor Earl die Chance hatte, zurückzuschlagen, trat Amelia zwischen uns und schob ihn zur Seite. Das Nächste, was ich wusste, war, dass Beck an meiner Seite auftauchte und mich wegzog. „Hör auf damit, Mann. Niemand braucht das", murmelte er mit tiefer Stimme an meiner Schulter.

Die Geräusche um mich herum drangen durch meine Wut, und als ich den Kopf wandte, sah ich, dass Amelia direkt vor Earl stand, ihre Gesichter nur Zentimeter voneinander entfernt. Ich konnte nicht hören, was sie sagte, aber es war nicht zu übersehen, wie wütend sie war. In dem Durcheinander der nächsten Minuten zerrte Beck mich aus dem Weg. Auch Earl wurde von seinem Bruder Dan beiseite geräumt. Ich lehnte mich an die Wand im hinteren Gang, der zu den Toiletten führte, Beck stand mir gegenüber.

„Ich hoffe, Earl beschließt nicht, noch ein größerer Arsch zu sein und Anzeige zu erstatten", sagte Beck mit einem langsamen Kopfschütteln. „Es wäre toll, wenn sich dein Vater darum kümmern könnte."

Mein Vater war der Polizeichef von Willow Brook. Ich wusste, wenn Earl beschloss, ein Arsch zu sein, würde mein Vater ihm nicht im Weg stehen. Ich liebte meinen Dad, aber ich konnte mich darauf verlassen, dass er mich nicht verschonen würde, wenn ich etwas anstellte. Ich schloss meine Augen und fuhr mir mit der Hand durch die Haare. „Scheiße. Ich habe nicht nachgedacht."

Beck gluckste. „Nein, hast du nicht."

Als er nichts mehr sagte, öffnete ich die Augen.

„Sie ist also nicht dein Mädchen, was?", sagte er mit einem langsamen Grinsen.

Ich lehnte meinen Kopf an die Wand und zuckte mit den Schultern.

Schritte erklangen auf dem Flur. Ich wandte den Kopf zur Seite und sah Amelia auf uns zukommen. Mein Herz pochte, und die Lust, die ich niemals abstellen konnte, wenn ich sie sah, traf mich wie ein Blitz.

Sie erreichte uns schnell, ihre langen Beine verringerten den Abstand mit Leichtigkeit. Ihr honigfarbenes Haar fiel ihr in zerzausten Wellen um die Schultern, und ihre dazu passenden Augen funkelten hell. Ihre Wangen waren gerötet, und sie sah, nun ja, man konnte es nicht anders ausdrücken: wütend aus. Ihre Cowboystiefel krachten auf den Hartholzboden, und das Geräusch hallte um uns durch den Raum, als sie stehenblieb. Sie trug Jeans, die sich an ihre Beine schmiegten, die Beine, die ich am liebsten um meine Taille geschlungen hätte. Über den Jeans trug sie eine hellblaue Seidenbluse, die sie über einem enganliegenden Tanktop aufgeknöpft hatte. Mein Blick wurden von den verlockenden Kurven ihrer Brüste angezogen, und ich wollte nichts mehr, als sie einfach auszuziehen und alles andere zu vergessen.

Es spielte keine Rolle, dass ich die Dinge noch

komplizierter gemacht hatte, indem ich ihren sehr frischgebackenen Ex-Verlobten mitten im Geschehen schlug. Ich hatte alles vergessen, außer wie sehr ich sie wollte. Becks Blick huschte von Amelia zu mir und wieder zurück.

„Also?", fragte Beck ruhig.

Amelia blickte zu ihm. „Also was?"

„Das Offensichtliche - wird Earl aus der Sache mehr machen als er muss?"

Sie schüttelte den Kopf. „Oh, du meinst Anzeige erstatten? Nein. Er ist sauer, aber er ist kein totaler Arsch. Ich habe ihm gesagt, dass er mich zu sehr bedrängt hat und sich verdammt noch mal zurückhalten soll."

Beck nickte und stieß sich von der Wand ab. Sein Blick blieb an mir hängen. „Ich bin hier fertig. Du solltest dich für den Rest des Abends von Schwierigkeiten fernhalten, okay?"

Ich nickte und schluckte meine Frustration über das ganze verfluchte Chaos herunter. Beck schlenderte den Flur entlang und ließ uns allein zurück. Amelia sah zu mir hinüber, ihre Augen blitzten immer noch vor Wut.

Wir standen dort im Flur, nicht mehr als einen Meter voneinander entfernt. In Sekundenschnelle knisterte die Luft um uns herum. Ich hatte nur eines im Sinn: die sieben Jahre, in denen nichts zwischen uns gewesen war, zu vergessen und endlich das zu haben, was ich wollte, so sehr, wie ich noch nie etwas in meinem Leben gewollt hatte. Ich hatte sieben Jahre lang gelegentliche Begegnungen mit Frauen gehabt und nicht gedacht, dass ich jemals mehr wollen würde. Ich hatte auch nicht gedacht, dass etwas anderes jemals so sein könnte wie das, was ich mit Amelia geteilt hatte. Was ich unterschätzt hatte, war die Kraft von sieben Jahren chaotischer Gefühle, die sich in dem bloßen Verlangen, das ich für sie empfand, zusammenbraute. Es war Lust auf Oktan.

Was auch immer ihr durch den Kopf gehen mochte, ich wusste genau, was ich für sie empfand. Ich griff nach ihrer Hand und zog sie blitzschnell an mich. Sie wehrte sich nicht, ihre Augen peitschten zu meinen. Ich konnte das wilde Pochen ihres Pulses in ihrem Hals sehen, während sich ihre Augen verdunkelten. Ihr Atem kam in rauen Stößen, während mein Herz so heftig klopfte, dass es fast wehtat.

„Willst du mir sagen, dass wir das nicht tun sollten?", fragte ich, meine Stimme klang heiser.

Ich wusste, dass sie meinen steinharten Schwanz spüren konnte, der sich direkt an ihre Mitte schmiegte. Er war nicht zu übersehen. Ich hatte es immer geliebt, wie wir zusammenpassten. Sie war groß genug, um mit mir zu verschmelzen, ihre Kurven waren genau da, wo ich sie haben wollte.

Sie schüttelte den Kopf, aber nur knapp. Das war alles, was ich brauchte. Ich fuhr mit der Hand in ihr Haar und presste meinen Mund auf ihren. Unser Kuss wurde sofort wild und unsere Zungen verloren sich ineinander. Ich nahm nichts anderes mehr wahr als das Gefühl von ihr an mir, legte all meine Wut, meine Eifersucht und die vielen Jahre, in denen ich sie vermisst hatte, in unseren Kuss. Schritte, die in unsere Richtung kamen, durchbrachen kaum den Nebel in meinem Gehirn, aber sie riss sich von mir los, und ihr Kopf schlug gegen die Wand.

Ich hatte gar nicht bemerkt, dass ich uns herumgedreht und sie gegen die Wand gedrückt hatte. Einer ihrer Stiefel war um meine Wade geschlungen, während ich meine Hüften in die Wiege ihrer

Schenkel stemmte. Ich konnte ihre feuchte Hitze durch die zwei Lagen Jeansstoff zwischen uns spüren. Ihre Augen hielten meinen Blick fest - wild und dunkel. Sie schluckte. „Wir können uns hier nicht so vergessen", flüsterte sie.

Kapitel Neunzehn

AMELIA

Cades Schwanz presste sich gegen meinen Kern, als ich dastand, und schickte Stoßwellen der Lust durch meinen Körper. Ich konnte kaum noch atmen; alles, was ich wusste, war eines: Ich wollte nicht, dass es aufhörte. Es war mir sogar egal, dass jemand durch den Flur auf uns zukam, während ich mich wie eine Liane um Cade wickelte.

Cades dunkelgrüner Blick hielt meinen einen Moment lang fest, dann lockerte er langsam seinen Griff in meinem Haar, sein Daumen strich über meinen Puls, als er seine Hand wegzog. „Könnten wir schon", antwortete er, und seine raue Stimme jagte mir Schauer über die Haut. „Aber so gern ich auch hier im Flur alles ganz und gar vergessen würde, heben wir uns das für später auf. Komm mit."

Er trat zurück und ich fühlte mich augenblicklich beraubt. Ich vermisste seine Wärme, seinen harten, muskulösen Körper, der mich gegen die Wand drückte, und das Gefühl seines Mundes auf meinem, der mich küsste, als würde die Welt untergehen und der einzige Weg, sie zu retten, wäre dieser eine Kuss.

Er nahm meine Hand und zog mich hinter sich her in Richtung Restaurant. Zum Glück kannte ich den Mann nicht, der uns im Flur entgegenkam, und war erleichtert, als er ins Bad abbog. Ich blieb abrupt stehen, woraufhin Cade sich umblickte.

„Lass uns hinten rausgehen", sagte ich und deutete hinter mich. „Da ist eine Tür hinter der Ecke. Nach unserer kleinen Szene da draußen, möchte ich lieber nicht hier entlang."

Seine Mundwinkel verzogen sich zu einem gefährlichen Grinsen. „Gutes Argument."

Hitze durchströmte mich, als er sich umdrehte und schnell in die andere Richtung ging. Earl war für mich schon so weit in die Vergangenheit gerückt, dass ich kaum glauben konnte, was ich da tat. Heute Abend sollte es ein höfliches Abendessen mit Earl werden, bei dem ich ihm erklärte, warum ich mit ihm Schluss gemacht hatte - und zwar ruhiger als an dem Abend unserer Nicht-Hochzeit. Ich hatte Earls Stolz unterschätzt. Nicht eine Sekunde lang glaubte ich, dass er mich mehr wollte als je zuvor, aber ich bezweifelte auch, dass er jemals dieses pulsierende, körperschmelzende Verlangen verspürt hatte, vermischt mit dieser unglaublichen Intimität, die ich bei Cade empfand. Earl gehörte einfach nicht zu der Sorte Mann, die so stark fühlte. Er war freundlich und angenehm. Ich wünschte ihm nichts Schlechtes, aber als er anfing, mit mir zu streiten, merkte ich, dass er es nicht verstand und dachte, er hätte noch immer einen Anspruch auf mich.

Ehe ich mich versah, war Cade herbeigestürmt und hatte Earl aus seinem Stuhl gehoben. Ich würde gerne glauben, dass ich gegen diese Art von Alpha-Männlichkeit immun war, aber das war ich nicht. Zumindest nicht, wenn sie von Cade ausging. Er bog am Ende des Flurs um die Ecke und ging durch die Tür, seine Hand hielt meine fest, während er schnell über den Parkplatz hinter der Lodge marschierte. Dann blieb er plötzlich stehen und drehte sich wieder zu mir um.

Er zögerte keine Sekunde, zeigte sein verschmitztes Lächeln und ließ eine Hand über meinen Po gleiten. Mir stockte der Atem, als ich die Hitze seines Schwanzes an mir spürte. „Bist du mit dem Auto gekommen?", murmelte er gegen meine Lippen.

Ich schüttelte den Kopf. „Hm-hm. Ich bin von meinem Büro aus gelaufen."

Er hielt einen Moment lang still und drehte sich dann wieder um. Ich hatte einen Kuss erwartet, und seine Neckerei schürte das Feuer in mir. Blitzschnell waren wir in seinem Wagen, seine Hand brannte auf meinem Oberschenkel, als er auf die Straße hinausfuhr.

„Wohin fahren wir?", fragte ich, gerade als seine Hand zwischen meine Schenkel glitt.

Wenn er vorhatte, sie zu spreizen, war das völlig unnötig, da sich meine Knie instinktiv für ihn öffneten.

Ich unterdrückte ein Stöhnen, als er meinen Schamhügel berührte, und mich, mit dem subtilen Druck gegen meine Klitoris durch den Jeansstoff, verrückt machte. In dem Moment, in dem ich die Mauern um alles, was ich für ihn empfand, fallen ließ, war meine Kontrolle innerhalb eines Herzschlags dahin. Mit Cade ging es nicht nur um Sex, das war es nie. Doch die Chemie zwischen uns brannte so heiß, dass sie mich fast versengte. Unsere Intimität nährte das Feuer der Begierde zwischen uns, jeder steigerte den anderen.

„Zu dir", antwortete Cade, während er mit seinem Daumen über meinen Kitzler fuhr.

Ich versuchte nicht einmal, mein Stöhnen zu unterdrücken, meine Hüften krümmten sich gegen seine Berührung. „Weißt du ..."

An einem Stoppschild hielt er an, und seine Augen peitschten zu mir. Ich fühlte mich von seinem Blick gebrandmarkt. Nach einem kurzen Moment nickte er. „Selbst wenn ich nicht an dich denken wollte, habe ich es immer getan. Bist du immer noch auf dem Grundstück, das wir uns damals angesehen haben?"

Ich hatte vergessen, wie es ist, wenn jemand meine Gedanken vorausahnt. Mein Herz krampfte sich zusammen und begann erneut wie wild zu klopfen. Ich nickte und kämpfte mit den Gefühlen, die mich durchströmten. Bevor ich an jenem schicksalhaften Morgen aus dem Zimmer gestürmt war, hatten wir uns nach einem Grundstück umgesehen, auf dem wir bauen wollten, wenn er aus Kalifornien zurückkam. Cade hatte die Stadt verlassen, und ich hatte meine Wut wie einen Schutzschild gegen den Schmerz und die Verletzung aufrechterhalten. Irrationalerweise hatte ich gedacht, es täte mir gut, ein Grundstück zu kaufen, das wir geliebt hatten, weil ich nicht wollte, dass er mir alles wegnahm. Ich hatte mir dort mein eigenes Haus gebaut und war entschlossen, mich von einem gebrochenen Herzen nicht aufhalten zu lassen. Ich liebte es dort, aber die Erinnerungen an Cade und die Träume, die wir einst gehabt hatten, waren immer noch wie ein Stein in meinem Schuh.

Nachdem ich genickt hatte, steuerte Cade seinen Truck auf den Highway in Richtung meines Hauses. Minuten später - während seine Hand mich so subtil stimulierte, dass ich dachte, ich würde gleich explodieren - bog er auf die Straße ein, die zu meinem Haus führte. Es war noch hell, obwohl es schon auf 23 Uhr zuging. Sommerabende in Alaska waren ein langer, langsamer Tanz mit der Dämmerung. Die Dunkelheit würde bald hereinbrechen, aber noch nicht ganz.

Er verlangsamte sein Tempo und blickte zu mir. „Du musst mir zeigen, wo deine Einfahrt ist", sagte er, seine Stimme war tief und angespannt, ich hörte einen Hauch von Unsicherheit.

Blitzschnell wurde mir klar, dass er genauso durcheinander sein musste wie ich. Als wir das Grundstück damals besichtigt hatten, war es leer gewesen - keine Einfahrt, nichts, woran man sich hätte orientieren können. Die Erkenntnis, dass er nie bei mir zu Hause gewesen war, war wie ein Messerstich in mein Herz - ein scharfer Schmerz genau dort, wo es am meisten wehtat. Wir hatten so viel verpasst, und das alles wegen einem sehr gut getimten Boykott. Ich begegnete seinem Blick und deutete auf meine Einfahrt geradeaus.

Cade bog in die Einfahrt ein und wurde langsamer, seine Augen suchten die Umgebung ab. Meine Hütte lag in einem Waldgebiet, zwischen einer Mischung aus Blaufichten, verstreuten Pappeln und Birken. In der Nähe gab es weitere Häuser, jedoch nicht in Sichtweite. Die Bäume öffneten sich zu einem kleinen Feld mit einem flachen Teich auf der einen Seite. Meine Einfahrt schloss mit einem Kreis ab. Er brachte seinen Wagen zum Stehen und zog langsam seine Hand aus meiner Mitte. Obwohl ich so erregt war, dass ich fast zu einer Pfütze zerfloss, spürte ich die Intensität seiner Gefühle.

Ich kletterte mit ihm aus dem Truck und stellte mich an seine Seite. Im schmutzigen Licht der späten Dämmerung sah der Teich zauberhaft aus. Der aufgehende Mond kam hinter den Bäumen hervor und warf einen silbrigen Schein auf die Erde. Er blickte über das Feld und drehte sich zu meiner Hütte um.

„Hast du das gebaut?", fragte er.

Wortlos nickte ich. Ich wusste nicht recht, was ich mit den Gefühlen anfangen sollte, die mich durchströmten. Irgendwie fühlte sich dieser Moment bedeutsamer an, als ich erwartet hatte. Ihn hier zu haben, an diesem Ort, den wir einmal hätten teilen wollen, fühlte sich so gewaltig an, dass die Gefühle über mich hereinbrachen wie eine Flutwelle.

Ich folgte seinem Blick zum Haus. Es war das erste Projekt, das ich ganz allein durchgeführt hatte. Es war eine kleine Hütte, die sich an den Rand der Bäume schmiegte, mit einem kleinen Garten und einem Teich auf der anderen Seite. Auf beiden Etagen gab es Terrassen, beide zogen sich um das gesamte Gebäude, wenngleich die obere ein wenig kleiner war als die untere.

Cade war still, so still, dass es mir Angst machte. Er griff nach meiner Hand und wir gingen zur Hütte. Wir stiegen gemeinsam die Treppe hinauf, und jeder Schritt fühlte sich an wie ein Meilenstein. Ich schloss meine Tür niemals ab, weil es unnötig war. Wir traten hindurch, die Tür schloss sich flüsternd hinter uns. Meine Hütte hatte eine Wohnküche, die sich über das gesamte Erdgeschoss erstreckte; der einzige andere Raum war ein Bad auf der hinteren Seite. Ein offener Dachboden im Obergeschoss beheimatete ein Schlafzimmer und ein weiteres Badezimmer.

Seine Augen suchten den Raum ab, während mein Herz in einem wilden, rasenden Rhythmus hämmerte. Unruhig wollte ich seine Hand loslassen, aber er hielt mich fest.

„Nicht."

Seine Worte fielen in die Stille, seine heisere

Stimme jagte mir einen Schauer über den Rücken. Ich sah zu ihm hinüber und war sofort gefangen in seinem Blick. Er zog mich an sich. Mein Körper erinnerte sich an seinen und schmiegte sich an ihn, als wäre es erst gestern gewesen, dass wir jede Nacht miteinander verbracht hatten. O Gott. Er fühlte sich so gut an. So eisern und stark, genau das, was ich wollte, denn er war Cade, der einzige Mann, bei dem ich je hatte loslassen können.

„Es ist schön", flüsterte er.

Meine Verwirrung muss sich gezeigt haben, denn sein Mundwinkel neigte sich nach oben. „Dieses Haus. Es gefällt mir", fügte er hinzu.

Ich schluckte nickend. Ich konnte nicht sprechen, denn mein Puls raste wie wild, Hitze durchströmte mich, und meine Sehnsucht nach ihm war so groß, dass ich nicht denken konnte.

Er hob seine Hand und strich mit den Fingern durch mein Haar. „Es hat mich wirklich sauer gemacht, dich mit Earl zusammen zu sehen."

„Ich war nichts so *mit* ihm , wie du meinst."

Ich spürte, wie er mit den Schultern zuckte und sein leises Glucksen durch meinen Körper vibrierte.

„Das war mir egal."

Seine Worte umschlossen mein Herz. Die ange-deutete Eifersucht ließ mich erröten, innerlich und äußerlich. Ich hatte vergessen, wie es sich anfühlte, auf diese Weise begehrt zu werden.

„Ich war nie so mit ihm zusammen, wie ich es mit dir bin. Niemals mit irgendwem."

Sein Blick verfinsterte sich, als seine Hand in mein Haar glitt und meinen Nacken umfasste, sein Daumen strich fordernd über meinen Hals.

„Das ist gut zu wissen. Denn für mich gab es immer nur dich."

So blieben wir stehen, eng aneinander geschmiegt in der Mitte des Raumes, durch dessen Fenster silbernes Mondlicht hereinfloss. Ich konnte kaum atmen vor lauter Sehnsucht, die mich durchströmte. Seine Stimme ließ mich aufschrecken. Ich war in die Stille versunken, in unseren Herzschlag getrieben durch nichts außer Gefühle und Verlangen, der zwischen uns pulsierte.

„Ich glaube nicht, dass ich es langsam angehen lassen kann", sagte er.

Ein heißer Schauer durchfuhr mich, das Verlangen krampfte sich in meinem Inneren zusammen. Ich konnte die Feuchtigkeit zwischen meinen Schenkeln spüren und wusste, dass meine Lust auf ihn mich nass gemacht hatte. „Ich glaube, ich kann das auch nicht", brachte ich schließlich mit heiserer Stimme hervor.

Daraufhin verdunkelten sich seine Augen noch mehr. Im Nu war sein Mund auf meinem und er zerrte an meiner Kleidung. Es gab kein langsames Vorspiel. Ich war so voll von Verlangen, dass ich den Verstand verloren hätte, wenn er nicht genauso sehnsüchtig gewesen wäre wie ich. So aber wurde mir die Kleidung vom Leib gerissen, während wir durch den Raum stolperten.

Ich schaffte es, eine Lampe neben der Couch anzuknipsen, als Cade innehielt, um sich die Schuhe auszuziehen, nachdem er fast umgefallen war, als ich seine Jeans nach unten schob. Ich purzelte auf die Couch, nackt bis auf meinen blauen Seidenschlüpfer, das einzige Kleidungsstück, in dem sich ein Hauch von Weiblichkeit zeigte. Sein verbliebener Stiefel knallte hinter ihm auf den Boden, und er kickte seine Jeans von sich. Ich sah zu ihm auf, und mein Mund wurde trocken. Oh. Mein. Gott.

Es war nicht so, dass ich nicht gewusst hätte, wie

er aussah. Ich hatte vor kurzem sogar einmal die Gelegenheit gehabt, ihn in die Finger zu bekommen. Aber es war lange sieben Jahre her, dass ich ihn völlig nackt gesehen hatte. Er hatte sich von einem verdammt sexy jungen Mann in einen harten, muskulösen, gefährlich sexy Mann verwandelt. Ich wusste, dass sein Job körperlich so anstrengend war, wie es nur ging, aber trotzdem. Es gab keinen Zentimeter an ihm, der nicht geschliffen und drahtig war. Er hatte ein paar dunkle Haare auf der Brust, seine Haut schimmerte bernsteinfarben in dem weichen Licht.

Er sah auf mich herab, seine Augen dunkel und aufmerksam. Überall, wo sein Blick landete, brannten kleine Feuer unter meiner Haut. Er beugte sich hinab und strich mit dem Finger über die Seide zwischen meinen Schenkeln. „Du bist so verdammt feucht."

Ich konnte nicht einmal sprechen, aber meine Hüften hoben sich automatisch an, als er mich berührte. Ich schrie auf, als er sich wieder zurückzog. Er verschwendete keine Zeit und fuhr mit einem Finger über den Rand meines Höschens, riss es herunter und warf es zur Seite. Er beugte sich vor, um seine Jeans vom Boden aufzusammeln. Verwirrt schüttelte ich den Kopf, als ich merkte, dass er ein Kondom aus seiner Brieftasche zog.

„Ich nehme die Pille, und ich bin clean. Außer dir ..." Ich musste innehalten, als mich das Gefühl überkam. Außer ihm hatte ich noch nie mit jemandem ohne Kondom geschlafen. Cade war der Mann, an den ich meine Jungfräulichkeit verloren hatte, und der Mann, der mich begleitete, als ich zum Arzt ging, um die Pille zu nehmen. Als ich wieder versuchte, zu daten, konnte ich es einfach nicht über mich bringen, jemanden über diese Ebene hinausgehen zu lassen.

Nicht einmal Earl, und nicht einmal, als ich dachte, ich würde ihn heiraten.

Cade schwieg, die Hand, in der er das Kondom hielt, erstarrte in der Lust, und ich wurde unruhig. „Es sei denn, ich meine ... Vielleicht ...“

Was immer er in meinen Augen sah, setzte ihn in Bewegung. Er warf die Kondompackung auf den Boden und streckte sich schnell über mich. Ich hatte gar nicht bemerkt, dass mir eine Träne über die Wange gelaufen war, bis er sie mit seinem Daumen wegwischte. Es war eine solche Erleichterung, ihn an mir zu spüren, sein Gewicht und seine Kraft hüllten mich in den Moment mit ihm ein. Sein Schwanz drückte gegen meine nassen Falten und das Verlangen krallte sich in mir fest, aber ich musste erst einmal zu Atem kommen.

Er bedeckte mein Gesicht mit Küssen. „Gott, Lia. Schau nicht so. Ich kann es nicht ertragen“, murmelte er.

„Nun, ich wusste nicht, was du dir gedacht hast“, brachte ich stöhnend heraus, als seine Hüften sich gegen mich drückten und sein Schwanz über meinen Kitzler glitt.

„Es ist sieben Jahre her, dass ich mit jemandem ohne Kondom geschlafen habe, deshalb bin ich ein wenig erschrocken. Glaube keine Sekunde, dass ich es nicht will“, sagte er und seine Hüften drückten sich wieder gegen mich.

Ich holte zitternd Luft und versuchte erfolglos, das wilde Verlangen, das mich durchströmte, zu bändigen. Ich hatte keine Lust mehr zu reden. „Cade, bitte ...“ Was auch immer ich sagen wollte, ging in dem Moment verloren, als er sich zurückzog und in mich eindrang.

Er verschränkte seine Hände mit meinen und

streckte sie über meinen Kopf. Seine Augen lagen wie heiße Glut auf mir. Ich spürte das Brennen seines Blickes und konnte nicht wegsehen. Er hielt einen Moment lang still, und ich seufzte, als ich spürte, wie sich mein Kanal ausdehnte, um ihn in sich aufzunehmen. Es fühlte sich so gut an, so richtig, wie er mich ausfüllte. Ich spürte, wie sein Herz im Takt mit meinem schlug und wie seine Haut heiß und geschmeidig meine berührte. Nach einem Moment begann er sich zu bewegen. Mein Geschlecht krampfte sich um ihn, als er in mich stieß - lang und tief, wieder und wieder und wieder. Das war alles andere als sanft - meine Beine schlossen sich um ihn, meine Hüften prallten gegen seine rauen Stöße, seine Hände krampften sich fester um meine, seine Zähne kratzten an meinem Hals und seine Augen loderten, als ich anfing, den Halt zu verlieren.

Die Lust fegte durch mich hindurch, mein Höhepunkt war so intensiv, dass ich mich in mir selbst drehte. Das Einzige, was mir Halt gab, war das Gefühl von Cade in mir. Er stieß ein Knurren aus, mein Name folgte in einem rauen Schrei, als er sich anspannte und dann auf mir zusammensackte.

Kapitel Zwanzig

CADE

Ich öffnete die Augen und war kurzzeitig verwirrt. Ich war es nicht gewohnt, mit dem Gefühl weicher Kurven an mir aufzuwachen. Durch den Dunst des Schlafes erinnerte ich mich, dass es Amelia war, die neben mir lag. Die Spannung, die sich in mir aufgebaut hatte, ließ sofort nach. Ich lag auf dem Rücken, eines ihrer Beine lag über meinen, und ihr Fuß steckte zwischen meinen Waden. Mein Herz schnürte sich zusammen, sie fühlte sich so vertraut an. Ich richtete mich auf den Kissen auf und blickte auf sie herab. Ihr bernsteinfarbenes Haar lag zerzaust um ihr Gesicht und ihre Schultern. Emotionen erschütterten mich und kollidierten mit der Lust, die in meinen Adern brannte.

Zwischen uns hatte es nie an Chemie gefehlt, doch irgendwie waren sieben Jahre, gemischt mit einem Gewirr aus Schmerz, Bedauern und Wut, wie Treibstoff, der das Feuer zwischen uns noch mehr schürte. Ich fuhr mit den Fingern durch ihr Haar und entwirrte müßig die seidigen Strähnen. Sie bewegte sich leicht im Schlaf, und das Gefühl, wie ihre Haut über meine glitt, schickte das Blut direkt in meine Leistengegend. Ich wollte diesen Moment auskosten – die einfache Tatsache, mit der einzigen Frau aufzuwachen, die ich je geliebt hatte, nachdem ich jahrelang der Überzeugung gewesen war, dass wir diese Chance nie wieder bekommen würden, war so schön, dass ich keine Sekunde davon verpassen wollte. Doch mein Körper hatte kein Interesse daran, irgendetwas langsam anzugehen. Mein Bedürfnis nach ihr wechselte so schnell von schläfriger Erregung zu brennendem Verlangen, dass es schwer war, die Kontrolle zu behalten.

Als wir gestern Abend hierhergekommen waren, hatten wir geduscht und obwohl ich mich gerade in ihr entladen hatte, ließ ich meine Hände über ihren Po gleiten und griff zwischen ihre Schenkel, um sie heiß, nass und bereit zu finden. In Windeseile versank ich in ihrer prallen Hitze.

Danach purzelten wir in der Dunkelheit ins Bett. Ich atmete langsam durch, drehte den Kopf zur Seite und sah aus den Fenstern. Sie hatte das kleine Haus klugerweise so eingerichtet, dass die Fenster an der Vorderseite freien Blick auf das angrenzende Feld und den Teich boten. Im frühen Morgenlicht stieg Nebel vom Wasser auf. Ein Schwarm Kraniche pickte im Gras am Rande des Feldes. Wie ich Amelia kannte, hatte sie ihnen wohl den ganzen Sommer über Maiskörner hingeworfen. Sandhügelkraniche zogen jeden Sommer nach Alaska und kehrten in der Regel Jahr für Jahr in das gleiche Gebiet zurück. Die großen, langbeinigen Vögel könnten leicht im Gras verschwinden, wären da nicht ihre leuchtend roten Kronen auf dem Kopf. Dieser Schwarm kam wahrscheinlich schon seit vielen Jahren hierher, lange bevor Amelia hier gebaut hatte, und doch hatte sie zweifellos alles getan, um sicherzustellen, dass sie sich nicht gestört fühlten.

Ich holte tief Luft und versuchte, die Emotionen und das Bedürfnis, das mich durchströmte, zu zähmen. Amelia war ein Bündel weicher, üppiger Kurven an mir. Sie bewegte sich wieder, und ich hätte fast laut gestöhnt. Ich spürte, wie sie aufwachte und ein feiner Spannungsfaden durch ihren Körper summte. Sie hob den Kopf, und ihre bernsteinfarbenen Augen fingen meine ein. Gott, ich liebte es, wie sie aussah, wenn sie schläfrig war. Von Natur aus war sie eine starke, mutige, selbstbewusste Frau. Es kam selten vor, dass sie sich aus der Reserve locken ließ, aber im Halbschlaf gab es keine Reserve. Sie starrte mich an, einen Moment lang völlig ruhig, aber ich spürte, wie ihr Herz anfing, an meiner Brust zu klopfen.

„Morgen", sagte ich und strich ihr ein paar verworrene Haarsträhnen aus den Augen.

Ihre Wangen wurden rot. „Guten Morgen. Ähm ..."

Ihre Worte gerieten ins Stocken, und sie wandte den Blick ab, als würde sie nachdenken.

„Amelia?"

Ihr Blick wanderte zurück zu mir.

„Nicht."

„Was nicht?"

„Nicht so viel denken."

Sie versteifte sich, und ich konnte mir ein Grinsen nicht verkneifen. Ich hatte vergessen, wie sehr ich es genoss, ihr unter die Haut zu gehen, wenn auch nur ein bisschen.

„Ich denke nicht ..."

Ich bewegte mich schnell, hob sie hoch und setzte sie auf mich. Sie keuchte, aber sie wehrte sich nicht, was vielleicht lustig gewesen wäre. Ihre Knie landeten auf beiden Seiten meiner Hüften. Genau da, wo ich sie haben wollte.

Ich blickte zu ihr auf. Die Morgensonne fiel schräg

durch die Fenster und ließ ihr Haar golden schimmern. Ich konnte ihre glitschige Hitze an mir spüren. Ich war in Versuchung, so verdammt in Versuchung, jetzt in sie zu stoßen. Ich konnte mich nicht davon abhalten und drückte mich fest gegen ihre Mitte. Sie keuchte und schloss ihre Augen.

„Warte. Noch nicht", stieß ich hervor.

Ihre Augen flogen auf und blickten mich an.

„Wage es nicht, mich so zu reizen", sagte sie, ihre Stimme noch rau vom Schlaf.

Sie begann sich zu erheben, aber ich war bereit und wusste, was ich wollte.

In Windeseile drehte ich uns um und streckte mich über ihr aus. Es gab so viele Dinge, die ich wollte - vielleicht wäre eine ganze Woche mit ihr im Bett genug Zeit -, aber im Moment musste ich sie schmecken. Ich tastete mich mit meinen Händen und Lippen an ihrem Körper hinunter und hielt inne, um mit ihren Brüsten zu spielen. So voll und rund mit straffen, rosafarbenen Brustwarzen, ich hätte den ganzen Tag dort verbringen können.

Wenn sie immer noch wütend auf mich war, ging das in ihren rauen Seufzern und ihrem lustvollen Stöhnen unter. Ich spreizte ihre Knie und fuhr mit den Fingern an den Innenseiten ihrer Schenkel entlang, was mir einen gemurmelten Fluch einbrachte. Schließlich fuhr ich mit einem Finger durch ihre Falten. Sie war so nass, ihre Schenkel waren ganz glitschig. Ich wollte mir Zeit lassen, aber die Lust, die mich durchströmte, war so stark, dass es mir nicht gelang. Ich versenkte einen Finger knöcheltief in ihrer Mitte und genoss es, als sich ihr Kanal um ihn zusammenzog. Dann neigte ich meinen Kopf und begann, sie mit meiner Zunge zu erforschen, während ich sie mit meinen Fingern fickte.

Sie schmeckte so gut, dass ich mich ihr hingab - leckend, streichelnd und saugend. Ich wollte sie zum Explodieren bringen, aber ich hatte vergessen, wie anspruchsvoll sie sein konnte. Sie packte mich an den Haaren und zerrte an mir. Ich hob meinen Kopf und spielte noch immer mit meinen Fingern in ihr, dehnte und streichelte sie.

„Ich brauche dich. Jetzt", forderte sie mit rauer, heiserer Stimme.

„Du hast mich doch", konterte ich und genoss ihre Frustration.

Als sich ihr Unterleib um mich herum zusammenzog, kreiste ich mit meinem Daumen langsame um ihre Klitoris.

Ihr Kopf kippte mit einem kehligen Schrei nach hinten, aber sie ließ sich nur kurz ablenken. Sie hob ihren Kopf. Verdammt! Sie sah einfach herrlich aus, die Haare wirr im Gesicht, die Haut rot und feucht, ihre Brüste hoben und senkten sich mit jedem ihrer schweren Atemzüge.

„Gib ihn mir", befahl sie.

Ich zog meine Finger heraus und versenkte sie dann wieder tief in ihr. „So?"

Sie murmelte einen Fluch und zerrte wieder an mir. Da ich das Gleiche wollte, hörte ich auf, sie zu reizen. In dem Moment, in dem ich auf ihr lag, unsere Körper aneinandergepresst und die Spitze meines Schwanzes an ihrem Eingang, hielt ich still und sah ihr in die Augen. Die Luft um uns herum war wie elektrisiert. Die Intensität der Verbindung, die ich mit ihr fühlte - so stark, dass sie mein Herz durchbohrte - traf mich mit einer solchen Kraft, dass ich nach Atem rang. Ich starrte sie an - hart - und sank langsam in sie hinein. Wieder waren meine Gedanken und meine Handlungen nicht dieselben. Ich wollte es langsam angehen, jede Millisekunde auskosten, aber mein Körper wollte etwas ganz Anderes. Die Kräfte, die in uns, zwischen uns und um uns herum walteten, waren so mächtig, dass meine rohen Urinstinkte sofort die Oberhand über mich gewannen.

Ihre Beine schlossen sich um meine Hüften, ihre Nägel zerkratzten meinen Rücken, und ich rammte in sie hinein, jeder Stoß tiefer als der letzte. Ich spürte, wie der Schauer durch ihren Körper rollte, ihr Kanal pulsierte um meinen Schwanz. Sie schrie auf, mein Name war ein raues Brüllen, gerade als meine eigene Erlösung durch mich hindurchdonnerte. Ich ließ mich in ihr fallen, innerlich und äußerlich ausgelöscht von der Erlösung und dem Gefühl, bei ihr zu sein. Als mein Atem langsam nachließ und mein Herz aufhörte, so heftig zu schlagen, dass ich kaum etwas anderes hören konnte, verlagerte ich mein Gewicht auf die Seite.

Wir lagen in einem verschwitzten Knäuel zusammen. Nach einem Moment spürte ich ihre Augen auf mir und öffnete meine. Ihr Blick war klar. Nach einem kurzen Moment griff sie nach oben und strich mir mit der Fingerspitze über die Brauen.

Kapitel Einundzwanzig

AMELIA

Ich stützte meine Ellbogen auf den Tresen und beobachtete, wie Cade das Omelett, das ich ihm vor ein paar Minuten serviert hatte, praktisch inhalierte. Ich hatte es geschafft, den größten Teil des Morgens zu überstehen, ohne dass meine aufdringlich kritischen Gedanken dem besten Morgen in die Quere kamen, den ich seit Menschengedenken erlebt hatte. Die vergangene Nacht war fantastisch gewesen. Dieser Morgen war unglaublich gewesen. Es fühlte sich so seltsam und vertraut zugleich an, wieder mit Cade zusammen zu sein. Es war schwer zu glauben, dass der hässliche Teil des gestrigen Abends überhaupt stattgefunden hatte. Ich wusste immer noch nicht so recht, was ich davon halten sollte, wie leicht es mir gefallen war, Earl loszulassen. Im Nachhinein musste ich grausam direkt feststellen, dass ich ihn nie geliebt hatte. Meine Gedanken und mein Herz gehörten Cade und nur Cade.

Ich war nicht mehr in der Stimmung, irgendetwas zu meiden. Ich hatte zwei Jahre meines Lebens mit Earl vergeudet und noch viel mehr, weil ich so gut darin war, alles zu meiden, was mit Cade zu tun hatte. Das Komische war, dass Cade trotz meiner hartnäckigen, herkulischen Bemühungen nie weit weg gewesen war. Ich hatte mich schlichtweg vor der Welt verschlossen. Was für eine Verschwendung.

Die Kaffeemaschine piepte, und ich drehte mich um. Nachdem ich zwei Tassen gefüllt hatte, schob ich eine über den Tresen und setzte mich ihm gegenüber. „Also, wann hast du gesagt, dass du anfängst zu arbeiten?"

„Montag", sagte er zwischen zwei Bissen.

„Was machst du heute?"

Er nahm einen großen Schluck Kaffee, sein grüner Blick war prüfend. „Was immer du machst", sagte er, ein langsames Grinsen umspielte seine Mundwinkel.

Ich lächelte bis in die Zehenspitzen, und ein rührendes Gefühl durchfuhr mich, während mir Tränen in die Augen stiegen.

Sein Lächeln verblasste, und er setzte seinen Kaffee ab und nahm meine Hand in seine. „Hey, wenn es zu viel ist, sag es einfach. Es gibt das, was ich jetzt will, und das, was ich langfristig will. Und ich will es nicht langsam angehen, aber ich weiß, dass der Zeitpunkt vielleicht nicht der beste ist." Er hielt inne, räusperte sich und begegnete meinem Blick – seine aufmerksamen Augen gaben mir das Gefühl, als könne er direkt in mein Herz sehen. „Ich will das nicht noch einmal vermasseln."

Ich versuchte, das Gefühl zu schlucken, das meine Kehle verstopfte, und schüttelte den Kopf. „Das ist es nicht. Es ist vielmehr so, dass sich alles so gut anfühlt und ich so froh bin, dass du hier bist, und ich will es auch nicht vermasseln. Wenn es nach mir geht, solltest du einfach hierbleiben und nie wieder weggehen."

Er gluckste, und das leise Geräusch kreiste um

mein Herz. „Nun, das ist einfach. So wie es aussieht, wohne ich bei meinen Eltern, bis ich etwas anderes gefunden habe. Glaub mir, meine Mutter würde Luftsprünge machen, wenn ich ihr sage, dass ich bei dir wohne."

„Das würde sie wahrscheinlich." Ich machte eine Pause und nippte an meinem Kaffee. „Ich denke, ich sollte mich wegen Earl schlecht fühlen, aber das tue ich nicht. Ich habe ihn verlassen, bevor ich überhaupt wusste, dass du nach Hause kommst. Und ich tat es, weil wir nicht füreinander bestimmt waren."

Ich kaute an der Innenseite meiner Wange und sah zu Cade hinüber. Er nahm noch einen Bissen von seinem Omelett. Nachdem er fertig gekaut hatte, sah er mich an und zuckte mit den Schultern. „Ehrlich gesagt, denke ich nicht so sehr an Earl, sondern vielmehr an uns. Wenn wir langsam machen müssen, um es nicht wieder zu vermasseln, dann werde ich das tun."

Ich nahm noch einen Schluck Kaffee, genoss den bitteren Geschmack und überlegte, wie ich das sagen sollte, was gesagt werden musste. „Wir beide hätten vielleicht alles anders gemacht, aber Shannon hat uns gegeneinander ausgespielt."

Cades Augen verfinsterten sich. „Man kann sagen, dass wir beide ziemlich stur sind", sagte er schließlich.

Ich drückte seine Hand. „Vielleicht. Sag mal, bist du noch sauer auf mich?"

Er hob fragend eine Augenbraue.

„Dafür, dass ich dir nie die Chance gegeben habe, alles zu erklären", fügte ich hinzu.

Er erwiderte den Druck meiner Hand und nahm einen Schluck Kaffee, sein Blick war nachdenklich. „Ich war sehr gekränkt und wütend, aber jetzt nicht mehr. Ich mache dir keine Sekunde lang einen

Vorwurf, dass du an diesem Morgen sauer warst. Verdammt, ich konnte nicht einmal damit umgehen, dass du mit Earl an einem Tisch saßt, obwohl ich wusste, warum es nötig war." Er hielt inne, stellte seinen Kaffee ab, griff nach meiner anderen Hand und hielt beide in seiner fest. „Wir können die Vergangenheit nicht ändern. Ich bin nach Hause gekommen, um mich daran zu gewöhnen, ohne dich zu leben. Es war die Hölle, mehr als dreitausend Meilen weit weg zu sein, aber in Kalifornien musste ich dich nicht sehen. Dann hat sich alles geändert und jetzt sind wir hier. Lass uns einfach einen Tag nach dem anderen angehen. Wenn es etwas gibt, worüber du dir keine Sorgen machen musst, dann ist es, dass ich wieder weggehe oder jemand anderen wollen könnte. Verdammt, ich habe dich so sehr vermisst, dass ich mir nicht einmal die Mühe gemacht habe, jemand anderen zu suchen."

„Du hattest keine anderen Frauen? Überhaupt niemanden?", fragte ich. Ich konnte nichts gegen die winzigen Zweifel tun, die durch meinen Kopf schwirrten. Die alte Saat der Unsicherheit, die Shannon mit ihrer Manipulation gepflanzt hatte, und die Tatsache, dass die meisten Jungs einfach nicht wussten, wie sie mit mir umgehen sollten, waren schwer zu überwinden. Es war nicht so, dass ich dachte, ich sei ein hässliches Entlein. Nein, ich wusste vielmehr genau, dass die meisten Männer Frauen bevorzugten, die ihnen nicht ebenbürtig waren. Es war, wie es war. Ich hatte mir nie Gedanken darüber gemacht, was das bedeutete und was es über die Welt aussagte, in der wir lebten. Ich blickte zu ihm hinüber.

Er drückte meine Hände, dann ließ er eine davon los, um nach seiner Kaffeetasse zu greifen und einen langen Schluck zu nehmen. „Ich war nicht enthaltsam, wenn du das meinst, aber ich habe seit dir mit niemandem mehr eine ganze Nacht verbracht."

Seine Augen hielten meine fest, und mein Herz begann so heftig und schnell zu hämmern, dass ich kaum atmen konnte, als mir die Bedeutung dessen, was er gerade gesagt hatte, bewusst wurde. Ich hatte geglaubt, ich sei allein mit meiner völligen Akzeptanz der Tatsache, dass kein anderer jemals an das heranreichen würde, was Cade und ich geteilt hatten.

Kapitel Zweiundzwanzig

CADE

Ich betrat die Feuerwache und stützte mich mit den Ellbogen auf dem Empfangstresen ab. Maisie war am Telefon und sie sah mich an, als ob sie sich über meine Anwesenheit wunderte. Es war mitten in meiner zweiten Dienstwoche und ich hatte beschlossen, ihr die Zähne zu zeigen, indem ich sie ständig angrinste.

Aber verdammt. Sie war wie ein Kaktus, und Carol war eher wie eine Glucke für uns alle gewesen. Es war schwer zu glauben, dass Maisie tatsächlich mit ihr verwandt war. Sie hatten die gleichen großen braunen Augen, und obwohl meine Erinnerungen an Carol, als sie jünger war, durch die verschwommene Linse eines kleinen Jungen entstanden waren, hatte ich sie als hübsch in Erinnerung. Maisie könnte das auch sein, wenn sie aufhören würde, jeden so böse anzustarren.

Ich hatte Amelia gegenüber erwähnt, dass ich Carol vermisste, und einfach nicht glauben konnte, dass Carol meinen Vater dazu überredet hatte, Maisie einzustellen. Sie hatte mich angesehen, geseufzt und mir ins Gedächtnis gerufen, dass Maisie ihre ganze Kindheit über nur durch die Gegend geschleppt worden war und so gut wie keinen Ort gehabt hatte, den sie als Zuhause hätte bezeichnen können. Laut Amelia hatte Maisie Carol besucht, als sie im Hospiz lag, und Carol hatte meinen Vater gebeten, ihr eine Chance auf einen Job zu geben. Dann hatte sie mir ausdrücklich befohlen, nett zu sein.

Ich dachte mir, wenn Maisie mich und die Jungs nicht verwöhnen könnte, würden wir einfach stinkfreundlich zu ihr sein. In der kurzen Zeit, die ich jetzt schon hier arbeitete, hatte ich beobachtet, wie sie alle Jungs ignorierte, alles vermied, was nach einer freundlichen Unterhaltung aussah, und wie sie ihren Missmut auf den Schultern trug, als wäre er ein Betonklotz. Sie war so stachelig, dass die anderen Jungs sie tunlichst mieden, mit Ausnahme von Beck, der sie gelegentlich, sehr gelegentlich, beäugte und den Versuch unternahm, sich mit ihr zu unterhalten. Becks Äußeres war wie eine antihaftbeschichtete Pfanne - alles glitt an ihm ab, so dass Maisies Unfreundlichkeit ihn nicht sonderlich tangierte.

Alles in allem fühlte ich mich großmütig. Die letzten zwei Wochen waren so ziemlich die besten meines Lebens gewesen. Mit Amelia zusammen zu sein, war geradezu himmlisch. Oh, wir hatten einiges durchzustehen, und sie war so stur wie eh und je, aber das war ich auch. Das Beste an unseren Streitereien war, dass wir wussten, wie man verdammt guten Versöhnungssex haben konnte. Meine Libido, die sich lange Zeit auf gelegentliche Begegnungen beschränkt hatte, wurde zurzeit ganz schön strapaziert. Erst vor einer Stunde hatte sich Amelias Mund unter der Dusche um meinen Schwanz gelegt. Das war geschehen, nachdem ich mich gleich nach dem Aufwachen bis zum Anschlag in ihr vergraben hatte.

Da war zum einen meine allgemein gute Laune und

zum anderen die Tatsache, dass meine Mitarbeiter unseren Hauptdisponenten mögen und ihm vertrauen sollten. Ich machte mir keine Sorgen, dass Maisie bei ihrem Job nicht fein säuberlich erledigen würde. Sie nahm ihn sehr ernst. Ihre Haltung ließ jedoch mehr als nur ein wenig zu wünschen übrig.

Ich stützte mich auf die Ellbogen und lächelte sie an, als sie schließlich auf den Hörer tippte, um das Telefonat zu beenden, das sie gerade geführt hatte. Sie rückte ihr Headset zurecht und sah zu mir auf. „Kann ich dir helfen?", sagte sie steif.

Sie hatte keine Ahnung, was für ein Glück sie hatte, dass ich nicht so schlecht gelaunt war wie in den letzten sieben Jahren. Sonst hätte ich sofort zurückgeschnauzt. Stattdessen erinnerte ich mich daran, geduldig zu sein. Wenn ich nicht wollte, dass sie sich so verhielt, durfte ich kein Arschloch sein.

„Rex, Beck und ich hatten gehofft, mit dir zu Mittag essen zu können", sagte ich. Beck und ich hatten neulich mit meinem Vater darüber gesprochen.

Maisie hob eine ihrer dunklen Augenbrauen und starrte mich an, als hätte ich ihr gerade vorgeschlagen, sich in einer Schlammpfütze zu wälzen.

„Warum?", war ihre einzige Antwort.

„Weil du unser Hauptdisponent bist und wir uns gerne treffen würden, um ein paar Dinge rund um die Wache zu besprechen."

Ich hörte, wie sich die Tür hinter mir öffnete und wieder schloss. Als ich über meine Schulter blickte, sah ich Beck auf mich zukommen. Er lehnte sich neben mir an den Tresen, sein Blick huschte von mir zu Maisie. Beck fuhr sich mit einer Hand durch seine schwarzen Locken. „Wie ich sehe, bist du so freundlich wie immer", sagte er zu Maisie.

Maisies Wangen liefen rot an. Ich war mir ziemlich

sicher, dass ihre Augen Löcher in Beck gebrannt hätten, wenn es möglich gewesen wäre. Sie schnaubte und verschränkte die Arme. „Ich muss nicht freundlich sein. Ich nehme meinen Job ernst, alle Anrufe werden umgehend weitergeleitet."

Beck beäugte sie, und ich spürte, dass er ein wenig irritiert war. Nicht ungewöhnlich, wenn man Maisies miese Laune bedachte, aber ungewöhnlich für Beck. Nach einem kurzen Augenblick wandte Beck seinen Blick zu mir und nickte, als erwarte er, dass ich mich um sie kümmerte.

Ich hatte in meiner Ausbildung zum Feuerwehrmann alles Mögliche gelernt und war drei Jahre lang Vorarbeiter einer Mannschaft in Kalifornien gewesen. Aber nichts davon bereitete mich auf eine extrem launische Disponentin vor, die meine Mannschaft in Deckung gehen ließ, sobald sie sich auch nur in ihrer Nähe befand.

„Maisie, lass es mich anders ausdrücken. Wir gehen Mittagessen. Du kommst mit. Das ist keine Bitte. Betrachte es als ein Meeting. Ich habe bereits dafür gesorgt, dass dich jemand vertritt. Wir treffen uns hier um 12 Uhr", sagte ich.

Ihre Augen weiteten sich und ihr Mund wurde schmal, aber sie nickte wortlos. Ich stieß mich vom Tresen ab und ging durch die Tür nach hinten.

Beck folgte mir. Als wir hinten im Pausenraum ankamen und sahen, dass niemand da war, verdrehte Beck die Augen. „Verdammt. Diese Frau kann ein richtiges Miststück sein. Ich muss sagen, ich bin froh, dass du hier bist. Sie ist erst seit ein paar Monaten bei uns, und ich war so verdammt beschäftigt damit, beide Crews zu überwachen, dass ich keine Zeit hatte zu bemerken, wie sie sich auf die Jungs auswirkt.

Außerdem ist dein Vater ziemlich beschützerisch, was sie angeht."

Ich schnappte mir die Lehne eines Stuhls und zog ihn unter dem Tisch hervor, um mich zu setzen. Beck ließ sich mit einem Seufzen gegenüber von mir nieder.

Ich gluckste. „Ja, sie ist nicht einfach. Praktisch das Gegenteil ihrer Großmutter."

Ich warf einen Blick hinter ihn auf den Tisch an der Wand und betrachtete die Kaffeekanne. Als ich sah, dass sie halb voll war, stand ich auf und nahm mir einen Becher. „Willst du auch einen?", fragte ich und warf einen Blick zu Beck, während ich einschenkte. Auf Becks Nicken hin reichte ich ihm die erste Tasse und füllte eine weitere für mich, dann setzte ich mich wieder.

„Es wundert mich nicht, dass mein Vater sie in Schutz nimmt. Du kennst ihn ja. Er ist ein Softie. Carol war auch eine gute Freundin meiner Mutter, also hat sie ihn wahrscheinlich überredet, Maisie einzustellen."

Beck nahm einen Schluck Kaffee und lehnte sich in seinem Stuhl zurück. „Oh, da bin ich mir sicher. Ehrlich gesagt, wenn wir sie dazu bringen können, einfach nur neutral zu sein, haben wir schon gewonnen. Sie macht einen guten Job. Sie ist schnell und kann die Notrufe gut absetzen. Sie ist scharfsinnig und konzentriert, so dass sie sich nicht ablenken lässt, wenn es mal stressig wird. Sie lacht auch nicht, wenn Leute wegen der verrücktesten Sachen anrufen. Hast du von dem Typen gehört, der uns anrief, weil jemand versuchte, seine Jagdhütte zu stehlen?"

Ich hätte fast meinen Kaffee ausgespuckt. „Was?!"

Beck nickte mit einem Glitzern in den Augen. „Oh ja. Sowas gibt es wirklich nur in Alaska. Ein Typ hat eine Hütte in den Bergen und nutzt sie, um zu jagen.

Er ruft an und sagt, dass jemand die Hütte auf einen Anhänger laden wollte. Ich meine, es war eine kleine Hütte, aber trotzdem. Verdammt lustig! Ich hätte mich jedenfalls kaputtgelacht, wenn ich am Telefon gewesen wäre. Maisie blieb die ganze Zeit über gelassen. Das war auch gut so, denn der Typ war stinksauer. Dein Vater ist also losgefahren und hat uns dann angerufen, um die Hütte wieder auf die Pfähle zu stellen. Eine Abwechslung für uns, soviel ist sicher."

Ich schüttelte den Kopf. „Abwechslung. So kann man es auch nennen. Und was wurde dem Hüttendieb von meinem Vater letzten Endes vorgeworfen?"

„Versuchter Diebstahl", sagte Beck achselzuckend. „Er hat einen Dollarbetrag genannt, aber der Besitzer der Hütte fand das nicht genug. Du weißt ja, wie das läuft. Wie dem auch sei, man munkelt, dass du wieder mit deinem Mädchen zusammen bist."

Ich konnte nicht anders. Allein der Gedanke, dass ich Amelia wieder mein Mädchen nennen könnte, gab mir ein verdammt gutes Hochgefühl. Ich ließ ein schiefes Grinsen aufblitzen. „Da könnte was dran sein."

Seit der ersten Nacht, die ich dort verbracht hatte, war ich nicht mehr zurück zu meiner Mutter gegangen. Ich wurde nüchtern. „Ernsthaft, ich schätze, Earl könnte sich darüber Gedanken machen, aber ... Verdammt, ich weiß auch nicht. Es ist, als würden wir genau da weitermachen, wo wir aufgehört haben."

„Es ist eigentlich egal, was Earl denkt. Es wird viel darüber geredet, aber wen kümmert das schon? Earl ist kein schlechter Kerl, aber für mich war er immer ein bisschen zu selbstsicher. Sieh mich an, ich spiele mit offenen Karten und mag es so. Earl hat immer das Gleiche getan, aber er versucht, es zu verstecken. Amelia war wie eine Trophäe für ihn. Du hast verdammtes Glück, dass er die Geschichte von neulich nicht unnötig aufgebauscht hat. Denn er ist so. Ziemlich kleinlich, wenn du mich fragst."

Ich kam nicht umhin, mich zu fragen, was Amelia jemals in ihm gesehen hatte. Dann erinnerte ich mich an ihre Worte - dass es das Beste war, was sie bekommen würde. Ich fühlte mich, als hätte man mir einen Tritt in die Magengrube verpasst. Obwohl wir uns nach sieben Jahren Trennung in einem trüben, lustgetriebenen Wahnsinn aufhielten, wusste ich, dass sich auch auf viel tieferen Ebenen einiges bewegte. Ich hatte meine eigene Wut, an die ich mich geklammert hatte, nachdem ich aus ihrem Leben verbannt worden war. Ich wusste, dass auch sie ihren Schmerz noch in sich trug, verursacht an dem Tag, als Shannon sich so unverschämt an mich herangemacht hatte. Ich wollte nicht, dass eines der beiden Probleme in irgendeiner Weise Nachwirkungen zeigte. Ich hasste die Vorstellung, dass sie dachte, sie könnte nichts Besseres haben.

Ich wollte gerade antworten, als die Gegensprechanlage knisterte und Maisie einen Feuerwehreinsatz in der Innenstadt ankündigte. Innerhalb weniger Minuten schwirrte der Rest der örtlichen Mannschaft durch die Wache und die Sirenen begannen zu heulen, als die Männer zum Ausgang rannten.

Kapitel Dreiundzwanzig

AMELIA

Ich stand neben Lucy und betrachtete die Baustelle vor uns. Wie versprochen war Max letzte Woche gekommen und hatte sich um den Aushub gekümmert. Es war jetzt früher Abend, und die Arbeiter hatten sich für heute verabschiedet. Ich kümmerte mich um die architektonischen Entwürfe für die Projekte und wir führten die Bauarbeiten gemeinsam durch. Ich vergab die Aushub-, Fundament- und Klempnerarbeiten an Dritte. Praktischerweise war Lucy auch gelernte Elektrikerin.

Ich grinste, als ich Lucys Blick begegnete. „Zeit, mit dem Bau zu beginnen."

Lucy hob ihre Hand, um mit mir einzuschlagen. „Du hast es geschafft", sagte sie, als unsere Hände aufeinandertrafen. „Sollen wir noch heute Abend anfangen oder bis morgen warten?"

Die Sommer in Alaska haben eine seltsame Dynamik. Einerseits fühlen sie sich so kurz an, was Unternehmungen im Freien anging. Andererseits waren die Tage so lang, dass man theoretisch eine viel größere Anzahl von Arbeitsstunden hatte. Mein Baugeschäft fühlte sich jedes Jahr wie ein Wettlauf an. Lange Tage, kurze Nächte und jedes Projekt, von dem ich glaubte, ich könnte es schaffen, wurde irgendwie hineingequetscht.

Ich dachte über Lucys Frage nach. Da es schon nach sieben Uhr abends war, konnten wir jetzt noch ein paar Stunden arbeiten, bevor es dunkel wurde, wenn wir wollten. Wäre Cade nicht gewesen, hätte ich wahrscheinlich ja gesagt. Aber stattdessen sah ich Lucy an und schüttelte den Kopf. „Nein. Lass uns morgen anfangen. Treffen wir uns um sieben?"

Lucys Augen funkelten mit einem verschmitzten Grinsen. „Du scheinst deine Arbeitsgewohnheiten in letzter Zeit geändert zu haben."

Ich gab mir Mühe, nicht zu erröten, aber meine Wangen wurden gegen meinen Willen heiß. „Vielleicht. Hast du ein Problem damit?"

Lucy schüttelte den Kopf. „Nö. Du bist der Boss. Du hast nicht viel gesagt, aber ich schätze, dass mit Cade ist alles in Ordnung ist."

Meine Wangen wurden noch heißer. „Es ist ..." Ich hielt inne, als mir klar wurde, dass ich gleich ‚großartig' sagen würde. Denn genau so fühlte es sich an. Eigentlich beschrieb ‚großartig' nicht einmal, wie gut es sich anfühlte, Cade wieder bei mir zu haben. Ich fühlte mich, als hätte ich sieben lange Jahre allein in einer Wüste verbracht. Er war so lange nur eine Fata Morgana in meiner Erinnerung gewesen, und jetzt war er real - alles, woran ich mich erinnerte, und mehr. Genau wie ich es mir vorgestellt hatte, war er gewachsen, gereift. Er war ein ganzer Mann, und er gehörte wieder mir. Und doch gab es einen winzigen Teil in mir, der befürchtete, dass ich mich zu schnell in die Beziehung stürzte, nachdem ich Earl gerade erst verlassen hatte. Vor genau einem Monat hätte ich ihn noch beinahe geheiratet.

Ich dankte meinen Sternen immer wieder, dass ich klug genug gewesen war, wegen Earl eine Entscheidung zu treffen, bevor ich Cade sah und ich wusste, dass er wieder zu Hause war. Sonst hätte mich das noch mehr durcheinandergebracht. Momentan hatte ich mich so Hals über Kopf in Cade verloren, dass ich nicht einmal zögern würde, wenn ich von ihm einen Heiratsantrag bekäme. Und das machte mir eine Höllenangst. Ich war schon einmal seinetwegen innerlich fast zusammengebrochen. Ich wusste nicht, ob ich mich noch einmal so verletzlich zeigen wollte. Aber das war das Problem, wenn es um mich und Cade ging - ich war immer verletzlich. Er bedeutete mir zu viel. Wir bedeuteten einander zu viel.

Ich sah wieder zu Lucy. „Mit Cade läuft alles richtig gut."

Lucy grinste und ging auf den am Rand des Parkplatzes geparkten Arbeitswagen zu. Ich ging neben ihr her. Als wir den Truck erreichten, hakte Lucy ihren Arm auf der Ladefläche ein und sah mich an. „So entspannt, wie du bist, hättet ihr zwei bestimmt ein paar Mal fast eure Hütte abgefackelt."

Ich brach in Gelächter aus. Als ich wieder zu Atem gekommen war, zuckte ich mit den Schultern. „Kann schon sein. Aber er ist Feuerwehrmann, also wird es schon gehen."

Lucys Grinsen verblasste und ihr Blick wurde düster. „Ich wollte nur mal nachfragen, denn davor warst du seinetwegen ein bisschen gestresst. Ich bin sicher, der Sex ist großartig, und glaub mir, ich sehe, wie er dich anschaut. Aber habt ihr den ganzen Schlamassel von früher beseitigt?"

Ich sah sie einen Moment lang an und nickte dann.

„Ich denke schon. Ich meine, es war nur ein riesiges Missverständnis. Noch schlimmer wurde es dadurch, dass ich so verdammt stur war und er von Zuhause weggezogen ist.“

Lucy lachte leise. „Du bist definitiv verdammt stur. Ich wollte nur sichergehen, dass es dir gut geht.“

Ich spürte, dass etwas im Busch war. Lucy machte sich sonst nicht so viele Sorgen. „Was ist los?“

„Ich habe nur nachgefragt, weil ich von Janet gehört habe, dass Shannon wieder in der Stadt ist. Weil sie von Cades Rückkehr erfahren hat“, sagte Lucy matt.

Mein Magen begann sich zu drehen. Der Riss, den mein Herz bekommen hatte, als ich Shannon dabei erwischt hatte, wie sie nackt zu Cade ins Bett gestiegen war, blutete zwar nicht mehr, war aber immer noch da. Ich versuchte mir einzureden, dass Cade mir die Wahrheit gesagt hatte, aber meine Gefühle waren nicht gerade vernünftig, wenn es um diese Sache ging. „Was zum Teufel macht sie denn hier? Lebt sie nicht jetzt in Anchorage?“

Lucy nickte. „Soweit ich weiß, aber es ist ja nicht so, dass sie nicht irgendeine Ausrede finden könnte, um uns zu besuchen. Ihre Schwester ist immer noch hier. Hör zu, ich will nur, dass es dir gut geht. Du und Cade seid noch ziemlich frisch. Ich war mir nicht sicher, ob ich dich vorwarnen sollte, aber jetzt habe ich es getan. Dass sie so auftaucht, hat nichts zu bedeuten. Du bist mit Cade zusammen, und Gott, dieser Mann sabbert praktisch, wenn er auch nur in deiner Nähe ist. Sei einfach vorbereitet, falls du ihr begegnest.“

Ich trat mit meinem Stiefel gegen einen der Reifen und verdrängte das alte Gefühl des Verrats und die damit einhergehende Unsicherheit. „Das ist doch

Blödsinn. Warum sollte sie das tun? Ich meine, er hat sie beim letzten Mal weggeschickt. Dann ist er selbst gegangen und sieben Jahre nicht wiedergekommen. Hasst sie mich so sehr? Ich meine, wir sind wieder zusammen ...“

schaltete sich Lucy ein. „Ich glaube nicht, dass sie das weiß. Ich weiß, dass es dir wie eine Ewigkeit vorkommt, aber du *wolltest* Earl noch vor einem Monat heiraten. Janet sagte, sie glaube nicht, dass Shannon weiß, was passiert ist. Du musst verstehen, dass sie damals viele Leute verärgert hat. Ich stand dir damals nicht nahe, aber es war unmöglich, nicht zu hören, wie wütend alle auf sie waren. Egal, was die Leute von dir und Cade hielten, sie hat eine krasse Nummer abgezogen. Jetzt weißt du es. Pass auf dich auf. Und du solltest vielleicht auch den Loverboy vorwarnen.“

Ich war zu verärgert, um zu lachen. Anscheinend sah man mir das auch an, denn Lucy trat auf mich zu und zog mich in ihre Arme. Für eine kleine Frau waren Lucys Umarmungen sehr stark. Sie schlang ihre Arme um meine Schultern und drückte mich fest an sich, bevor sie sich von mir löste. „Ich werde ihr in den Arsch treten, wenn sie irgendetwas tut. Und vergiss nicht, du und Cade, ihr seid fest zusammen. Jetzt geh nach Hause und vögel ihn durch.“

Kapitel Vierundzwanzig

CADE

Ich ließ mich von dem heißen Wasser berieseln, die Hände auf die Fliesen gestützt, den Kopf gesenkt. Der Brand heute Nachmittag hatte sich verschlimmert, so dass meine Mannschaft die örtliche Besatzung unterstützen musste, weil das Hotel neben dem brennenden Haus bedroht war. Das Feuer war ausgebrochen, nachdem der Hauseigentümer beim Verlassen des Hauses die Kaffeemaschine angelassen hatte. Das Wohnhaus war nicht mehr zu retten gewesen, aber wir hatten verhindert, dass die Flammen auf das Hotel übergingen. Und da das Hotel direkt an einen Fichtenwald angrenzte, war das auch gut so.

Es war Hochsommer in Alaska, es regnete nicht genug und die Fichtenwälder waren über und über mit toten oder vom Borkenkäfer befallenen Fichten gefüllt. Die ohnehin schon problematischen Brandbedingungen, die sich mit jedem trockenen Sommer im Westen verschlechterten, wurden durch so viel totes, trockenes Brennmaterial noch viel schlimmer. Die Blaufichten waren widerstandsfähiger und konnten den Käfern besser trotzen, aber wenn ich über sie hinwegflog, brach mir manchmal das Herz. Kilometerweit sahen wir nichts als braune, abgestorbene Fichtenschwaden. Es war ein Glücksfall, dass dieser Teil des Waldes nicht in Brand geraten war.

Ich hatte einen langen Nachmittag hinter mir und war verdammt müde. Ich hatte erfahren, dass Amelia abends oft lange arbeitete. Kein Wunder also, dass ich, als ich in ihrer Hütte ankam und sie nicht da war, sofort unter die Dusche ging. Ich stand da und ließ das heiße Wasser auf mich einprasseln. Als ich ein leises Klicken hörte, drehte ich mich um und sah, wie Amelia zu mir unter die Dusche trat. Ich ließ meine Hände sinken und drehte mich zu ihr um. In dem Moment, als mein Körper ihre Nähe spürte, wurde mein Schwanz sofort hart. Als ich ihr gegenüberstand, war ich steinhart und bereit. Sie löste ihr Haar aus einem unordentlichen Pferdeschwanz. Sie hatte einen Schmutzfleck auf ihrer Wange und einen auf ihrem Arm. Mein Blick wanderte über ihren Körper - ich genoss den Kontrast zwischen ihren kräftigen Beinen und den üppigen Brüsten.

„Verdammt", murmelte sie, als sie mich ansah.

Ihr konnte nicht entgehen, dass ich voll erigiert war. Ihre Augen weiteten sich langsam und ein freches Grinsen umspielte ihre Mundwinkel.

Ich trat zu ihr, und es erfüllte mich mit Genugtuung, als sie bei meiner Berührung scharf Luft holte. „Verdammt, was?" murmelte ich, während meine Lippen ihren Hals liebkosten.

„Ich kriege dieses Ding nicht aus den Haaren", sagte sie zwischen zwei Atemzügen.

Ich hob meinen Kopf und griff nach oben, um ihr zu helfen. Sie ließ ihre Hände sinken. Es dauerte eine Minute, aber ich schaffte das Gummiband herauszuziehen und es zu Boden fallen zu lassen. „Da", sagte ich, und meine Stimme klang rau, während ich in ihre Augen sah. Sie verdunkelten sich sofort.

„Wie war dein Tag?", flüsterte sie.

„Viel zu tun. Und deiner?", erwiderte ich, während ich meine Hände nach unten gleiten ließ, um ihren Po zu streicheln.

Sie keuchte erneut auf, als ich sie fest an mich zog. Ich unterdrückte ein Stöhnen, als ich ihren heißen Kern an meinem Schwanz spürte.

Sie antwortete mir nicht, also wiederholte ich meine Frage zwischen Lecken und Knabbern an ihrem Hals. „Dein Tag? Wie war er?", murmelte ich.

„O Gott, ja, er war in Ordnung", murmelte sie, während sie ihre Hand um meinen Schwanz schlang und ihn streichelte.

Dampf umhüllte uns, das Wasser prasselte auf uns herunter. Sie fühlte sich so verdammt gut an, glitschig und nass am ganzen Körper. Ich griff zwischen ihre Schenkel und fand sie heiß, nass und bereit. Ich war nicht in der Stimmung zu warten. Ich hakte meine Hände unter ihren Schenkeln ein und hob sie an, dann drückte ich sie mit dem Rücken gegen die Wand.

Sie schlang ihre Beine um meine Hüften, während ihr Kopf gegen die Wand schlug. Ich hatte meinen Schwanz in meiner Faust und wollte gerade in sie eindringen, als ich sie ansah. Mein Herz setzte einen Schlag aus. Ihr Haar war feucht und wirr, ihre Augen wie geschmolzener Honig, ihre Brustwarzen rosa und straff und ihre Brüste so voll und rund. Ich liebte ihren Anblick, liebte alles an ihr. So sehr, dass es fast weh tat.

Sie rollte mit den Hüften und biss sich auf die Lippe. Ich richtete sie so aus, dass ich sie mit einem Arm unter ihren Hüften festhielt und stieß mich in ihre Mitte, hob meine Hand und strich ihr die feuchten Haarsträhnen aus dem Gesicht. Dann fuhr ich mit meinem Daumen über ihre Lippen. Ihr Blick verfinsterte sich, und sie nahm meinen Daumen zwischen ihre Zähne und saugte leicht daran.

„Ich liebe dich", sagte ich, die Worte brannten heftig in mir und kamen rau aus meinem Mund.

Im Puls des Augenblicks spürte ich, wie sie sich anspannte. Ein seltsamer Glanz überzog ihre Augen, und aus einem löste sich eine Träne. Es war nicht so, dass ich nicht gewusst hätte, wie sehr ich sie liebte, und das schon so lange, es fühlte sich wie eine Ewigkeit an. Aber ich hatte die Worte seit sieben Jahren nicht mehr laut ausgesprochen. Ich wartete und fragte mich, ob ich zu viel und zu früh gesagt hatte. Dann zog ich meinen Daumen aus ihrem Mund und fuhr mit den Fingern ihren Hals entlang, über das wilde Flattern ihres Pulses.

„Ich liebe dich auch", sagte sie schließlich, nachdem sie genauso lange gewartet hatte, dass ich dachte, ich müsse sterben.

„Dann ist ja gut", sagte ich.

Worte waren ein schlechter Ersatz dafür, was ich fühlte, also setzte ich meinen Körper ein. Ich bewegte meine Hüften leicht nach hinten, passte meinen Winkel an und glitt mit einem schnellen Stoß in sie hinein. Sie schrie auf und schlang ihre Beine um meine Hüften. Ich sah ihr in die Augen, hielt sie fest, während das Wasser um uns herumtobte, und steckte alles, was ich fühlte, in den Rhythmus des Verlangens, der zwischen uns lebte und atmete wie eine eigene Kraft.

Jeder Stoß brachte mich tiefer, jedes raue Stöhnen, jedes Klatschen unserer nassen Haut, all das war mehr, als Worte je ausdrücken konnten. In der Hitze dieses wilden, nassen Liebesspiels waren wir grob und roh, aber darunter lag eine verzweifelte Zärtlichkeit, die uns miteinander verband - das, was wir zuvor aus den Augen verloren hatten. Ich spürte, wie sie sich zusammenzog, wie ein Schauer über ihren Körper lief. Ich versank wieder und wieder und wieder in ihrem geschmeidigen Inneren, bis ich spürte, wie sie um mich herum pochte. Ihre Nägel zerkratzten meinen Rücken, als sie aufschrie. Ich folgte ihr, meine eigene Erlösung donnerte mit solcher Wucht durch mich hindurch, dass meine Knie fast nachgaben.

Aber sie kam mir zu Hilfe, ließ ihre Hände an meine Wangen gleiten, murmelte meinen Namen und setzte federleichte Küsse auf mein Gesicht. Wir blieben so, mein Schwanz tief in ihr vergraben, meine Lippen auf ihren, und heißes Wasser strömte über uns, so lange, bis das Wasser nicht mehr heiß war.

Kapitel Fünfundzwanzig

AMELIA

Ich schob mich durch die Tür ins Firehouse Café und schüttelte meinen Regenmantel, sobald ich drinnen war. Der Morgen war schon grau und regnerisch gewesen, und der Regen hatte den ganzen Tag über nicht nachgelassen. Lucy und ich hatten schließlich beschlossen, früher Feierabend zu machen, nachdem wir uns ein paar Stunden lang bei der Arbeit abgemüht hatten. Ich schob mir die Kapuze aus dem Gesicht und schaute mich um. Das Café war überfüllt mit Touristen, das war klar. Alle geplanten Angelausflüge auf dem See oder zu den nahe gelegenen Flüssen waren wahrscheinlich abgesagt worden, ebenso wie alle anderen Aktivitäten im Freien. Die eingefleischten Ökotouristen würden bei solchem Regen nicht mit der Wimper zucken, aber das waren auch diejenigen, die zu wochenlangen Wanderungen ins Hinterland aufbrachen, wie sie mein Bruder früher mit seiner Frau unternommen hatte. Die Touristen, die mit ihren Wohnmobilen die Straßen von Willow Brook und die Autobahnen Alaskas bevölkerten, zogen die Wildnis vor, wenn es angenehm war. Selbst in der wärmsten

Zeit des Jahres bedeutete Regen in Alaska, dass es kühl wurde.

Ich schlängelte mich zwischen den Tischen hindurch und reihte mich in die Schlange vor dem Tresen ein, wo ich mich an eine der alten, mit Blumenmustern verzierten Feuerstangen lehnte. Meine Gedanken kreisten um die vergangene Nacht, als Cade mich unter der Dusche zu Tränen gerührt hatte, bevor er so heftig in mir gekommen war. Trotz meiner Erinnerungen an unsere frühere Beziehung wusste ich nicht mehr, wie intensiv und wild die Gefühle zwischen uns gewesen waren. Vielleicht lag es daran, dass wir einander verloren hatten. Vielleicht auch daran, dass der Verlust und die Traurigkeit, die unsere Gegenwart färben, sie umso wertvoller machen. Was auch immer es war, es fühlte sich überwältigend gut an.

Die Schlange bewegte sich langsam vorwärts. In meine Gedanken versunken, zuckte ich zusammen, als ich meinen Namen hörte. Ich warf einen Blick über meine Schulter und sah Earl hinter mir stehen. Ich hatte erwartet, etwas zu empfinden, als ich mich neulich mit ihm getroffen hatte. Aber andererseits hätte ich es besser wissen müssen. Alles, was ich fühlte, war eine leichte Traurigkeit. Es tat mir wirklich leid, dass die Dinge so gelaufen waren, aber sonst nichts. Er stand da mit seinem blond-braunen Haar und seinen braunen Augen. Objektiv betrachtet war er ein gutaussehender Mann. In diesem Moment konnte ich nicht einmal glauben, dass ich jemals versucht hatte, mit ihm auszugehen, geschweige denn ihn zu heiraten. Die Reaktion meines Körpers auf ihn war bestenfalls lauwarm.

Ich bemühte mich um einen lockeren, freundlichen Ton; ich hatte nicht vergessen, dass Cade ihm neulich eine Ohrfeige verpasst hatte. Der blaue Fleck war in den Wochen seither verblasst. „Hey Earl, wie geht's?“

Sein Blick war nachdenklich. Nach einem kurzen Moment zuckte er mit den Schultern. „So gut es mir nach dieser ganzen Sache gehen kann.“

Die Schlange bewegte sich weiter. Ich fühlte mich schuldig, aber ich wusste nicht, was ich damit anfangen sollte. Ich fragte mich, ob es jetzt an der Zeit war, etwas zu sagen, aber niemand beachtete mich, und das Summen der Gespräche im Café sorgte für eine ordentliche Lautstärke.

„Earl, ich habe das ernst gemeint, was ich neulich Abend gesagt habe. Es tut mir alles wirklich leid. Ich erwarte nicht, dass du es zugibst, aber ich weiß, dass du wegen der ganzen Sache nicht gerade völlig fertig warst. Dein Ego ist vielleicht angekratzt, aber ich weiß, was Liebe ist, und wir hatten sie nicht. Es tut mir mehr leid, als du ahnst, dass mir erst nach so langer Zeit bewusstwurde, was das für uns bedeutet. Ich wünsche dir das Beste und hoffe, du findest, was du suchst.“

Earl wandte den Blick ab und starrte auf die Kreidetafel über dem Tresen, unter denen Janet schnell Bestellungen aufnahm und in den Computer tippte. „Ich habe gehört, dass du wieder mit Cade zusammen bist“, sagte er in flachem Ton.

Mein Magen flatterte. Es so laut zu hören, machte es auf seltsame Weise real. Ich unterdrückte meine Antwort. Das Letzte, was Earl gebrauchen konnte, war, dass ich mich wegen Cade so albern anstellte und wie ein verliebter Teenager vor ihm stand. „Das bin ich. Ich weiß, wie es aussieht, Earl, aber es ist einfach passiert. Ich hatte keine Ahnung, dass Cade nach Hause kommen würde, als ich beschloss, dich nicht zu heiraten. Ich gebe zu, seine Anwesenheit hat mir mehr als deutlich gemacht, warum es gut ist, dass wir nicht geheiratet haben, aber das mit Cade ist einfach passiert."

Earl verdrehte die Augen, und ein Ausdruck von Abscheu huschte über sein Gesicht. Ich wurde wütend.

„Gut. Du darfst sauer sein, aber während du damit beschäftigt bist, denk darüber nach, wie du reagiert hast, als ich dir sagte, dass ich gehe", schnauzte ich zurück.

An dem Nachmittag, als ich in der provisorischen Umkleidekabine der Kirche gestanden hatte, waren meine Gedanken so wild und wirr durch meinen Kopf geschossen, dass ich die Hochzeit um ein Haar durchgezogen hätte. Aber ich konnte nicht. Ich war zu seiner Garderobe geeilt, ohne wirklich sicher zu sein, dass ich es schaffen würde, mit ihm Schluss zu machen. Und dann hatte ich es doch geschafft. Er hatte nicht einmal sonderlich verärgert ausgesehen, eher genervt als alles andere. Er hätte in diesem Moment um mich kämpfen können, aber er hatte es nicht einmal versucht. Zu wissen, dass er im Nachhinein beiläufig verkündet hatte, die Hochzeit sei abgesagt, und dann direkt zum Angeln gegangen war, fasste das Ganze perfekt zusammen. Er ließ es nicht zu, dass sein Leben aus den Fugen geriet.

Ich hoffte um seinetwillen, wirklich, dass er eines Tages verstehen würde, warum ich so gehandelt hatte. Nicht, weil ich brauchte, dass er mir verzieh: Ich konnte damit leben, dass er mir die Schuld für alles gab. Vielmehr hoffte ich, dass er es einsehen würde, wenn er selbst einmal Liebe fand.

Sein Blick huschte von der Tafel zu mir, die Augen leicht geweitet. Gut, vielleicht würde er doch anfangen, ein wenig nachzudenken. Nach einem Moment schüttelte er den Kopf. „Wie du meinst, Amelia. Wenn du dich dann wegen deiner Entscheidungen besser fühlst, gut. Du solltest allerdings auf dich aufpassen. Shannon ist wieder in der Stadt, und ich bin mir ziemlich sicher, dass du dir denken kannst, warum."

Ein Stich der Sorge durchfuhr mich. Ich ignorierte ihn. Ich brauchte Earl ganz sicher nicht, um diese Zweifel in mir zu nähren. Das hatte er schon während unserer Beziehung zur Genüge getan, indem er mich kaum beachtet hatte – obwohl wir angeblich verliebt waren.

Daraufhin murmelte er etwas und drehte sich weg. „Pass auf dich auf", sagte er schnell über seine Schulter, bevor er sich wieder auf den Weg nach draußen machte.

Die Glocke über der Tür bimmelte fröhlich, als sich die Tür hinter ihm schloss. Ich seufzte und drehte mich um, als ich sah, dass der Kunde, der vor mir gestanden hatte, weggetreten war. Janet stand mit einem breiten Lächeln hinter dem Tresen. „Hey Schatz, schön, dich zu sehen. Was kann ich für dich tun?"

Ich warf einen Blick auf die Tafel und sah dann Janet an. „Starker Kaffee und eins von deinen Schinken-Käse-Dingern."

Janet gluckste. „Gut, dass ich weiß, was du meinst."

Sie tippte auf die Tastatur und nannte mir die Summe, bevor sie sich wegdrehte, um mir den Kaffee einzuschenken. „Gib mir ein paar Minuten für den Schinken und den Käse, um es aufzuwärmen. Übrigens, hör nicht auf Earl", sagte sie mit leiser Stimme.

Ich hatte meine Finger um den Pappbecher mit Kaffee geschlungen und genoss die Wärme. „Hast du gerade unser ganzes Gespräch mitgehört?"

Janet zuckte mit einem verschmitzten Schimmer in den Augen mit den Schultern. „Ich habe versucht zu lauschen, Schatz. Dafür schäme ich mich nicht. Es ist mir egal, dass du ihn abserviert hast, denn das war die beste Entscheidung für euch beide. Er ist ein netter Kerl, aber sein Ego ist ein bisschen zu groß. Das Einzige, was mich interessiert, ist der Scheiß mit Shannon. Mach dir keine Gedanken darüber", sagte sie, ihr Tonfall wurde bei dem letzten Satz nachdrücklicher.

Ich rollte mit den Augen und zuckte mit den Schultern. „Ich wusste, dass Shannon zurück ist, weil Lucy davon gehört und es mir erzählt hat. Ich mache mir keine Sorgen, abgesehen davon, dass sie natürlich versuchen wird, Unruhe zu stiften. Weiß sie überhaupt, dass Cade und ich wieder zusammen sind?"

Janet erwiderte das Augenrollen. „Ja, seit heute Morgen. Ich habe es ihr gleich gesagt, als sie mit ihrer Schwester hier auftauchte. Glaub mir, sie sah überrascht aus. Kann ich ihr nicht verübeln. Hätte sie anständig aufgepasst, wären die Neuigkeiten, dass du Earl hast stehen lassen, schon allmählich zu ihr durchgedrungen, seit sie in Anchorage war. Es ist mir egal, aber sie hat mich schon früher genervt, und das habe ich ihr heute gesagt. Ich schwöre, ihre Schwester nervt mich gewaltig. Gayle ist keine Schlampe, aber sie sieht zu, wie ihre kleine Schwester zu einer wird. Das Mindeste, was sie tun könnte, ist, sie auf ihren Scheiß anzusprechen. Und da sie es nicht tut, werde ich es tun."

Ich starrte Janet an und hätte beinahe losgelacht. Alles mit Cade war so zerbrechlich und neu, dass es mich beunruhigte, Shannon wieder in der Stadt zu wissen. Ich traute ihr nicht. Überhaupt nicht. Aber es machte mir nichts aus, Freunde wie Janet zu haben, die mir den Rücken stärkten. Wenn es nach mir ging, könnte Shannon von der ganzen Stadt niedergemacht werden für das, was sie getan hatte. Was ich nicht verstand, war ihre Besessenheit von Cade.

Ich nahm einen Schluck von meinem Kaffee und unterdrückte ein bitteres Lachen. „Danke Janet. Ich weiß, dass du mir den Rücken freihältst. Ich hoffe nur, dass sie die Botschaft laut und deutlich versteht. Ich bin nicht bereit, mich mit ihr auseinanderzusetzen. Wirklich nicht."

Janet winkte abweisend mit der Hand und drehte sich um, als die Klingel am Küchenpass ertönte. Sie schnappte sich mein Schinken-Käse-Sandwich und reichte es mir auf einem Teller. „Du musst dir keine Sorgen machen. Aber die Leute tratschen, und sie lieben Drama. Du und Cade habt ihnen reichlich Gesprächsstoff geliefert, aber dass Shannon hier auftaucht, wirbelt richtig hässlichen Mist auf. Du musst das ignorieren. Und du darfst nichts glauben, was du hörst. Cade liebt dich. Das hat er immer getan. Die Zeit und die Entfernung haben euch beide dumm gemacht."

Ich spürte, dass sich jemand von hinten näherte, also trat ich zur Seite. „Ich werde mein Bestes tun. Danke, dass du da bist."

Janet winkte mich ab. „Setz dich hin und trockne dich ab."

Kapitel Sechsundzwanzig

CADE

Ich lehnte mich an die Innenseite des Garagentors in der Feuerwache und wischte mir mit dem Ärmel über das Gesicht. Ich hatte die letzten paar Stunden damit verbracht, mein altes Lieblingsmotorrad wieder herzurichten.

„Wie ich sehe, ist dein altes Bike wieder fahrtüchtig."

Ich blickte auf und sah, wie Beck durch eine Seitentür die Garage betrat. „Ja. Mein Vater hat es am Wochenende aus der Garage meiner Eltern geholt und hierhergebracht, damit ich es fitmachen kann."

Beck lehnte sich neben mich und warf einen anerkennenden Blick auf das Motorrad. Ich liebte dieses Bike. Es war eine alte Indian und wurde so nicht mehr gebaut. Allein eine gebrauchte zu finden, kostete ein Vermögen und noch mehr. Als ich nach Kalifornien gezogen war, hatte ich das Motorrad zurückgelassen, weil ich dachte, ich würde keine Zeit zum Fahren haben. Ich hatte die Zeit gefunden, aber ich wollte dieses Baby nicht mitnehmen. Damals hasste ich es, dass ich immer an Amelia dachte, wenn ich an dieses Motorrad dachte, aber so war es nun einmal. Ich hatte mit ihr auf dem Motorrad mehr Kilometer zurückgelegt als ohne sie. Jetzt konnte ich es genießen und an sie denken. Sieg auf der ganzen Linie.

Beck rollte den Kopf zur Seite und grinste langsam. „Verdammt schönes Motorrad. Ich wusste nicht, dass du das Ding die ganze Zeit hier eingelagert hattest. Ich hätte es gerne für dich gefahren."

Ich gluckste und schüttelte den Kopf. „Kumpel, du kannst mein anderes Bike haben, aber nicht dieses."

Beck zuckte mit den Schultern. „Tja. Du solltest es besser nicht hierlassen. Es ist zu verlockend für alle."

„Keine Sorge. Ich wollte es heute Abend zu Amelia bringen. Ich dachte, heute wäre ein guter Tag, um es zu reparieren, da das Wetter so beschissen ist. Jetzt hat der Regen endlich aufgehört, also kann ich die Fahrt genießen."

Beck nickte und steckte die Hände in die Taschen. „Ich wollte dir nur sagen, dass Shannon vor der Tür steht und dich sehen will. Da ist es ja gut, dass Maisie so unfreundlich ist. Ich bin zufällig vorbeigekommen, da hat sie Shannon gerade gesagt, dass du nicht erwähnt hast, Besuch zu erwarten, mit diesem *eiskalten* Blick, mit dem sie jemanden umbringen könnte", sagte Beck mit einem leisen Lachen.

„Was zum Teufel macht Shannon hier?", fragte ich, fuhr mir mit der Hand durchs Haar und trat mit dem Absatz gegen das Garagentor hinter mir. Das Knallen meines Stiefels auf dem stählernen Tor hallte durch die riesige Garage. Nicht nur, dass ich keine Lust hatte, mich mit Shannon auseinanderzusetzen, sondern jetzt musste ich mir auch noch Sorgen machen, wie Amelia reagieren würde.

Beck zuckte mit den Schultern. „Wenn ich das wüsste. Sie hat sich hingesetzt und gesagt, sie würde warten. Soll ich sie wegschicken?"

Ich schüttelte den Kopf. „Nein. Ich kümmere mich darum. Kumpel, ich habe Shannon nicht mehr gesehen, seit sie damals diese Scheißnummer abgezogen hat. Scheiße, ich sag's lieber Amelia."

Ich holte mein Handy aus der Tasche und tippte eine SMS ein.

Keine Ahnung, was los ist. Shannon ist hier. Ich dachte, du würdest es wissen wollen.

Ich sah zu Beck und rollte mit den Augen. „Irgendwelche Vorschläge, wie wir ihr beibringen können, dass sie sich verziehen soll?"

Beck zuckte mit den Schultern. „Kumpel, du hast viel mehr Erfahrung mit Beziehungen als ich."

Ich warf Beck einen falschen Blick zu. „Mann, die einzige Beziehung, die ich je hatte, war und ist mit Amelia. Ich würde sagen, du bist viel erfahrener darin, Frauen aufzureißen als ich."

Beck fing an zu lachen, und mein Telefon piepte.

Ich senkte den Blick, um Amelias Antwort zu lesen.

Igitt. Ich habe vergessen, es dir gestern Abend zu sagen. Lucy hat gehört, dass sie zurück ist.

Ich tippte eine schnelle Antwort ein.

Hättest du mir sagen können. Eine Vorwarnung wäre nett gewesen.

Äh, wir waren beschäftigt. Mit viel besseren Dingen.

Ich grinste und sah ihr Lächeln vor meinem inneren Auge. Wie wahr. Wir waren ziemlich viel miteinander beschäftigt.

Richtig. Dinge, mit denen wir uns später wieder beschäftigen werden. In der Zwischenzeit ist sie hier auf der Wache aufgetaucht. Beck ist nicht sehr hilfreich, mir zu sagen, wie ich sie abschütteln kann.

Sag ihr, sie soll zur Hölle fahren.

Ich blickte zu Beck auf. „Amelia sagt, ich soll ihr sagen, sie soll zur Hölle fahren."

Beck grinste. „Klingt nach einem Plan."

Ich schaute wieder auf mein Handy-Display.

Werde ich. Wo seid ihr?

Firehouse Café. Wann kommst du nach Hause?

Verdammt. Eine einfache Frage, und mein Herz schlug so heftig, dass mir die Brust wehtat. Ich liebte diese Frau so verdammt sehr. Mein Zuhause war Amelia, und sie wollte wissen, wann ich dort sein würde.

Ich muss Shannon nur sagen, dass sie sich zum Teufel scheren soll. Dann komme ich mit dem Motorrad. Sollen wir heute Abend eine Spritztour machen?

JA!

Grinsend steckte ich mein Handy zurück in die Tasche und sah Becks aufmerksamen Blick auf mir ruhen.

„Was?", fragte ich.

„Kumpel, du stehst unter der Fuchtel. Verdammt gut, dass du nach Hause gekommen bist", sagte Beck.

Noch vor ein paar Monaten hätte ich jeden, der auch nur auf die Idee gekommen wäre, dass ich unter irgendeiner Fuchtel stehen könnte, schief angeschaut. Verdammt, ich war so verbittert, dass ich mir nicht einmal viele Gelegenheiten für Gelegenheitssex gegeben hatte. Hier und da hatte ich nachgegeben, weil ich ein Mann war und Bedürfnisse hatte. Aber es war immer zu kurz gekommen, weil niemand, absolut niemand, an Amelia herankam. Ich war so verdammt erleichtert, dass wir wieder zusammen waren.

Ich begegnete Becks amüsiertem Blick mit einem

Achselzucken. „Sicher." Ich stieß mich vom Garagentor ab. „Ich werde Shannon sagen, dass sie zur Hölle fahren soll und dann nach Hause gehen."

Beck ging neben mir her. „Du klingst geradezu fröhlich dabei."

An der Tür zum vorderen Bereich hielt ich inne und klopfte Beck auf die Schulter. „Du hast einfach noch nicht die richtige Frau getroffen. Das wirst du aber, und dann verstehst du mich."

Daraufhin schob ich mich durch die Tür, während Beck hinter mir murmelte: „Nee is klar, Alter."

Ich ging an Maisies Schreibtisch vorbei. Sie schaffte es, mich nicht anzustarren, was ich als Fortschritt für sie betrachtete. Shannon saß auf einem der Stühle im Wartebereich. Sie stand schnell auf, als sie mich sah. „Cade! Ich kann nicht glauben, dass du wieder da bist."

Shannon begann auf mich zuzugehen und hielt inne, als ich eine Hand hob. Ich wusste, dass Shannon es gewohnt war, die Aufmerksamkeit von Männern auf sich zu ziehen. Objektiv betrachtet war sie mit ihren langen dunklen Haaren, ihren strahlend blauen Augen und ihrer kurvenreichen Figur wunderschön. Mich berührte sie nicht, aber ich war nicht blind. Ich hatte es Amelia gegenüber nie erwähnt, aber die Freundschaft der beiden war mir immer ein Rätsel gewesen. Shannon war zu aggressiv, zu aufdringlich.

Shannons überschwängliches Lächeln verblasste, als ich meine Hand wie ein verdammtes Stoppschild in die Luft hielt. Sie blieb stehen, wo sie war, und schlug die Hände zusammen. Ich konnte förmlich sehen, wie sich in ihrem Gehirn die Zahnräder bewegten.

„Hey Shannon. Ich bin nur hergekommen, um dir zu sagen, dass du zur Hölle fahren sollst."

Ich drehte mich auf dem Absatz um und ignorierte

ihr aufgeregtes Keuchen, während ich zur Tür zurückging.

Hinter mir ertönten schnelle Schritte, und sie packte mich beim Arm. „Cade! Ich kann nicht glauben, dass ...“

Ich drehte mich wieder um. Jetzt war ich stinksauer. „Fass mich nicht an, verdammt. Es war *nie* etwas mit uns und wird auch nie etwas sein. Ich bin zu Hause, und ich bin wieder mit Amelia zusammen. Du wirst nicht mehr so eine Nummer abziehen können wie damals mit deinem Schwachsinn.“

Ich schüttelte ihre Hand von meinem Arm ab und ging zur Tür. Shannon schwieg, auf ihren Wangen erschienen zwei rote Punkte. Resignation spiegelte sich in ihrem Gesicht. Ich warf einen Blick zu Maisie. „Maisie, es wird nie einen Umstand geben, bei dem Shannon meine Erlaubnis hätte, hier zu sein, es sei denn, es handelt sich um einen echten Notfall. Bitte lass sie unter keinen Umständen nach hinten.“

Maisie hielt meinem Blick stand, ihre großen braunen Augen waren fest. Sie nickte nachdrücklich. „Ja, natürlich. Ich habe ihr heute schon gesagt, dass sie nicht nach hinten darf, aber jetzt weiß ich es ganz sicher.“

Shannons Augen verdunkelten sich. „Fick dich, Cade. Du kannst nicht ...“

„Versuch es gar nicht erst. Ich weiß nicht, was du vorhast, und ehrlich gesagt ist es mir scheißegal. Wenn du Amelia in irgendeiner Weise verärgerst, wirst du es bereuen.“

Ich ging an ihr vorbei, öffnete die Vordertür und gab ihr ein Zeichen, zu gehen. Sie zappelte an mir vorbei, sagte aber kein weiteres Wort. Ich ließ die Tür zufallen und drehte mich um. Maisie starrte angestrengt auf etwas auf ihrem Computerbildschirm.

Ich ging zur Rezeption und sah sie über den Schalter an. „Danke Maisie."

Sie blickte auf, und zum ersten Mal sah ich eine Andeutung, nur den kleinsten Schimmer, von Unsicherheit unter ihrer stacheligen Angeberei. „Gern geschehen. Du bist wirklich gut darin, mir deinen Terminplan mitzuteilen, und als sie auftauchte, dachte ich, du hast sicher keinen Termin mit ihr." Sie hielt inne und kaute auf der Innenseite ihrer Wange, ihr Blick war nachdenklich. „Ich will wirklich gute Arbeit leisten. Es tut mir leid, dass ihr mir sagen musstet, ich solle netter sein", platzte sie heraus.

„Maisie, du machst doch schon einen guten Job. Du bist verantwortungsbewusst, pünktlich und hast bisher noch keinen einzigen Arbeitstag versäumt. Wir sind alle dankbar, dass du versuchst, ein bisschen freundlicher zu sein. Glaub mir, wir haben alle unsere schlechten Tage." Ich hielt inne und warf ihr ein Grinsen zu. „Und wenn du zu Shannon unfreundlich sein willst - nur zu."

„Ich werde nicht zu unfreundlich sein, aber wenn du mir sagst, dass sie Amelia irgendwie belästigt, trete ich ihr in den Arsch. Ich kann tatsächlich kämpfen", sagte Maisie mit einem verschmitzten Grinsen.

Ich musste so sehr lachen, dass mir Tränen in die Augen stiegen. Als ich wieder zu Atem kam, trat Beck durch das Garagentor herein und schaute zwischen uns hin und her, als wären wir Aliens.

„Was zum Teufel? Du lächelst?", fragte Beck, während er Maisie schockiert anstarrte.

Maisie errötete sofort und sah wieder auf ihren Computer hinunter. Ich wandte mich an Beck. „Maisie hat angeboten, Shannon in den Arsch zu treten."

Jetzt war Beck an der Reihe zu lachen, und ich war

erleichtert, als Maisies kleines Lächeln wieder auftauchte.

Kapitel Siebenundzwanzig

AMELIA

Ich lehnte meine Wange an Cades Rücken, als wir eine kurvenreiche Straße entlangfuhren, die zum Meer führte. Willow Brook lag nicht direkt an der Küste, aber sie war etwa eine halbe Stunde entfernt. Ich hatte es kaum erwarten können, dass Cade nach Hause kam, als er mir sagte, dass er sein Motorrad wiederhatte. Wir hatten schon viele Ausflüge - kurze und lange - mit diesem Motorrad unternommen. Ich hatte nicht einmal gewusst, dass er es noch besaß, aber anscheinend hatte sein Lieblingsmotorrad die ganze Zeit in der Garage seiner Eltern gestanden.

Er hatte auf dem Heimweg einen neuen Helm für mich gekauft, weil er den alten, den ich früher benutzt hatte, nicht mehr finden konnte. Während ich meine Arme um seine Taille schlang, hob ich meinen Kopf und genoss die kühle Sommerluft. Diese Straße umging Anchorage vollständig und führte hinunter zur Küste am Cook Inlet, dem breiten Meeresarm des Golfs von Alaska im Pazifischen Ozean, der sich landeinwärts bis Anchorage erstreckt. Wir waren auf dem

Weg zu einem Aussichtspunkt am Turnagain Arm, dem treffend benannten Seitenarm des Inlets.

Als wir Willow Brook in Richtung Süden verließen, begann sich die waldige Bergluft mit der frischen, salzigen Meeresbrise zu vermischen. Ich fühlte mich, als würde ich die Düfte des Lebens einatmen, als ich hinter Cade auf dem Motorrad saß. Die Bäume lichteten sich, und die Aussicht wurde weit, als wir den Turnagain Arm erreichten, der vor den Ausläufern der Berge und der Küste einen geradezu spektakulären Anblick bot. Der Motor brummte, als Cade einen Gang zurückschaltete und in eine schmale Seitenstraße bog, die fast ganz von den Bäumen verdeckt war. Auf dem Turnagain Arm selbst herrschte den ganzen Sommer über reger Verkehr, denn er war die einzige Möglichkeit für Reisende, von Anchorage auf den Spielplatz Alaskas, die Kenai-Halbinsel, zu gelangen. Auf Kenai gab es Flüsse, das Meer, schillernde Buchten und mehrere Gemeinden, die sich auf Touristen eingestellt hatten, darunter Diamond Creek und Homer.

Cade verließ die viel befahrene Straße und bog in einen schmalen Feldweg ein, der uns zu einem abgelegenen Aussichtspunkt führte. Nur Einheimische kannten ihn, und für Camper war er definitiv nicht zugänglich. Abgesehen davon gab es keine Wegweiser, die dorthin führten, so dass nur die wenigen ganz abenteuerlustigen Touristen zufällig auf ihn stoßen konnten. Hinter einer Birkengruppe öffnete sich die Straße zu einem grasbewachsenen Steilhang. Er hielt an, warf einen Blick über die Schulter und setzte eines seiner verheerenden Grinsen auf.

Mit ihm zusammen zu sein, war eine seltsame Kombination aus Vertrautem und Neuem. Vielleicht lag es daran, dass sich das Vertraute frisch und unberührt anfühlte. Wie auch immer, sein Grinsen hatte die gleiche Wirkung auf mich wie eh und je. Heißes Verlangen glitt durch meine Adern und mein Bauch flatterte. Er klappte den Ständer herunter und stellte den Motor ab. Blitzschnell drehte er sich auf dem Motorradsitz herum, so dass er mir gegenübersaß.

Er griff hinüber, öffnete die Schnalle meines Helms, nahm ihn vorsichtig ab und hängte ihn an den Lenker. Ich wollte den Gefallen erwidern, aber er kam mir zuvor.

Einen Moment lang saßen wir da und schwiegen. Meine Ohren gewöhnten sich an die Abwesenheit des brummenden Motors, an das Zwitschern der Vögel in den Bäumen und an das leise Rauschen des Wassers, das um uns herum ans Ufer schlug.

Cade wandte seinen Blick ab und betrachtete das Wasser. Turnagain Arm war ein schmaler Ausläufer des Cook Inlet. Die Berge auf der anderen Seite waren so nah, dass es sich anfühlte, als könnte man sie berühren. Möwen krähten und heulten, ein Fleck mit leuchtend rosafarbenen Blumen ragte am Rande des Sandes in die Höhe, und der salzige Duft des Ozeans wehte in der Brise.

„Ich habe vergessen, wie sehr es mir hier gefällt", sagte Cade heiser, und sein Blick landete wieder auf mir.

„Ich war nicht mehr hier, seit wir das letzte Mal zusammen hergekommen sind."

Auch meine Stimme klang heiser, und das Gefühl drückte mir heiße Tränen in die Augen und schnürte sich wie ein Band um mein Herz. Die Intensität meiner Gefühle überkam mich plötzlich. Ich hatte mich so sehr bemüht - so sehr -, nicht an ihn zu denken, als er nicht mehr da gewesen war. Ich hatte mich an meine Wut geklammert, als wäre sie ein

Rettungsboot. Ohne sie wäre ich wahrscheinlich innerlich zerbrochen. Leider hatte mein fester Wille, die Gedanken an ihn auszuklammern - was, wenn ich ehrlich zu mir selbst war, völlig misslungen war - dazu geführt, dass ich jedes Gespräch über ihn und damit auch die krasse Tatsache, dass ich mir nie erlaubt hatte, die Wahrheit über das, was passiert war, herauszufinden, verdrängt hatte. Ich hatte auch bestimmte Orte gemieden - Orte, die zu eng mit meinen Erinnerungen an ihn verbunden waren. Dies war einer von ihnen. Dieser offiziell namenlose Ort, den wir *Again Beach* genannt hatten, weil wir immer wieder herkamen.

Da waren wir also - wieder einmal -, mein erster Besuch nach sieben Jahren. Cade beobachtete mich ruhig, Sorge verfinsterte seine Miene.

„Du warst seither wirklich nicht mehr hier?"

Auf seiner Frage schwebte die leise Vorahnung, was meine Worte bedeuteten.

Ich schluckte, biss mir auf die Lippe und schüttelte schnell den Kopf, bevor ich den Blick abwandte. Es war fast zu viel, zu intensiv, ihn anzusehen. Wenn ich so gefühlsbetont war, was bei mir selten vorkam, fühlte ich mich verletzlich und ausgeliefert. Noch schlimmer war, dass ich so hart darum gekämpft hatte, meinen emotionalen Panzer zu verhärten, nachdem es mit ihm zu Ende gegangen war. Ich konnte sehen, wo meine eigene Sturheit zu meinem schlimmsten Feind geworden war, aber dieses neue Bewusstsein löschte weder die Zeit noch die Abwehrmechanismen, die ich entwickelt hatte.

Sein Daumen strich über meine Unterlippe, und ich blickte ihn wieder an.

„Hey, alles in Ordnung?", fragte er.

Ich nickte, ein bisschen zu schnell. Dann zwang

ich mich, tief Luft zu holen, und atmete langsam wieder aus.

„Ja und nein", sagte ich schließlich. „Ja, weil ich mich so über deine Heimkehr freue und froh bin, mit dir zusammen zu sein. Nein, weil ich mich wie ein Idiot fühle, weil ich damals so wütend geworden bin und nicht zugelassen habe, dass du alles erklärst."

Sein Blick war nachdenklich. Nach einer Weile hob er eine Schulter und ließ sie wieder sinken. „Es ist scheiße, aber wir waren beide total stur. Ich hätte mich ja auch ein bisschen mehr anstrengen können. Es hat sicher nicht geholfen, dass ich so lange so weit weg war. Aber wir können die Vergangenheit nicht ändern." Er hielt inne und starrte ins Leere, als ob er überlegte, was er sagen wollte. „Ich habe deinen Rat befolgt."

Anscheinend zeigte sich meine Verwirrung in meinem Gesicht, denn er fuhr schon nach einer kurzen Pause fort: „Ich habe Shannon gesagt, sie soll zur Hölle fahren."

Ich brach in Gelächter aus. „O Gott! Was? Wie hat sie reagiert?"

„Ich glaube nicht, dass sie sehr glücklich war, aber ich habe ihr nicht viel Gelegenheit zum Reden gegeben. Es gibt nichts zu reden. Ehrlich gesagt ..." Er stockte und griff nach meiner Hand. „Weiß ich überhaupt nicht, was zum Teufel mit ihr los ist. Sie war früher nie meine Lieblingsfreundin von dir, aber habe ich irgendwas verpasst? Zwischen uns war nie etwas, zumindest nichts, was mir aufgefallen wäre. Als Nächstes hüpft sie ins Bett und du stürmst raus. Ich habe kein Wort mehr mit ihr gesprochen, seit ich ihr damals gesagt habe, dass sie sich verpissen soll." Die tiefe Falte in seiner Stirn verschwand, und er grinste. „Maisies standardmäßiger Zickenmodus war hilfreich.

Sie hat Shannon auf der Wache nicht in den hinteren Bereich gelassen - Gott sei Dank - und dann angeboten, ihr in den Arsch zu treten, wenn ich es mir hilft. Oh, und sie hat gesagt, sie weiß, wie man sich prügelt."

Ich bekam einen solchen Lachanfall, dass mir Tränen über die Wangen liefen. Als ich wieder zu Atem gekommen war, sah ich Cade an. „Normalerweise würde ich mich fragen, ob du übertreibst, aber bei Maisie zweifle ich nicht eine Sekunde." Ich wischte mir mit dem Ende meines Ärmels über die Wangen und atmete tief ein, um die frische Meeresluft zu genießen. „Ich weiß nicht, was mit Shannon los ist. Ehrlich gesagt, habe ich nach dem Vorfall immer sofort geblockt, wenn es um dich ging. Shannon und ich haben nie wieder miteinander gesprochen. Ich werde Lucy fragen müssen, was sie weiß. Ich denke, ich sollte mich vermutlich wundern, aber dass du zurück bist, nimmt meinen ganzen Kopf in Anspruch, also ..." Ich endete mit einem Achselzucken und errötete, als er mir direkt in die Augen sah.

Er lockerte seinen Griff um meine Finger und legte seine Hände um meine Hüfte. „Also ist alles in Ordnung mit uns? Es macht dir nichts aus, dass sie heute so einen Blödsinn gemacht hat?"

Ich wollte es abtun. Wenn es nicht um mein Herz ginge, könnte ich sagen, es sei schon okay. So aber war mein Herz so sehr mit Cade verstrickt, dass es unmöglich war, irgendetwas abzutun. Sonst konnte ich mir einreden, dass ich mich gut fühlen sollte, und das tat ich das dann auch. Zumindest Meistens.

Ich hatte das Gefühl, als würde er in meinen Kopf oder vielleicht direkt in mein Herz sehen können. Seine Augen tasteten mein Gesicht ab, seine Schultern hoben und senkten sich, als er seufzte. „Ich hasse es, dass du dir überhaupt Sorgen machst, nur weil sie diese Nummer abgezogen hat. Du weißt doch, dass da nichts zwischen uns war, oder? Absolut nichts", sagte er mit fester Stimme.

Ich kaute auf der Innenseite meiner Wange herum und fühlte mich schlecht, weil ich immer noch diese seltsamen Unsicherheiten hatte. Es lag nicht nur an dem, was Cade mir erzählt hatte; jetzt, wo ich nicht mehr alles verdrängte, was mit ihm zu tun hatte, war es ziemlich klar, dass zwischen ihm und Shannon nie etwas gelaufen war. Doch alte Gewohnheiten ließen sich nur schwer ablegen. Der vermeintliche Verrat hatte mich so tief getroffen, dass ich den Schmerz immer noch spürte. Ich schaute ihn an und sah nichts als wilde Zärtlichkeit in seinem Blick, also schob ich diese dumme, hartnäckige Unsicherheit beiseite. „Ich weiß, ich weiß. Genauso wie du es nicht ertragen konntest, mich in der Nähe von Earl zu sehen, obwohl du wusstest, dass es nichts bedeutete, ist es für mich schwer, dass Shannon in der Nähe ist, weil ich nicht weiß, was sie tun könnte. Das Ganze ist nicht gerade rational."

Er nickte langsam, sein Mundwinkel verzog sich zu einem schiefen Lächeln. „Nein, ich denke nicht."

Ich atmete noch einmal tief durch und schüttelte mich im Geiste. „Du brauchst nicht weiter darüber zu reden. Bei diesen irrationalen Dingen hilft das ohnehin nicht wirklich", sagte ich mit einem leisen Lachen.

„Bist du sicher? Denn ich würde den ganzen Tag und die ganze Nacht reden, wenn es helfen würde."

Der Ausdruck in seinen Augen verriet mir, dass er die Wahrheit sagte. Wie ich Cade kannte, der normalerweise mit seiner „Ist mir *scheißegal*"-Einstellung gepanzert war, fand ich es toll, eine andere Seite von ihm zu sehen. Er war kein großer Redner. Bei ihm ging es immer nur um Action.

„Ich bin mir sicher." Ich hob eine Hand und strich an seinem Kiefer entlang.

Seine Augen wurden dunkel, und seine Hände glitten an meiner Taille hinauf, bis sie meine Brüste berührten. Ich atmete stoßweise und Hitze kochte in meinem Bauch.

„Gut, denn ich will nicht mehr über sie reden", sagte er, und seine raue Stimme jagte mir heiße Schauer über die Haut.

Mit wild klopfendem Herzen ließ ich meinen Blick über ihn wandern. Verdammte Scheiße. Das war zu viel. Selbst abgesehen von dem unverhohlenen, feurigen Verlangen, das ich für ihn empfand, war er so alpha-männlich, wie ein Mann nur sein konnte, ohne dabei unausstehlich zu sein. Da saß er, nur Zentimeter von mir entfernt, in seinen verblichenen schwarzen Jeans, die sich wie angegossen an seine muskulösen Beine schmiegten, seinem schwarzen T-Shirt und seiner schwarzen Lederjacke. Mit den zerzausten braunen Locken und dem grünen Blick auf mir, hatte ich beinahe Angst, auf der Stelle zu schmelzen. Ich spürte die glitschige Hitze zwischen meinen Schenkeln und mein Herz, das hämmernd gegen meine Rippen pochte.

Nach einem kurzen Augenblick strich er mit seiner Handfläche über meinen Rücken, grub seine Hand in mein Haar und legte seinen Mund auf meinen. Blitzschnell ging der zärtliche, stille Moment in einer Flammenwolke auf. Ihn zu küssen war wie ein Sturz in den Wahnsinn. Seine Küsse waren rau und feucht, weich und sanft und alles auf einmal - er fuhr mit seiner Zunge tief in mich hinein, zog sich dann wieder zurück und klemmte meine

Unterlippe zwischen seine Zähne, fuhr mit seiner Zunge meinen Mund nach. Die ganze Zeit über waren seine Hände damit beschäftigt, mit meinen Brustwarzen zu spielen. Er lehnte sich weit genug zurück, um mein Hemd nach unten zu schieben und den Verschluss meines BHs zu öffnen. Meine Brüste hüpften heraus und ich stöhnte auf, als er sich nach vorne beugte und eine Brustwarze in seinen Mund nahm. Allein von diesem Saugen kam ich fast zum Höhepunkt.

Bei ihm war ich immer am Rande des Abgrunds, auf der Jagd nach dem scharfen Biss der Lust. Als er sich meiner anderen Brust widmete und meine Brustwarze sich erwartungsvoll zusammenzog, stieß ich einen spitzen Schrei aus und vergrub meine Hände in seinem Haar, weil ich etwas brauchte, woran ich mich festhalten konnte. Die kühle Luft, die auf meine feuchte, heiße Haut traf, schürte das Feuer des Verlangens noch, das in mir brannte.

Ich hatte gar nicht bemerkt, dass ich auf dem Motorrad fast auf seinem Schoß gesessen hatte, bis mich das Geräusch eines herannahendenFahrzeugs aus meinem wilden Tunnel der Lust riss. Cade hörte das Geräusch zur gleichen Zeit wie ich, hob den Kopf und zog mein Hemd schnell wieder nach oben. Ich blickte herab und unterdrückte ein Lachen. Meine feuchten Brustwarzen waren durch mein T-Shirt leicht zu sehen, und mein BH war komplett schief. Cade löste sich gerade noch rechtzeitig von mir und schaffte Platz zwischen uns, um als anständig durchzugehen, als ein verbeulter Lastwagen durch die Bäume auf die Lichtung am Wasser rollte.

Cade sah mich mit einem verschmitzten Schimmer in den Augen an. „Spaziergang?"

Ich schüttelte den Kopf.

„Kein Spaziergang? Aber das ist das erste Mal, dass wir hier sind."

Die Insassen des Trucks, zwei Männer in Anglerhosen, kletterten aus dem Auto. Sie winkten im Vorbeigehen, nachdem sie die Angelausrüstung von der Ladefläche geholt hatten. Sie verschwanden für einen Moment aus dem Blickfeld, als sie den steilen Pfad entlang der kleinen Klippe zum Wasser hinuntergingen. Innerhalb weniger Augenblicke warfen sie ihre Angeln aus.

Wieder allein, blickte ich zu Cade zurück, mein Körper vibrierte von seiner Nähe. „Kein Spaziergang", sagte ich und beugte mich vor, bis meine Lippen bei meinen Worten seine berührten.

Die Hitze seiner Hände, die an meinen Schenkeln hinaufglitten, trieb mich in den Wahnsinn. „Ich willige nur ein, auf den Spaziergang zu verzichten, wenn du versprichst, dass wir bald wiederkommen", murmelte er an meine Lippen.

Ich brauchte all meine Willenskraft, um mich zurückzuhalten, aber ich hatte wirklich keine Lust, den beiden Fischern eine Show zu bieten.

„Versprochen", flüsterte ich.

Cade lehnte sich auf dem Sitz zurück und schwang sein Bein auf die andere Seite, dann reichte er mir schnell meinen Helm, während er seinen eigenen aufsetzte. In Sekundenschnelle heulte der Motor seines Motorrads auf, dieses tiefe, kehlige Brummen, das ich immer nur mit ihm in Verbindung brachte, auch wenn ich es aus der Ferne hörte und wusste, dass er nicht in der Nähe war.

Kapitel Achtundzwanzig

CADE

Ich lehnte meinen Kopf zurück an das Kopfteil und blickte zum Bad hinüber. Amelia stand im Türrahmen und putzte sich die Zähne.

„Wann, sagtest du, musst du nach Fairbanks?", fragte sie, ihre Frage war mitten im Zähneputzen erstaunlich deutlich.

Bevor ich antworten konnte, drehte sie sich um und ließ den Wasserhahn laufen, während sie sich den Mund ausspülte. Ich dachte bei mir, dass es nicht viel Besseres gab als Amelia, die splitterfasernackt herumlief, während sie sich bettfertig machte. Ich wurde enttäuscht, als sie sich eines meiner T-Shirts schnappte und es sich über den Kopf warf, bevor sie neben mich ins Bett kroch.

„Du hast mir nicht geantwortet", sagte sie, während sie die Decken zurechtrückte und nach der Fernbedienung griff.

„Übermorgen", sagte ich, als sie sich an meiner Seite niederließ, ihren Fuß an meiner Wade einhakte und träge mit der Fernbedienung gegen meine Brust tippte.

Wir hatten es nach unserer Fahrt nach Turnagain Arm nach Hause geschafft, waren hineingestolpert und hatten einander die Kleider vom Leib gerissen. Nach einer schnellen Mahlzeit aus übrig gebliebener Pizza hatten wir geduscht. Ich schloss meine Augen und genoss das Gefühl, als sie sich an mich schmiegte.

„Wie lange?", war ihre nächste Frage.

„Drei Tage", antwortete ich, öffnete die Augen und schaute zu ihr hinunter.

„Ich nehme an, es nützt nichts, wenn ich mich beschwere, oder?", fragte sie und verzog ihren Mund zu einem reumütigen Grinsen.

Ich gluckste. „Du kannst dich beschweren. Es wird meinen Job nicht verändern. Sobald ich diese staatlich vorgeschriebenen Zertifizierungen hinter mir habe, werde ich nur noch weggehen, wenn ich zu einem Brand ausrücken muss."

Sie seufzte und wandte ihren Kopf zum Fernseher. In den wenigen Wochen, die ich bei ihr verbracht hatte, waren wir in unsere alte Gewohnheit zurückgefallen, abends ein paar Sendungen zu schauen. So gut sich die Dinge auch anfühlten, so spürte ich doch eine gewisse Unsicherheit an ihr, wenn ich auf Reisen gehen musste. Ich verstand sie, denn mir ging es genauso. Alles war noch so frisch, noch auf so wackligem Boden, als könnte ein falscher Schritt zur falschen Zeit uns viel mehr erschüttern, als er es können durfte.

Ich fuhr mit den Fingern durch ihr Haar.

„Ich weiß", sagte sie leise.

Nach ein paar Minuten wurde ihre Atmung ruhig und gleichmäßig. Ich zog ihr langsam die Fernbedienung aus der Hand und legte sie auf den Nachttisch, bevor ich das Licht ausschaltete. Dann ließ ich mich in die Kissen sinken. Sie wachte nicht auf, ihr Körper passte sich meinen Bewegungen an und sank gegen mich.

———

Ich blickte auf die Landschaft hinunter. Ich hatte den dritten Tag meiner Ausbildung in Fairbanks hinter mir; nichts als langweiliger Verwaltungsmist. Ich blühte in meinem Job auf, liebte so ziemlich alles an meiner Arbeit. Damit meinte ich nicht, dass ich mich oder meine Mannschaft gerne in Gefahr brachte; ich liebte einfach meine Arbeit. Das Einzige, was ich an meinem Job nicht mochte, war der administrative Teil. Ich vermisste Amelia wie verrückt und wollte schon am zweiten Tag nichts sehnlicher, als nach Willow Brook zurückzukehren.

Wir wollten gerade den Rückflug antreten, als ich den Anruf erhielt, dass meine Mannschaft zu einem Einsatz bei einem Feuer im Landesinneren gerufen wurde. In Alaska gab es so viele riesige Waldgebiete, dass eine Reihe von Bränden einfach unter Kontrolle gehalten wurde, da es keinen Grund zur Sorge gab. Dieses Feuer bewegte sich allerdings sehr schnell und steuerte direkt auf eine Ansammlung kleiner Gemeinden zu.

Die Berge am Stadtrand von Fairbanks verschwanden in der Ferne, und das Land ging allmählich in Wälder über, die mit Feldern durchsetzt waren. Ich warf einen Blick zum Piloten.

„Haben Sie eine Ahnung, wie lange es dauert, bis wir das Feuer erreichen?", fragte ich.

Der Pilot, ein freundlicher Mann namens Fred Banks, richtete seinen Blick nach vorn. „Ich würde sagen, wir haben noch eine halbe Stunde Zeit. Ich werde uns an einem See in der Nähe absetzen. Als ich neulich hier draußen war, hatten sie dort ihre Hauptstation eingerichtet. Leben Sie schon lange in Alaska?"

„Oh ja. Hier geboren. Bin in Willow Brook aufgewachsen."

Fred schaute in meine Richtung und grinste, seine blauen Augen funkelten in seinem wettergegerbten Gesicht. „Ich habe Sie für einen Auswärtigen gehalten, als Beck erwähnte, Sie hätten Ihre Ausbildung in Kalifornien gemacht. Mein Fehler."

Ich zuckte mit den Schultern. „Da kann man leicht einen Fehler machen. Ich war sieben Jahre lang dort, es ist also schon ein bisschen her. Ich war allerdings noch nie dort, wo wir jetzt hinfliegen. Ich habe viele Ausflüge zum Wandern und Angeln gemacht, aber nie dorthin."

„Es ist ein wildes Land hier draußen. Durch das Käfersterben sind die Brände, wie Sie sicher wissen, jedes Jahr schlimmer geworden. Die örtlichen Einsatzkräfte haben versucht, die Brände einzudämmen, aber jetzt sind sie zu groß."

Normalerweise würde ich mit meiner Crew aus Willow Brook hierher fliegen, und zwar eher mit einem Hubschrauber als mit einem Flugzeug. Doch jeder verfügbare Hubschrauberdienst in Fairbanks war ausgebucht, also hatte Maisie Fred ausfindig gemacht und einen Termin für mich vereinbart, um mich mit der Crew vor Ort zu treffen.

Ich schaute aus dem Fenster des kleinen Flugzeugs und beobachtete die sanften Hügel, zwischen denen hier und da ein See lag. Ich hatte Amelia angerufen, bevor ich losgeflogen war, und hasste die Tatsache, dass ich sie vor diesem Job nicht sehen konnte. Ich dachte mir, dass ich mich vielleicht irgendwann daran gewöhnen würde, wegzufahren und sie zurückzulassen, aber im Moment gefiel es mir ganz und gar nicht.

Allein der Gedanke an sie ließ mein Herz schneller und heftiger schlagen. Ich hätte nie gedacht, dass ich jemals wieder jemanden vermissen müsste, wenn ich hinausging, um ein Feuer zu löschen. Ich zwang meine Gedanken zurück in den Moment, denn ich dachte nicht gern an Amelia, zumindest nicht so.

Fred hatte die Zeit genau richtig eingeschätzt. Er brachte das Wasserflugzeug zu einer nahezu perfekten Landung auf einem See, der unter normalen Umständen ein malerischer Ort gewesen wäre. Aber stattdessen waren die Bäume und der Boden in der Umgebung völlig verkohlt. Das Feuer war etwa eine Woche zuvor durch dieses Gebiet gezogen. Dann hatte es sich rasend schnell ausgebreitet und war innerhalb einer Woche auf über tausend Hektar angewachsen. Ich hatte dieses Feuer nicht vergessen und damit gerechnet, dass meine Mannschaft zu einem Einsatz gerufen werden würde, sobald es sich weiter ausbreitete.

Nachdem das Flugzeug gelandet war, rollte Fred zu einem Schwimmsteg am Rande des Sees. Er half mir beim Ausladen und folgte mir zu einer Ansammlung von Zelten. Innerhalb weniger Minuten befand ich mich mitten in einer Diskussion mit dem Vorarbeiter der örtlichen Mannschaft aus Fairbanks. Ich funkte meine Mannschaft an, die innerhalb einer Stunde auch hier landen sollte.

Die Zeit verging, wie im Flug, während Einsatzkräfte ein- und ausrückten, Hubschrauber landeten, um Wasser aus dem See aufzunehmen und über das Feuer zu leiten, und ich mich darauf vorbereitete, mit meiner Mannschaft zu einem Eckabschnitt des Brandes aufzubrechen.

Spät in der Nacht, als der Himmel noch hell war und Rauch durch die Luft waberte, lehnte ich mich an einen Felsen und blickte zu Levi Phillips, der mir einen Proteinriegel hinhielt. „Noch einen?“, fragte ich.

Levi grinste müde und schnappte ihn mir weg. „Erstaunlich, wie gut diese Dinger sind, wenn man Hunger hat.“

Ich nickte und rieb mir mit dem Rand meines Ärmels über das Gesicht. Wir hatten uns den ganzen Nachmittag lang den Arsch aufgerissen, um in dieser Ecke eine Feuerschneise zu schlagen. Durch dieses Gebiet floss ein breiter aber seichter Fluss. Wir nutzten ihn als natürliche Barriere und verstärkten diese noch, indem wir alles brennbare Material aus den Gräsern und dem Wald wegräumten, das dem Feuer in die Quere kommen konnte. Zwei weitere Teams arbeiteten an der Eindämmung des riesigen Brandes in anderen Bereichen. Ich war so beschäftigt, dass mein Verstand aufgehört hatte, darüber nachzudenken, wie sehr ich Amelia vermisste. Jetzt, wo wir für heute Feierabend machen wollten, war sie wieder in meinen Gedanken.

„Kaum zu glauben, dass es schon nach Mitternacht ist“, kommentierte Levi.

Ich blickte in den Himmel. In diesem Teil Alaskas gab es ein paar Tage, an denen die Sonne kaum unterging. Diese Zeit des Sommers war vorbei, aber heute würde die Sonne auch nur für ein paar Stunden untergehen, schätzte ich. Die Sterne glitzerten am düsteren Himmel, und der Mond war in der Ferne durch den Rauchschleier zu sehen, der den Horizont einhüllte.

„Ja. Ich bin die langen Tage und kurzen Nächte gewohnt, aber hier ist es heller als bei uns in Willow Brook.“

Levi schnaubte. „Auf jeden Fall auch heller als das, was ich von Juneau gewohnt bin, denn das liegt ja noch weiter südlich.“

Ich beäugte die anderen Jungs. Wir waren auf dem Gelände am Fluss verstreut, einige schliefen bereits in ihren Schlafsäcken. Ich hatte genug Zeit in Willow Brook verbracht, um meine Crew kennen zu lernen. Sie waren solide Jungs und arbeiteten gut zusammen. Levi war einer der Truppführer, beständig, zuverlässig und völlig unerschütterlich. Die anderen sahen zu ihm auf und hörten auf ihn, es passte also gut.

Ich war müde und dachte mir, dass es wohl besser wäre, ein wenig zu schlafen. „Hast du Lust, ein bisschen Wache zu schieben?", fragte ich Levi.

Levi nickte, während er einen großen Schluck Wasser aus einer Flasche nahm. „Klar doch", sagte er, als er die Flasche absetzte.

„Thad und ich sind die Nachtschwärmer. Wir werden die erste Schicht übernehmen."

Ich nickte, ging davon und schlüpfte in meinen Schlafsack. Ich starrte ein paar Minuten lang in den Himmel und erinnerte mich daran, dass ich das letzte Mal in Alaska mit Amelia unter den Sternen geschlafen hatte.

AMELIA

Ich klopfte meine Lederhandschuhe gegen meine Jeans, um den Schmutz loszuwerden, und warf einen Blick zu Lucy, die neben mir stand, die Hände in die Hüften gestemmt. Dann begutachteten wir gemeinsam unsere Arbeit.

„Bist du sicher, dass das seltsame Eckfenster, das sie haben wollen, nicht ein Alptraum sein wird?", fragte Lucy und drehte sich zu mir um. Sie hatte Schmutzflecken auf einer Wange, ihr blondes Haar hatte sich teilweise aus ihrem Pferdeschwanz gelöst, und sie sah genauso müde aus wie ich.

Wir hatten uns heute mächtig ins Zeug gelegt und das Gerüst für das Haus fertiggestellt. Cades Abwesenheit war ein allgegenwärtiger Schmerz in meinem Herzen, so stark, dass ich mich in die Arbeit gestürzt hatte. Mein Blick wanderte zu der Ecke, auf die Lucy sich bezog. Die Eigentümer wollten dort eine Art Erker mit zwei Fenstern. Das war nicht alltäglich und erforderte einige zusätzliche Winkel, aber mich störte es nicht.

„Nein, den schwierigen Teil haben wir heute schon hinter uns", antwortete ich achselzuckend.

Lucy verdrehte die Augen. „Ja, und es war richtig nervig."

„Gut, dann sind wir jetzt fertig."

Lucy schaute auf ihre Uhr und wieder zu mir. „Verdammt. Es ist fast neun. Du bist ein Workaholic, seit Cade weg ist. Gut, dass ich kein Sozialleben habe."

Ich lachte und drehte mich um, um zu unserem Truck zu gehen. „Du hast ein Sozialleben. Du tust nur so, als hättest du keins."

Lucy ging neben mir her. „Nicht wirklich. Mein Sozialleben besteht darin, mit dir und vielleicht ein paar anderen abzuhängen. Aber das Abhängen mit dir hat einen schweren Schlag erlitten, seit dein Loverboy zurückgekommen ist. Ich hätte nie gedacht, dass ich Earl einmal loben würde, aber mit ihm hast du nicht viel Zeit verbracht. Du und Cade, ihr klebt aneinander", brummte Lucy gutmütig.

Ich warf meine Handschuhe auf die Ladefläche des Wagens und nahm den Werkzeugkasten, den Lucy mir reichte. Ich lehnte mich mit den Hüften gegen den Truck und sah Lucy an. „Es tut mir leid. Ich wollte dich nicht vernachlässigen."

Lucys Augen wurden weicher. „Hey Mädel, war nur ein Scherz. Ich freue mich für dich. Cade betet dich offensichtlich an. Es ist nur eine Umstellung für mich. Früher warst du zwar auch nicht Single, aber du warst immer nur so halbherzig mit Earl zusammen. Jetzt muss ich mich daran gewöhnen, dass meine beste Freundin tatsächlich ein Leben hat."

Ich spürte, wie meine Wangen heiß wurden, und war erleichtert über das schwache Licht des späten Abends. „Ich schätze, es war so schön, Cade zu Hause zu haben, dass ich alles andere irgendwie ausgeblendet habe. Meine Mutter kam gestern Abend vorbei und sagte etwas Ähnliches. Selbst wenn er von dem Feuer zurück ist, sollten wir mindestens einmal in der Woche einen Mädelsabend machen. Aber vorher sollten wir morgen zu einer halbwegs anständigen Zeit mit der Arbeit fertig werden und im Wildlands etwas essen und trinken gehen."

Lucy grinste und trat dicht an mich heran, um mich kurz zu umarmen. Als sie sich löste, waren ihre Augen warm. „Ich habe dich wirklich nur geneckt, weißt du?"

„Ich weiß, aber trotzdem. Auch wenn es toll ist, Cade wieder hier zu haben und die Dinge zwischen uns gut zu laufen scheinen, kann ich nicht zulassen, dass mein ganzes Leben nur aus ihm besteht." Ich hielt inne und warf Lucy einen Blick zu. „Außerdem, wirst du jemals auch nur daran denken, irgendwen zu daten? Mann, Frau, Fisch, Bär? Irgendwen?"

Lucy lachte schallend und klopfte mir auf den Arm. „Es scheint sich einfach nicht zu lohnen. Du weißt ja, Bären, Fische und Frauen sind nicht mein Ding. Aber Männer sind es auch nicht wirklich. Ich glaube, ich bin zu sehr ich selbst."

Ich schnaubte. „Du bist zu sehr *du selbst*? Was zum Teufel soll das heißen?"

Lucy verschränkte die Arme und zuckte mit den Schultern. Ich konnte ihre Abwehrhaltung spüren. Sie mochte in den letzten Jahren meine engste Freundin geworden sein, aber Lucy hatte definitiv *Dinge,* über die sie lieber nicht sprach, vor allem Beziehungen. Ich wusste genug über sie, um zu ahnen, dass irgendwann etwas schiefgelaufen war, bevor sie in der High School nach Willow Brook zog, aber Lucy sprach nie darüber und war eine Expertin im freundlichen Ausweichen.

Vielleicht lag es daran, dass ich gerade selbst einen

großen Schock erlitten hatte, als ich fast einen Mann geheiratet hätte, den ich nicht liebte und der genauso wenig für mich empfand. Vielleicht war es auch mein Gefühl, dass jetzt ein guter Zeitpunkt war, um ein wenig zu pushen, also tat ich es. Ich sah zu Lucy hinüber, als diese den Blick abwandte, und drückte sie. „Ernsthaft, Lucy. Es wäre mir egal, wenn du mir sagen würdest, dass du für den Rest deines Lebens Single sein willst, oder dass du eine Außerirdische bist, die eine Paarung mit einem Menschen nicht in Betracht zieht, aber darum geht es nicht. Du bist so toll und lustig, und obwohl du dich wie ein Mann anziehst, bist du verdammt hübsch, und versuch gar nicht erst, mir das abzusprechen. Es ist etwas passiert und du musst mir nicht davon erzählen, aber vielleicht denkst du mal darüber nach, was es bedeutet, wenn etwas dein Leben so beherrscht. Ich weiß, wovon ich rede, denn ich habe es selbst getan. Es mag dir nicht sehr bedeutungsvoll vorkommen, aber ich bin daran zerbrochen, nachdem alles mit Cade explodiert ist. Ich habe zugelassen, dass für mich sehr wichtige Dinge darunter gelitten haben und hätte deswegen fast einen riesigen Fehler gemacht. Ich weiß nicht, woran es liegt, dass du so tust, als wäre niemand es wert, wenn es um Romantik geht. Vielleicht ist es ja auch wirklich so, aber dann sollte der Grund sein, dass du wirklich so denkst und fühlst, und nicht, dass du Angst hast."

Lucy blieb ganz still, während ich sprach; so still, dass ich schon befürchtete, ich wäre zu weit gegangen. „Hey, schau mal ..."

Lucy schüttelte heftig den Kopf, ihre blauen Augen leuchteten hell im dämmrigen Licht. „Ist schon gut. Ich würde so etwas auch zu dir sagen, wenn die Situation andersherum wäre. Ich habe mir Vorwürfe gemacht, weil ich dir wegen Earl nicht öfter die

Meinung gesagt habe. Das hätte ich wahrscheinlich auch getan, wenn ich dich und Cade gleich beim ersten Mal zusammen gesehen hätte."

Objektiv gesehen wusste ich, dass Lucy eine zierliche Frau war, aber ich neigte dazu, das zu vergessen, weil sie sich selbst mit einem solchen Gefühl der Stärke trug. Sie wirkte stark, selbstbewusst und unabhängig, und sie war all das. Aber in diesem Moment sah sie klein aus. Ihre schmalen Schultern hoben und senkten sich mit einem tiefen Atemzug.

Lucy wandte ihren Blick ab, dann sah sie mich wieder an. „Eines Tages werde ich vielleicht mehr darüber reden, aber sagen wir einfach, dass die High School für mich beschissen war. Als wir hierhergezogen sind, war es toll, denn niemand kannte mich und alle ließen mich in Ruhe, und das war viel besser so."

Ich war mir nicht sicher, was ich sagen sollte, also ging ich auf Lucy zu und schloss sie in meine Arme, wobei ich versuchte, ihr die gleiche Stärke zu vermitteln, die ich auch spürte, wenn sie mich umarmte. Als ich mich zurückzog, hatte Lucys Gesichtsausdruck etwas von seinem Schwung zurückgewonnen. Sie kaute auf der Innenseite ihrer Wange und sah mich an. „Fährst du?"

„Jepp." Ich zog die Schlüssel aus meiner Tasche und sprang in den Wagen.

In kürzester Zeit waren wir auf dem Parkplatz hinter dem Büro. Lucy winkte, als sie in ihr Auto stieg und wegfuhr. Ich vergewisserte mich, dass ich abgeschlossen hatte, und fuhr direkt zum Supermarkt. In den paar Tagen ohne Cade war ich wieder in meine alten Gewohnheiten zurückgefallen und aß hauptsächlich Fertiggerichte. Wenn Cade da war, kochten wir beide gern, aber ohne ihn hatte ich keine Lust.

Ich schlenderte durch den Laden und lachte über mich selbst, weil ich ständig Dinge für Gerichte kaufen wollte, die ich mit Cade kochen wollte, obwohl ich nicht einmal wusste, wann er nach Hause kommen würde. Ich trödelte in der Gemüseabteilung herum, als ich spürte, dass jemand neben mir stehen blieb. Als ich meinen Blick hob, sah ich Shannon. Wut stieg in mir auf. Es folgte ein flaues Gefühl, als würde ich fallen und das Gleichgewicht verlieren, und mir wurde heiß und kalt. Ich hasste die Tatsache, dass Shannon überhaupt eine Wirkung auf mich hatte, aber ich konnte nichts dagegen tun.

Shannons langes dunkles Haar war mit einem hellblauen Stirnband aus dem Gesicht gezogen, das zu ihren Augen passte. Sie stützte eine Hand in ihre Hüfte und musterte mich. „Hallo", sagte sie schließlich.

Ich starrte sie an, versuchte, das ungute Gefühl in meinem Magen zu unterdrücken, und fragte mich, was ich sagen sollte. Shannon war einmal meine Freundin gewesen, zumindest hatte ich das geglaubt. Wir waren beide in Willow Brook aufgewachsen und uns in der Middle School und High School nahegestanden. Wir waren in verschiedenen Gegenden aufs College gegangen und hatten uns auseinandergelebt, aber ich hätte niemals geglaubt, dass Shannon sich an Cade heranmachen könnte. Als ich so dastand und überlegte, wie ich reagieren sollte, wurde mir klar, dass ich Shannon nichts schuldig war. Das und die Tatsache, dass ich es kaum ertragen konnte, sie zu sehen. Es gefiel mir nicht, aber die alte Saat der Zweifel, die sie in mir und in Cade gepflanzt hatte, war immer noch nicht ganz verschwunden. Cade und ich waren noch zu frisch, zu neu, als dass ich mich mit ihm schon sicher fühlen konnte. Außerdem beängstigte mich auch der

Gedanke, ihm wieder zu vertrauen, denn das hatte ich schon einmal getan. Und zwar voll und ganz. Nach einem Moment drehte ich mich um und setzte mich in Bewegung.

Ich hielt abrupt inne, als ich spürte, wie sich Shannons Hand um meinen Arm schloss. Ich schüttelte sie unsanft ab und wandte mich ihr zu. „Nicht."

Shannon schüttelte den Kopf, ihre Wangen hell, ihre Augen wütend. „Werde erwachsen, Amelia. Willst du ewig so tun, als gäbe es mich nicht?"

Mir klappte der Mund auf. Ich klappte ihn wieder zu. „Shannon, du hast die ganze verdammte Sache mit Cade damals inszeniert. Das warst alles du und alles war eine Lüge. Ich schätze, du kannst stolz sein, weil es funktioniert hat, aber jetzt nicht mehr. Lass mich in Ruhe, und dasselbe gilt auch für Cade."

Shannon schüttelte angewidert den Kopf, in ihren Augen zeichnete sich eine subtile Bewegung ab. „Rede dir ein, was du willst. Cade ist wieder unterwegs, oder?"

Ich zwang meine Miene, ruhig zu bleiben, aber sofort begannen meine Gedanken zu kreisen. Woher wusste Shannon etwas über Cades Aufenthaltsort?

Shannon trommelte mit den Fingerspitzen auf den Türgriff des Wagens, und ein spöttisches Lächeln umspielte ihre Lippen. „Du fragst dich sicher, woher ich etwas über Cades Zeitplan weiß. Warum fragst du dich nicht weiter?"

Ich wagte es nicht, Shannon den Verlauf unserer Begegnung bestimmen zu lassen. Die Wut in meiner Brust verknotete sich und ich zwang mich, ruhig zu bleiben. Ohne ein Wort zu sagen, drehte ich mich um und ging davon. Ich wollte rennen, aber ich tat es nicht. Mit genau abgemessenen Schritten ging ich zur Kasse.

Ich schaffte es, alles zu überstehen, ohne durchzudrehen, und ging schnell zum Parkplatz hinaus. Ich legte die Einkäufe auf den Beifahrersitz und kletterte ins Auto. Mein Handy zirpte, und ich sah Cades Namen auf dem Display, als ich es aus der Tasche zog. Ich tippte auf das kleine Symbol, und seine Textnachricht öffnete sich.

Hey Babe, wir sind gerade rüber geflogen und haben jetzt Handyempfang. Ich werde noch mindestens drei Tage bleiben müssen. Ich vermisse dich.

Das reichte. Ich hätte froh sein sollen, dass er eine SMS geschickt hatte. Stattdessen drehten sich all die hässlichen Zweifel und negativen Gedanken, die ich abgeschüttelt zu haben geglaubt hatte, in einem engen Kreis in meinem Kopf. Als ich Shannon sah, war mir körperlich übel geworden. Ich war aufgewühlt, durcheinander, und ich wollte nur noch nach Hause gehen und alles vergessen. Mein Herz klopfte in einem rasenden, flachen Rhythmus, mein Atem kam in heftigen Stößen. Ich durfte niemanden so sehr lieben, dass es sich so furchtbar auf mich auswirkte. Ich versuchte mir immer wieder einzureden, dass Shannon nur Spielchen spielte.

Ich war so durcheinander, dass ich nicht auf Cades SMS antwortete.

Kapitel Dreißig

CADE

Der Wind trug die Hitze des Feuers über uns hinweg. Wir arbeiteten zügig daran, die Feuerschneise, die wir am Fluss angelegt hatten, fertig zu räumen. Ich hatte mich bis an den Rand der Erschöpfung vorgekämpft und hörte nicht auf, kleine Büsche und Gestrüpp aus dem Weg zu räumen. Ich wusste, dass der Rest der Mannschaft genauso müde war wie ich. Wir hatten zwei Tage und Nächte lang das Glück gehabt, dass sich das Feuer in die entgegengesetzte Richtung von uns bewegt hatte, aber unser Glück hatte sich mit dem Wind gedreht. Zu diesem Zeitpunkt hatte ich seit über vierundzwanzig Stunden nicht mehr geschlafen. Nach dem Richtungswechsel des Windes am vergangenen Abend hatten wir hart gearbeitet und nur selten eine Pause eingelegt.

Ich arbeitete so schnell, dass ich die steile Felswand nicht einmal, sah, bis ich mit ihr zusammenstieß. Ich hielt inne und blickte daran hinauf. Wir waren am Ende der Arbeit angelangt, die wir hier leisten konnten, und mussten uns zurückziehen und auf das Beste hoffen. Ich blickte zurück in die Richtung, aus der ich gekommen war, und sah in der Ferne die Flammen gegen den dunstigen Himmel flackern. Das Geräusch von Hubschraubern dröhnte in der Ferne, als einer von ihnen über die Flammen flog und Feuerschutzmittel abwarf.

Als der Rest der Besatzung zu mir aufschloss, meldeten wir uns bei der Basis. „Wir bleiben hier, bis ein Hubschrauber kommt, um uns abzuholen. Unsere Schneise hält dort, wo wir sie begonnen haben, meilenweit entfernt, also wollen sie uns heute Nacht rausziehen, wenn sie können. Wir werden die Nacht im Hauptlager verbringen und übermorgen nach Hause fliegen", sagte ich und beäugte die Mannschaft. Alle Gesichter waren mit Ruß, Staub und Schweiß bedeckt.

Levi stand in der Mitte, eine Hand in die Hüfte gestützt, während er seine Ausrüstungstasche von den Schultern fallen ließ. „Können wir uns ein wenig ausruhen, während wir warten?", fragte er.

„Es gibt nicht mehr viel zu tun", antwortete ich. „Das Feuer ist immer noch in Bewegung, aber der Wind scheint nachzulassen, und es springt nicht über den Fluss, also hoffen wir, dass die Pause anhält. Ich hielt inne und blickte über den Fluss hinweg auf das prasselnde Feuer in der Ferne. Dann sah ich zurück zu meiner Mannschaft. „Wir haben auf diesem Abschnitt einen Volltreffer gelandet. Es sieht so aus, als hätte die Crew in Fairbanks ganze Arbeit geleistet, um die Ecke neben Chena auch einzudämmen. Wenn die Schneisen halten, könnte es sein, dass wir hier bald fertig sind."

Ich erntete ein Grinsen von den Jungs, obwohl ich genau wusste, dass sie genauso müde waren wie ich, und ich war definitiv am Ende meiner Kräfte. Innerhalb weniger Minuten lagen wir am Fluss verstreut auf dem Boden, mampften Proteinriegel und tranken

Wasser. Es gab nicht viel Gesprächsstoff. Ich lehnte mich an einen Felsen am Fluss und dachte sofort an Amelia. Ich hatte in den letzten Stunden nicht viel an sie gedacht, weil ich mich vollkommen auf die Arbeit mit dem Feuer konzentriert hatte, aber die nagende Sorge schlich sich sofort wieder in meine Gedanken. Sie hatte nicht auf meine SMS geantwortet. Der Handyempfang war hier draußen nicht gut, aber das würde sich ändern, sobald ich in der Luft war. Bis dahin würde ich warten müssen, um herauszufinden, ob ich vielleicht doch eine Antwort bekommen hatte.

Ich musste eingenickt sein, denn ich wurde abrupt von dem ohrenbetäubenden Lärm eines Hubschraubers geweckt, der zur Landung ansetzte. Schnell setzte ich mich auf und sah wie der Hubschrauber in einiger Entfernung auf dem Boden aufsetzte. Der Pilot kletterte heraus und winkte. Ich war nicht der Einzige, der eingeschlafen war. Ich ging durch die Gruppe und stieß ein paar Jungs mit meinem Stiefel an, bis sie alle auf den Beinen waren und ihre schwere Ausrüstung zum Hubschrauber trugen. Wenn man sich so weit draußen ausruhte, war es schwer, wieder auf die Beine zu kommen, weil man von der harten Arbeit so erschöpft war, dass man tagelang schlafen könnte.

Der Pilot grinste, als er uns sah, und klopfte mir auf die Schulter. „Es ist überfällig, dass wir euch rausholen. Ein paar verdammt harte Tage bei dem Wind."

Ich nickte müde. „Wir würden noch weitermachen, aber es sieht so aus, als könnten wir uns erst einmal zurückziehen. Wie ist die allgemeine Lage?"

„In manchen Gebieten brennt es immer noch, aber die Eindämmung funktioniert. Wir haben es um einige tausend Hektar reduziert", antwortete der Pilot, bevor er hastig unsere Ausrüstung schnappte und sie in den Frachtraum des Hubschraubers warf. Innerhalb weniger Minuten hatte die Mannschaft ihre Plätze eingenommen, und wir waren startbereit.

Schon bald heulte der Motor auf und die Rotorblätter sausten durch die Luft. Als wir abgehoben waren, lehnte ich meinen Kopf zurück und schloss seufzend die Augen. Ich mochte zwar in bester körperlicher Verfassung sein, weil der Job es verlangte, aber das bedeutete nicht, dass ich nach zwei durchgearbeiteten Tagen und Nächten nicht erschöpft war und überall Schmerzen hatte.

Ungefähr eine Stunde später hörte ich den Piloten in sein Funkgerät sprechen und hob den Kopf, um den See zu sehen, an dem das Hauptlager aufgebaut war. Ich durchwühlte meinen Rucksack und fand mein Handy. Ich schaltete es ein und wartete eine Minute, bis es Empfang hatte. Nach ein paar weiteren Sekunden blinkte eine Benachrichtigung mit Amelias Namen auf. Erleichterung machte sich in mir breit. Ich klickte auf die Nachricht.

Warum kennt Shannon deinen Zeitplan?

Diese SMS war ein paar Stunden nach meiner letzten Nachricht an sie verschickt worden, also konnte ich nur vermuten, dass sie über etwas nachgedacht hatte. Aber worüber? Was zum Teufel sollte das? Da war *nichts*, sogar weniger als nichts mit Shannon, abgesehen von dem Schlamassel, das sie verursacht hatte, als sie zu mir ins Bett kriechen wollte, obwohl sie wusste, dass Amelia gleich hereinkommen würde. Ich fluchte und starrte aus dem Fenster, mein Magen kribbelte. Egal, was ich tat, ich würde frühestens in ein oder zwei Tagen zu Amelia zurückkehren können.

Ich schaute auf mein Handy-Display und sah, dass da noch eine zweite Nachricht war, eingegangen ein paar Stunden nach der ersten.

Ich versuche, nicht auszuflippen, aber ich kann mir

keinen Grund vorstellen, warum Shannon wissen wollte, wo du bist. Ich könnte damit nicht umgehen, wenn sich herausstellt, dass doch mehr an der Geschichte dran war, als du mir erzählt hast.

Ich fluchte und raufte mir die Haare. Fuck, fuck, fuck. Ich hatte keine Ahnung, was Shannon vorhatte, aber ich traute ihr nicht. Ganz und gar nicht. Sie war eine Meisterin im Manipulieren. Ich hasste es, in diesem Hubschrauber gefangen zu sein, ausgeliefert allein dem Wetter und den Piloten, um aus dem Hauptlager herauszukommen, zurück nach Fairbanks und dann wieder nach Anchorage, von wo aus ich endlich nach Hause fahren konnte.

Ich blickte mich im Hubschrauber um und sah, dass alle bis auf Levi fest schliefen. Levi saß mir gegenüber und ließ seinen Blick über die Landschaft schweifen. Ich schüttelte mich und sah ebenfalls aus dem Fenster. Brandherde loderten an verschiedenen Stellen, überall waren verkohlte Bäume und verbranntes Land. Der Fluss, an dem wir gearbeitet hatten, schlängelte sich wie ein glitzerndes Band durch die geschwärzte Landschaft. Als wir ihn überflogen, waren in der Ferne weitere Hubschrauber zu sehen.

Ich warf einen Blick auf mein Handy und unterdrückte die Wut und Frustration, die sich in mir zusammenballte. Nach einem kurzen Atemzug tippte ich auf mein Display, um zu antworten. Wir hatten uns schon einmal aus reiner Sturheit getrennt und waren beide zu verletzt gewesen, um es zu begraben. Ich wollte verdammt sein, wenn ich Amelia noch einmal verlieren würde.

Ich weiß nicht, was Shannon dir erzählt hat oder was du gehört hast. Es läuft NICHTS mit Shannon und es ist auch NIE etwas gelaufen. Ich habe keine Ahnung, was sie zu dir gesagt hat, aber ich kann mir vorstellen, dass es so gewesen

*sein muss. Bitte, bitte hör nicht auf sie. Ich sollte übermorgen
zu Hause sein. Wenn du dir Sorgen machst, denk daran, dass
ich dich liebe.*

Ich drückte auf Senden und behielt mein Telefon
locker in der Hand. Ich wünschte, ich wäre zu Hause,
denn ich fühlte mich in der Kommunikation per SMS
so verdammt hilflos. Ich hatte so viele Gefühle, und
ich konnte sie nicht in einer SMS ausdrücken. Ich
wollte sie in den Arm nehmen und ihr alles mit
meinen Händen und meinem Körper mitteilen. Ich
holte tief Luft, lehnte meinen Kopf zurück und riss
ihn dann hoch, als mein Handy in meiner Hand
vibrierte.

Nachricht konnte nicht gesendet werden.

Oh, verdammt. Meine Brust schnürte sich zusammen. Diese SMS sollte besser durchgehen, verdammt
nochmal. Ich öffnete sie und drückte erneut auf
Senden.

Ein paar Sekunden vergingen.

Nachricht konnte nicht gesendet werden.

Kapitel Einunddreißig

AMELIA

Ich kickte mir den Schmutz von den Stiefeln, bevor ich durch die Schwingtür ins Firehouse Café trat. Lucy war direkt hinter mir, das unverkennbare Stapfen ihrer Stiefel ertönte auf der Türschwelle. Der Regen hatte unsere Arbeitspläne für den Tag durchkreuzt, also waren wir hierhergekommen, um ein spätes Mittagessen einzunehmen.

Nachdem wir bestellt hatten und mit heißem Kaffee zum Aufwärmen unserer fast tauben Hände Platz genommen hatten, lehnte ich mich seufzend in meinem Stuhl zurück. „Verdammt. Der Sommer ist schön, aber wenn es regnet, verschwindet er urplötzlich."

„Der Sommer in Alaska zählt nur, wenn die Sonne scheint. Sonst ist es kein Sommer", antwortete Lucy entschlossen, bevor sie einen Schluck von ihrem Kaffee nahm.

Lucys große blaue Augen überflogen mich, ihr Blick war prüfend. „Okay, was ist los?", fragte sie scharf.

„Hm?", erwiderte ich reflexartig. Ich wusste, dass

Lucy spüren konnte, wenn es mir nicht besonders gut ging, aber ich kam mir bei der ganzen Sache lächerlich vor, also hoffte ich, ein Gespräch vermeiden zu können.

Lucys große Augen verengten sich, sie lehnte sich vor und stützte die Ellbogen auf den Tisch. „Versuch es gar nicht erst. Du warst in den letzten Tagen verdammt launisch und ganz still. Ich weiß, du vermisst Cade, aber da ist noch irgendwas anderes."

Ich nahm einen Schluck von meinem Kaffee und genoss die Wärme des Getränks und des Raumes, in dem wir saßen. Die Kälte, die sich durch die Arbeit im Regen in meinen Knochen festgesetzt hatte, begann sich aufzulösen. Ich atmete ein und stieß einen langen Seufzer aus. „Ich flippe aus, weil ich Shannon neulich im Supermarkt getroffen habe und sie irgendwie wusste, dass Cade weg ist, und mir gesagt hat, ich solle mich fragen, was das bedeutet. Ich darf mich nicht wieder so gehenlassen wie vorher. Ich weiß, ich sollte ihr nicht glauben, aber das ist wie ein Stein in meinem Schuh. Ich werde das Gefühl nicht los, dass ich vielleicht etwas übersehen habe. Woher zum Teufel weiß sie etwas über seinen Zeitplan?"

Lucys Lippen verzogen sich zu einem schmalen Strich. Mit einem scharfen Kopfschütteln und einem angewiderten Blick antwortete sie: „Shannon ist ein Miststück. Schlicht und einfach." Lucy machte eine Pause und nahm noch einen Schluck von ihrem Kaffee. Ihr Blick wurde weicher, als sie mich über den Tisch hinweg ansah. „Es ist nicht schwer, herauszufinden, dass eine der Top-Crews nicht in der Stadt ist. Ich weiß nicht, was mit Shannon los ist, aber ich vermute, sie ist nur sauer, weil Cade ihr jetzt schon zum zweiten Mal gesagt hat, sie soll sich aus dem Staub machen. Ich kannte sie kaum in der High

School, aber sie war die Art von Mädchen, die daran gewöhnt war, dass die Jungs sie anhimmelten. Wahrscheinlich hat es sie immer ein wenig gestört, dass Cade sie nicht einmal bemerkt hat. Man müsste schon blind sein, um nicht zu bemerken, dass er wirklich heiß ist. Und was noch schlimmer ist, er hatte schon immer diese ganze ‚ist mir scheißegal'-Ausstrahlung", sagte sie, währendd sie mit ihren Händen Gänsefüßchen andeutete.

Ich musste verwirrt ausgesehen haben, denn Lucy seufzte ausgiebig, bevor sie fortfuhr: „Du merkst es nicht, weil du ihm nicht egal bist. Das ist es, was ich meine. Damals in der High School, als die meisten Jungs so geil waren, dass sie bei jedem hübschen Mädchen kaum ihren Schwanz in der Hose lassen konnten, war Cade nicht so. Er war total distanziert. Dann wart ihr zwei zusammen, und alle redeten nur noch darüber, wie perfekt ihr zusammen wart. Ich weiß nicht, warum Shannon beim ersten Mal so gehandelt hat, aber ich würde sagen, es war Eifersucht. Sie war es nicht gewohnt, dass ein Mann sie nicht beachtet, und das hat sie gestört. Außerdem hatte ihr Freund gerade mit ihr Schluss gemacht, was die ganze Sache noch verstärkte. Das Problem ist, dass sie jetzt nichts mehr zu verlieren hat. Sie weiß, dass sie Cade nicht bekommen kann, warum also nicht an deinem Stuhl sägen? Wahrscheinlich fühlt sie sich dumm, weil sie zurückkam und dachte, sie würde es noch einmal versuchen, aber dann fand sie heraus, dass du und Cade immer noch ineinander verliebt seid. Das ist doch total romantisch - die ganze Sache mit der zweiten Chance." Lucy tat so, als würde sie in Ohnmacht fallen.

Ich starrte Lucy an, ohne über ihre Albernheit zu lachen, denn ich konnte mir nicht vorstellen, dass

Shannon eifersüchtig gewesen sein könnte. Ich meine, im Nachhinein betrachtet war es vielleicht offensichtlich. Aber Shannon war einfach umwerfend und die meisten Jungs waren damals wie verrückt hinter ihr her gewesen. Ich wollte mir keine Sorgen machen. Das wollte ich wirklich nicht. Aber dieses Gefühl gefiel mir nicht, selbst, wenn es nur Shannon war, die versuchte, mich zu manipulieren.

In diesem Moment kam Janet an unseren Tisch und ersparte mir den Versuch, eine Antwort zu formulieren. Sie blickte zwischen uns hin und her. „Was ist los?"

„Shannon hat Amelia in Panik versetzt. Sie wusste irgendwoher, dass Cade nicht in der Stadt ist und hat so getan, als bedeutet das irgendetwas. Bitte hilf mir, Amelia daran zu erinnern, dass Shannon eine totale Schlampe ist und nur Spielchen spielt, weil sie nichts Besseres zu tun hat", sagte Lucy barsch.

Janet stützte eine Hand in ihre Hüfte, ihre Augen verengten sich. „Das Mädchen versucht nur, dich zu ärgern, weil sie so ist. Sie war daran gewöhnt, dass alle Jungs sie anhimmelten, und solange sie einen hatte, war es ihr egal. Irgendwann interessierte sich dann niemand mehr für sie, weil das bei Mädchen wie ihr immer so ist. Ihr beide seid Freundinnen geblieben, weil du sie von klein auf kanntest. Sie zog weg, machte das ganze College-Ding und merkte, dass es keinen Spaß macht, ein kleiner Fisch in einem großen Teich zu sein. Und warum sollte sie wissen, dass Cade verreist ist? Sei doch nicht dumm. Es ist nicht schwer, das herauszufinden, wenn die ganze Mannschaft auf einem Einsatz ist."

„Ich bin nicht ...“

Janet starrte mich mit einem scharfen Blick an, der mich augenblicklich zum Schweigen brachte. „Du *bist* dumm. Ich habe Nachsicht mit dir, weil Cade noch nicht lange zu Hause ist und ihr beide euch gerade erst zusammenrauft, aber um Himmels willen, lass dir so etwas Dummes nicht in die Quere kommen."

Meine Schultern sackten zusammen, und ich zog mit dem Finger einen Kreis um meine Kaffeetasse. „Okay, okay. Vielleicht bin ich ja wirklich dumm", murmelte ich. Mit dem Kopf glaubte ich alles, was Janet sagte. Es war mein dummes Herz, das mehr Bestätigung brauchte und zwar die Bestätigung von Cade in Fleisch und Blut.

Janet drückte meine Schulter, als ihr Name gerufen wurde. „Was darf ich euch bringen?", fragte sie schnell.

Wir bestellten Sandwiches, bevor Janet wieder in die Küche eilte. Ich lehnte mich zurück und sah Lucy mit einem reumütigen Lächeln an. „Ich weiß nicht, warum es für Shannon so einfach ist, an mich heranzukommen."

Lucy zuckte mit den Schultern. „Weil du Cade liebst und es dir wirklich zugesetzt hat, wie das damals alles gelaufen ist. Ich glaube auch, dass deine Entscheidung, die Sache mit Earl abzublasen, eine Rolle dabei spielt."

„Wie das?", fragte ich. Leider musste ich sagen, dass ich kein einziges Mal mehr an Earl gedacht hatte, seit er nach Willow Brook zurückgekommen war. Wenn es denn vorkam – so wie in diesem Moment –, empfand ich Traurigkeit mit einem Hauch von Bedauern über die Zeit, die wir vergeudet hatten, aber ich vermisste ihn nicht.

Lucy fuhr fort: „Nun, du hast endlich eingesehen, was Earl für dich war. Wie auch immer man es betrachtet, das war eine große Sache. Ich meine, du warst kurz davor, den Kerl zu heiraten. Wenn das passiert und dann Cade wieder auftaucht - zufällig -, dann ist es doch klar, dass da so einiges hochkommt. Du hast beschlossen, dass du keine halben Sachen machen willst, und dann taucht ein glühend heißer Typ auf. Einer, an dem du dich einmal richtig verbrannt hast. Es hätte nicht so weh getan, wenn du ihn nicht so geliebt hättest, wie du es damals getan hast und immer noch tust. Ich schätze, du fürchtest dich ein wenig. Die meisten Menschen würden das tun. Das musst du mit der Zeit überwinden, aber was auch immer du tust, hör auf, dich von Shannon verarschen zu lassen."

Ich dachte über Lucys Argumente nach und wusste sofort, dass sie genau ins Schwarze getroffen hatte. Ich hatte nicht bedacht, welche Rolle die Gründe für meine Entscheidung, mit Earl Schluss zu machen, dabei spielten, aber es machte Sinn. Als ich wieder mit Cade zusammen gewesen war, hatte mich die Intensität meiner Gefühle so überwältigt, dass ich meine Zweifel und Ängste weit in den Hintergrund meines Verstandes und meines Herzens geschoben hatte. Als er nicht mehr da war, vermisste ich ihn so sehr, dass es mich an die Zeit erinnerte, als alles zusammengebrochen war - ein Loch in meinem Herzen, in dem der Schmerz der Leere nachhallte. Das Gefühl, ihn zu vermissen, wurde noch dadurch verstärkt, dass sich jetzt alles so intensiv anfühlte. Ich hatte ihn früher geliebt, aber das, was ich jetzt empfand, stellte diese Liebe völlig in den Schatten. Wenn er hier war, fühlte sich mein Herz zum Bersten voll an, aber jetzt, wo er weg war, vermisste ich ihn so sehr, dass ich fast verrückt wurde. Ich musste in diesem ganzen Durcheinander irgendeinen Halt finden. Nur Cade konnte das mit mir machen – mein Herz, meine Seele und meinen Körper so sehr zu berühren, dass ich mich von meinen Gefühlen wie ein Drachen im Wind hin und her geworfen fühlte.

Ich blickte zu Lucy hinüber und atmete langsam ein. „Du hast recht."

Lucys Augenbrauen hoben sich ruckartig. „Ich habe recht?"

Ich seufzte und nahm einen Schluck Kaffee. „Ja. Das habe ich gesagt."

Lucy grinste. „Wow, das bekomme ich von dir nicht oft zu hören."

Ich rollte mit den Augen. „Ich sage dir, du hast recht, wenn du recht hast."

Lucy kicherte. „Ich liebe dich, Schatz, aber du bist stur. Erst gestern wolltest du es nicht zugeben, als ich recht damit hatte, was für ein verdammter Albtraum dieses blöde Eckfenster sein würde."

Ich warf lachend den Kopf zurück. „Okay, gut. Manchmal kann ich stur sein."

Lucy lachte gerade, als unser Essen kam. Janet flog vorbei, stellte unsere Teller vor uns ab und rief über ihre Schulter, als sie sich wegdrehte: „Braucht ihr noch etwas, Mädels?"

Wir winkten ihr ab und aßen. Eine Weile später machte ich mich auf den Heimweg, der Regen fiel immer noch heftig. Ich fuhr nach Hause und ging in meine ruhige Hütte, Cades Abwesenheit hallte wie ein dumpfer Schmerz in meinem Herzen nach. Ich hatte es geschafft, mir ein wenig Vernunft einzureden, aber das änderte nichts daran, wie sehr ich mich danach sehnte, dass er wieder nach Hause kam.

CADE

Ich klammerte mich mit der Hand an der Dachkante des Flugzeugs fest und schlüpfte durch die kleine Tür hinein. Ich war mit meiner Mannschaft seit zwei Tagen im Hauptlager, das schlechte Wetter hatte uns eingekreist. Eigentlich war das Wetter großartig, denn der Regen war ein Geschenk des Himmels, um das große Feuer einzudämmen. Nur die Flüge waren auf das Nötigste beschränkt worden, so dass wir es kaum erwarten konnten, endlich rauszukommen. Eine kleine Regenpause sorgte dafür, dass heute Morgen gerade genug Platz für ein paar Flüge war. Fred, der Pilot, der mich hierher geflogen hatte, sollte uns auch heute Nachmittag fliegen.

Fred sah mir in die Augen und grinste mich an. „Beeilt euch, Jungs", rief er. „Sieht aus, als hätten wir ein kleines Zeitfenster."

Wir drängten uns in das kleine Flugzeug, das etwas größer war als der Zweisitzer, mit dem Fred mich hierhergebracht hatte. Der Rest der Besatzung war vor einigen Minuten in einem anderen Flugzeug gestartet. Ich lehnte mich in meinem Sitz zurück und beobachtete, wie der Boden sich von uns entfernte. Als wir in der Luft waren, richtete sich das Flugzeug auf und schaukelte leicht in einer Windböe.

Ich blickte nach unten und sah die geschwärzte Landschaft und den Rauch, der hier und da von den noch schwelenden Brandherden aufstieg. Ich hoffte, der Regen würde noch ein paar Tage anhalten. Vielleicht würde er ausreichen, um das Feuer vollständig zu löschen. Ich hörte, wie Fred in sein Headset sprach, und sein Gesicht verfinsterte sich. Ein weiterer Windstoß rüttelte an dem kleinen Flugzeug. Es war, als säßen wir in einem Wäschetrockner. Diese kleinen Flugzeuge, selbst ein größeres wie dieses, waren so leicht, dass heftige Winde sie hin- und her stießen wie Blätter in einem Sturm.

Fred flog weiter, den Blick auf den Horizont gerichtet. Während wir flogen, zog sich der Nebel, der sich zuvor gelichtet hatte, wieder zusammen. Innerhalb weniger Minuten wusste ich, dass wir so gut wie blind fliegen mussten. Amelia drängte sich in meine Gedanken. In den wenigen Tagen im Hauptcamp war ich mehr als frustriert über den lückenhaften Handyempfang gewesen. Ich korrigiere – über den nicht vorhandenen Empfang. Ab und zu hatte ich einen Strich gehabt und versucht, eine SMS zu schreiben oder anzurufen, aber nichts kam durch. Ich habe mich nur im Kreis gedreht und mir den Kopf darüber zerbrochen, warum sie so verärgert gewesen sein könnte, und mich hilflos gefühlt, weil es unmöglich war, sie zu kontaktieren.

Im Moment vermisste ich sie so sehr, dass es wehtat. Ich wollte einfach nur noch nach Fairbanks. Wenigstens konnte ich von dort aus bei jedem Wetter den Weg nach Willow Brook finden. Das Flugzeug zitterte und rumpelte, als ein weiterer Windstoß es erfasste.

Fred sprach wieder in sein Headset und blickte dann zu mir. „Ich habe meine Koordinaten, um uns dorthin zu bringen, aber mehr auch nicht. Hoffen wir das Beste", sagte er knapp.

Ich nickte, denn es gab nicht viel mehr zu sagen. Ich schaute mich im Flugzeug um. Ohne dass ein Wort zwischen uns gewechselt wurde, konnte ich sehen, dass jeder meiner Jungs wusste, wie finster es für uns aussah. Ich blickte wieder nach vorn und atmete langsam ein. Bei der Brandbekämpfung im Hinterland war ich so oft Gefahren ausgesetzt. Doch das war eine Arbeit, die ich kannte, so dass ich weder Angst noch Schrecken empfand, weil ich auf meine Fähigkeiten und mein Wissen zurückgreifen konnte, um brenzlige Situationen zu überstehen. Aber in diesem Moment bekam ich Gänsehaut. Wir flogen blind über Berge und Flüsse, und selbst dort, wo der Boden flach war, befand sich nichts als tiefste Wildnis. Wenn etwas schief ging, konnte uns niemand mehr helfen.

Ich spähte immer wieder aus dem Fenster, als gäbe es dort etwas anderes zu sehen als dichten, grauen Nebel und Regen. Anspannung lag schwer auf dem kleinen Passagierraum des Flugzeugs, jeder einzelne Mann hier drin war sich bewusst, wie brenzlig die Situation war. Ich warf einen Blick zu Fred. „Wissen Sie, wie weit es noch ist?"

„Knapp eine halbe Stunde, aber ich habe es nicht eilig", antwortete Fred knapp.

Ich blickte wieder aus dem Fenster und stellte erneut fest, wie sinnlos das war. Eine weitere Windböe brachte das Flugzeug ins Wanken, dann gab es einen dumpfen Schlag gegen die rechte Seite des Flugzeugs.

Das Flugzeug drehte sich zur Seite. Fred fluchte und versuchte, es wieder aufzurichten. Das Letzte, woran ich mich erinnerte, war ein ohrenbetäubendes Krachen.

———

Ein scharfer Schmerz schoss durch meine Schulter. Langsam öffnete ich die Augen und unterdrückte ein Stöhnen. Nach einem kurzen Augenblick erinnerte ich mich, wo ich war. Das Flugzeug war abgestürzt. Ich drehte meinen Kopf zur Seite und sah, wie Fred versuchte, sein Bein zu bewegen, das in einem merkwürdigen Winkel lag. Okay, Fred war also am Leben. Ein Haken und ein „Gott sei Dank". Ich ignorierte den Schmerz, der durch meine Schulter schoss, als ich mich in meinem Sitz umdrehte. Alle außer Jesse Franklin hatten ihre Augen geöffnet. Ich begegnete Levis Blick, der neben Jesse saß. „Geht es ihm gut?", fragte ich.

Levi, der genauso verwirrt aussah, wie ich mich fühlte, starrte einen Moment lang ausdruckslos vor sich hin, dann wandte er sich Jesse zu, um seinen Puls zu prüfen. Ein blutiges Rinnsal tropfte von Jesses Stirn. Levi schaute wieder zu mir. „Der Puls ist stark."

Ich blickte mich um. Jetzt, wo wir auf dem Boden waren, gab es etwas anderes als Nebel zu sehen, obwohl der Nebel immer noch dicht war und man nicht weiter sehen konnte als ein paar hundert Meter. Wir waren in einem Fichtenwäldchen heruntergekommen. Dank der Gnade Gottes, der Natur oder des blinden Glücks befanden wir uns hinter dem verbrannten Teil des Waldes, so dass die üppigen Zweige unseren Absturz gedämpft hatten. Als ich einen Blick nach rechts warf, sah ich, dass die Tragfläche des Flugzeugs gebrochen war, und dachte mir, dass dies der dumpfe Schlag auf der Seite gewesen sein musste.

Mein Blick wanderte zu Fred. „Alles okay?"

Fred blickte von seinem Platz auf, wo er seine Wade aus einer eingedrückten Ecke der Flugzeugnase gezogen hatte. „Das Bein tut höllisch weh, aber ich lebe noch." Er murmelte einen Fluch, als er sein Bein endlich befreien konnte. Der Jeansstoff war blutdurchtränkt. Ich setzte mich in Bewegung und fluchte, als ein weiterer brennender Schmerz in meine Schulter schoss. Schließlich versuchte ich nachzusehen, was das Problem war, und stellte fest, dass das Dach sich verbogen und in meine Schulter gebohrt hatte. Ich konnte es nicht sehen, aber ich spürte die Wärme des austretenden Blutes.

Mit meiner freien Hand griff ich nach oben und drückte gegen das zerdellte Dach. Das zerbrochene Aluminiumteil gab nach, und ich konnte meine Schulter befreien. Nach einem kurzen Blick, um mich zu vergewissern, dass ich nicht zu stark blutete, machte ich mich an die Arbeit. Der Rest der Besatzung tat das Gleiche - jeder kümmerte sich um seine eigenen kleineren Verletzungen, während wir nach und nach aus dem Flugzeug stiegen. Ein zweites „Gott sei Dank" bestand darin, dass das Triebwerk selbst größtenteils unversehrt geblieben war und man sich keine Sorgen machen musste, dass es Feuer fangen könnte. Jesse schien in der schlechtesten Verfassung zu sein; er war immer noch bewusstlos. Nicht zum ersten Mal war ich mehr als erleichtert, eine ganze Mannschaft von ausgebildeten Wildnis-Sanitätern um mich herum zu haben. Dies war zwar mein erster Flugzeugabsturz, aber ich hatte schon viele kleinere Notfallsituationen im Einsatz erlebt und war fest davon überzeugt, dass wir Jesse stabilisieren konnten, bis Hilfe eintraf.

Die andere große Sorge galt Fred. Er hatte eine hässliche, tiefe Wunde, die von seinem Knöchel bis zum Knie reichte. Er konnte sich bewegen, war bei Bewusstsein, hatte aber eindeutig starke Schmerzen. Levi und Thad konzentrierten sich darauf, Jesse zu stabilisieren, während Jackson mir half, Fred auf einen der Flugzeugsitze zu setzen und seine Wunde zu versorgen. Der Rest der Besatzung holte die Ausrüstung aus dem Flugzeug.

Fred war stur und bestand darauf, die Kommunikation über das Funkgerät zu übernehmen, obwohl er bei jedem Wort mit den Zähnen knirschte. Die Zentrale in Fairbanks bestätigte, dass sie einen Rettungshubschrauber losschicken würden, sobald das Wetter es zuließe. So gut der Regen und die kühle Witterung für das Feuer auch waren, dieses Wetter war die beste Voraussetzung für Unterkühlung. Es war nicht verwunderlich, sich mitten im Winter Sorgen um Unterkühlung zu machen, aber statistisch gesehen waren bei diesem Wetter viel mehr Menschen dem Risiko ausgesetzt, weil sie das Risiko unterschätzten.

Als ich sicher war, dass wir Freds Blutung eingedämmt hatten und Jesse bei Bewusstsein war, schloss ich mich sofort den Jungs an, die die Ausrüstung auspackten, in der Hoffnung, ein paar trockene Schlafsäcke zu finden. Ich hatte meine Schulter völlig vergessen, bis Levi mich beim Arm packte und eine neue Welle des Schmerzes mich durchschoss.

„Scheiße, das hatte ich ganz vergessen", murmelte ich mit einem Blick zu Levi.

„Das dachte ich mir schon", antwortete Levi. „Lass mich mal nachsehen."

Ich zögerte, weil ich dachte, dass er sich die Mühe nicht machen müsste. Levi rollte mit den Augen. „Sei nicht dumm, Mann. Es ist kalt und nass, und du musst die Blutung stoppen. Es ist nicht schlimm, aber dein Hemd ist ganz nass. Im besten Fall haben wir noch ein paar Stunden hier draußen."

Ich murrte, aber ich war nicht dumm, also ließ ich zu, dass Levi mein Hemd aus dem Weg schob, um die Wunde an meiner Schulter zu reinigen und zu verbinden. Es war nicht schlimm, aber ich könnte wahrscheinlich ein paar Stiche gebrauchen. Für den Moment hielten Druckverbände die Wunde zusammen. Nachdem wir Jesse und Fred in Schlafsäcken untergebracht hatten, um sie warm zu halten, gruben wir etwas zu essen aus, während wir warteten.

Erst Stunden später ließ der Regen nach und wir hörten das deutliche Geräusch eines sich nähernden Hubschraubers. Levi und ich zündeten im dunstigen Licht Leuchtraketen an und warteten, bis der Hubschrauber hinter den Bäumen landete. Als ich wusste, dass meine Mannschaft in Ordnung war, konnte ich an nichts anderes denken als Amelia.

Kapitel Dreiunddreißig

AMELIA

Ich ging leise von meiner Hütte aus auf das angrenzende Feld und warf Maiskörner auf den Weg, als ich die Einfahrt hinter mir hatte. Ein Schwarm Kanadakraniche besuchte das Feld jeden Sommer, und auch mehrere Paare nisteten hier. Es gefiel mir, dass sie jedes Jahr wiederkamen, und ich versüßte es ihnen, indem ich alle paar Tage Maiskörner verstreute. Ich erreichte den Rand des kleinen Teichs und verstreute die Reste aus meinem Eimer am Rand des Wassers. Ein paar Kraniche hielten sich in sicherer Entfernung auf. Es war später Abend und die Sonne stand tief am Horizont über den Bäumen. Die Luft war kühl und der Regen hatte gerade erst nachgelassen. Am Teich blieb ich stehen und holte tief Luft. Die Luft fühlte sich durch den Regen sauber an. An einer Seite des Feldes begann das Feuerkraut zu blühen. In ein paar Wochen würde jede freie Fläche mit Fuchsien überflutet sein, denn das Wildkraut blühte im größten Teil von Süd-Zentral-Alaska in Hülle und Fülle.

Die innere Ruhe, die ich mir nach der ganzen Sache mit Cade so hart erarbeitet hatte, schien geradezu unerreichbar. Ich kam mir lächerlich vor, weil Shannon mir so an die Substanz gegangen war. Immerhin hatte sie nur suggeriert, dass ihr Wissen über Cades Einsatz etwas zu bedeuten hatte. Ich mochte es nicht, diese Seite von mir wieder erleben zu müssen - die Seite, die mich dazu gebracht hatte, die Türen um mein Herz und meinen Verstand vor allem zu verriegeln, was mit Cade zu tun haben könnte. Ich wusste nicht, wie ich den Spagat schaffen sollte, ihn so sehr zu lieben, verletzlich zu sein und gleichzeitig irgendwie einen Sinn für innere Vernunft zu bewahren.

Es wird besser sein, wenn er zu Hause ist. Es ist nur, weil du ihn wie verrückt vermisst. Ja, aber durch seinen Job wird er oft weg sein müssen. Damit musst du zurechtkommen. Du kannst dich nicht immer so verrückt machen.

Ich seufzte und mein Blick fiel auf zwei Kraniche, die neben den anderen landeten. Könnten doch auch Menschen ohne so viel Aufheben einfach zusammen bleiben. Sandhügelkraniche blieben ein Leben lang bei ihren Partnern, und soweit ich das beurteilen konnte, schafften sie das ohne großes Drama. Ich lachte in mich hinein, denn ich hatte wirklich keine Ahnung. Es könnte tonnenweise Kranich-Drama geben. Abgesehen vom Drama flogen sie jedes Jahr treu zu dem Feld und nisteten dort, dann kümmerten sie sich gut um ihre Küken, bevor es Zeit war, im Winter wieder nach Süden zu ziehen.

Inzwischen fühlte ich mich wie ein Idiot, weil ich mich nicht zusammenreißen konnte. Meine entspannte, eintönige Beziehung mit Earl hätte mich das vermissen lassen können, was ich nicht hatte, aber so fühlte ich mich nicht. Ich hatte mich wegen Shannons winziger Andeutung, die auf so gut wie gar nichts beruhte, ins Bockshorn jagen lassen. Als ich dann wieder klar denken konnte, vermisste ich nur Cade.

Seit er weg war, hatte ich wie eine Wahnsinnige gearbeitet, um nicht komplett durchzudrehen. Ich hatte so viel gearbeitet, dass wir beim letzten Projekt nicht mehr im Rückstand waren, sondern dem Zeitplan sogar voraus.

Ich warf einen letzten Blick auf das Feld und kehrte zum Haus zurück. Die Kraniche waren ziemlich tolerant, wenn ich das Feld betrat und verließ, aber sie hielten sich an der Seite, wenn ich kam, also ließ ich ihnen gerne ihren Freiraum. Als ich drinnen war, zog ich meine Stiefel aus und begann, meine Kleidung abzulegen. Trotz des Regens hatten Lucy und ich heute gearbeitet. Daher waren meine Jeans und alles andere feucht. Meine Haut war kühl und klamm. Ich warf meine Kleidung in die Waschmaschine und sprang unter die Dusche.

Als ich ein paar Minuten später herauskam, endlich aufgewärmt, da ich das heiße Wasser so weit aufgedreht hatte und ich mich fast verbrühte, klingelte mein Telefon. Ohne groß darüber nachzudenken, trocknete ich mich ab und zog mir eine Fleece-Hose und ein Sweatshirt an. Ich musste es heute Abend warm und bequem haben. Mein Telefon fing wieder an zu klingeln. Ich lief durch das Wohnzimmer und nahm es von der Küchentheke, während ich mir mit der Bürste durch mein feuchtes Haar fuhr. Als ich auf das Display schaute, erkannte ich die Nummer nicht, also machte ich mir nicht die Mühe, zu antworten.

Das Klingeln hörte auf, nur um dann wieder zu klingeln. „Was zum Teufel?", fragte ich laut, obwohl niemand in der Nähe war, der es hören konnte.

„Ja?", fragte ich schroff, als ich schließlich nachgab und antwortete.

„Spreche ich mit Amelia Haynes?", fragte eine Männerstimme.

„Wie wäre es, wenn wir damit anfangen, wer Sie sind?“, entgegnete ich spitz und verärgert.

„Hier ist die Zentrale von Fairbanks Fire & Rescue. Wir rufen wegen Ihrem Verlobten an.“

Ich fühlte mich, als würde ich fallen, mein Magen wurde flau wie im freien Fall. Mein Herz klopfte schnell, und mir wurde übel. Meine Knie gaben nach und ich sackte auf die hintere Kante der Couch.

„Ms. Haynes? Sind Sie noch da?“, fragte der Mann.

Ich schluckte, schüttelte den Kopf und versuchte, das Rauschen in meinem Kopf zu vertreiben. Ich fühlte mich schwindlig und seltsam, und ich wusste nicht einmal, was los war. Eines wusste ich jedoch: Wenn jemand von der Feuerwehr und dem Rettungsdienst in Fairbanks anrief, konnte das nur mit Cade zu tun haben, und das konnte nichts Gutes bedeuten.

„Ja, ich bin da. Nennen Sie mich einfach Amelia“, brachte ich heraus.

„Oh gut, ich dachte schon, ich hätte Sie verloren. Ich rufe wegen Ihres Verlobten, Cade Masters, an. Zunächst möchte ich Ihnen sagen, dass es ihm gut geht. Ich kann mir vorstellen, dass Sie sich Sorgen gemacht haben, als ich Ihnen sagte, von wo aus ich anrufe“, sagte der Mann, seine Stimme war ruhig, klar und beruhigend.

Heiße Tränen drückten von innen auf meine Augen, und ich atmete stoßweise. Ich war nicht in der Lage gewesen, einen klaren Gedanken zu fassen, aber ich hatte Angst, dass etwas Schlimmes passiert war, und zu wissen, dass es Cade gut ging, ließ mich wenigstens aufatmen. „Okay, okay. Danke, dass Sie mir das gesagt haben“, stammelte ich mit zittriger Stimme.

„Ja, natürlich. Übrigens, ich bin Ed. Sie können mich gerne unterbrechen, okay?“

Als er nicht weitersprach, wurde mir klar, dass er auf eine Antwort wartete. „Okay.“

„Mr. Masters und die Hälfte seiner Crew hatten einen Flugzeugabsturz. Alle haben überlebt, aber im Moment warten sie darauf, mit dem Rettungshubschrauber abtransportiert zu werden.“

Mein Magen fing an, sich wie verrückt zu drehen, mein Herz schlug immer schneller. „Wie lange müssen sie noch warten? Ist Cade verletzt?“

Von den Hunderten von Fragen, die mir durch den Kopf schossen, schaffte ich es, mich auf zwei zu beschränken. Es entging mir nicht, dass Ed zu glauben schien, ich sei Cades Verlobte. Dieses merkwürdige Detail hüllte mein Herz in Wärme. Ich wusste nicht, wer ihm das gesagt hatte, aber es gefiel mir.

„Wir haben einen Hubschrauber losgeschickt, aber wegen des Gewichts können sie nicht die ganze Gruppe auf einmal zurückbringen, und zwei Männer, die schwerere Verletzungen erlitten haben, müssen stabilisiert werden. Mr. Masters wartet mit dem Rest der Besatzung auf den nächsten Flug.“

Erleichterung machte sich in mir breit. Das bedeutete, dass Cade keine ernsthaften Verletzungen hatte.

„Wie lange wird das sein?“

Ich hörte den panischen Ton in meiner Stimme, aber es war mir egal. Es war schon fast sieben Uhr abends. Wenn er nicht bald ausgeflogen wurde, bedeutete das, dass er die Nacht dort draußen verbringen musste. Rational gesehen wusste ich, dass er ständig in der Wildnis schlief. Wenn es auf der Welt Menschen gab, die in der Lage waren, mit einem Flugzeugabsturz in der Wildnis Alaskas fertig zu werden, dann waren es die Feuerwehrleute. Verdammt, sie könnten genauso gut zu Fuß zurückgehen, als auf Hilfe zu warten, vorausgesetzt, es ging ihnen gute genug, um eine solche Strecke zurückzulegen. Aber all diese rationalen Gedanken konnten die Sorge, die mein Herz zuschnürte, nicht lindern.

„Wir hoffen, dass es heute Abend klappt, aber vielleicht auch erst morgen. Durch das Feuer sind alle unsere Rettungshubschrauber ausgelastet. Außerdem gab es noch einen weiteren Notfall im Brandgebiet. Wir haben leider auch mit erheblichen Sichtproblemen aufgrund von Nebel zu kämpfen. Die Besatzung hat uns versichert, dass sie die nötige Ausrüstung hat, um die Nacht zu überstehen, falls es nötig ist. Mr. Masters hat uns Ihren Namen gegeben und darauf bestanden, dass wir Sie anrufen, da die Mannschaft sich außerhalb jeglichen Handyempfangs befindet."

Ich unterdrückte Tränen. Es spielte keine Rolle, was ich mir einredete. Ich war zu Tode erschrocken, weil ich wusste, dass Cade mitten im Nirgendwo war - im wahrsten Sinne des Wortes - und vielleicht die Nacht in der nassen Kälte verbringen musste.

„Ist er verletzt?"

„Soweit ich weiß, haben die zurückgebliebenen Besatzungsmitglieder nur leichte Verletzungen erlitten. Ich werde als Nächstes die Eltern von Mr. Masters anrufen. Er bat uns, Sie zuerst anzurufen und Ihnen zu sagen, dass Sie sich keine Sorgen machen sollen."

Ein scharfes Lachen platzte aus mir hervor - ein verletztes, besorgtes Lachen, ungläubig darüber, wie Cade nur denken konnte, ich würde mir keine Sorgen machen.

„Es tut mir leid. Ich wollte nicht ..."

„Es ist in Ordnung, Ma'am. Mr. Masters kann Ihnen lange sagen, Sie sollen sich keine Sorgen machen, aber ich tätige solche Anrufe oft. Ich kann mir vorstellen, dass Sie am Boden zerstört sind. Aber unser Rettungsteam hat alle untersucht und hält die Mannschaft für stabil genug, um dort zu bleiben, bis sie zurückkommen können, falls Sie das beruhigt."

In seinem Hintergrund bimmelte und piepste es, und ich verstand, dass er wahrscheinlich auflegen musste. „Ich werde mein Bestes tun. Ich bin sicher, Sie müssen gehen. Gibt es eine Nummer, die ich anrufen kann, falls ich noch Fragen habe?"

Ed diktierte mir schnell eine Nummer, dann beendete er das Gespräch. Langsam ließ ich meinen Arm sinken. Mein Magen hatte sich zusammengekrampft, und ich fühlte mich schwindelig und taub. Alles, woran ich denken konnte, war Cade. Ich stellte ihn mir irgendwo in der feuchten, kalten Wildnis vor. Ich wusste, dass er nicht allein war, aber in meiner Vorstellung war er es.

Ich wusste nicht, wie lange ich dort gestanden hatte, bis mein Telefon in meiner Hand wieder klingelte. Ohne nachzudenken, tippte ich auf den Bildschirm und nahm ab.

„Amelia! Ich bin's, Georgia. Schatz, ich habe deine Mutter angerufen, sie kommt dich abholen."

Einen Moment lang war ich verwirrt, doch dann setzten sich die Zahnräder in meinem Gehirn in Bewegung. Natürlich unternahm Cades Mutter sofort etwas; das tat sie immer.

„Georgia, das war doch nicht nötig ..."

Georgia schaltete sich sofort ein. „Schatz, du musst nicht allein zu Hause sitzen und dir Sorgen um Cade machen. Ich mache mir auch Sorgen, aber er schafft das schon. Rex und ich sind hier, und wir dachten, du könntest auch hier übernachten. Rex hat schon bei der Zentrale angerufen. Ich kann gar nicht glauben, dass sie uns nicht schon früher angerufen haben, aber Rex meint, wahrscheinlich haben sie keine Ahnung, dass er sein Sohn ist."

Mir gelang eine halbwegs höfliche Antwort und ich legte auf, bevor meine Mutter eintraf. Unter normalen Umständen hätte ich meine Mutter wieder weggeschickt. Aber ich war zu aufgeregt, um mich zu wehren, und das Nächste, was ich wusste, war, dass sie mich ins Auto gepackt und zu Rex und Georgia gefahren hatte.

Ich dachte an nichts Bestimmtes, aber in dem Moment, als ich ihre Küche betrat, wurde es mir klar. Irgendwie hatte ich es geschafft, dieses Haus in den ganzen sieben Jahren, in denen Cade und ich getrennt gewesen waren, nicht zu betreten. Unter den gegebenen Umständen war das geradezu ein Wunder. Georgia war eine der besten Freundinnen meiner Mutter. Unsere Trennung hatte ihr ganz und gar nicht gefallen, aber sie hatte mich niemals bedrängt. Ich hatte mir nicht bewusst vorgenommen, nie in dieses Haus zu kommen, aber irgendwie hatte ich es einfach nicht geschafft.

Als ich das weitläufige, in den Bäumen versteckte Blockhaus betrat, überkam mich eine Welle der Nostalgie. In den ersten Tagen meiner Beziehung mit Cade hatte ich hier viele Nachmittage verbracht, wenn wir im Sommer vom College nach Hause kamen. Wenn wir nicht in Willow Brook waren, ging es zwischen uns immer heiß und leidenschaftlich her, aber wenn wir im Sommer nach Hause kamen, zelteten wir praktisch im Haus seiner Eltern. Es war nicht so, dass wir nicht zu meiner Mutter gehen konnten, aber hier hatten wir mehr Privatsphäre. Und in jenen verrückten Tagen war alles, was wir wollten, Privatsphäre.

Mit klopfendem Herzen versuchte ich, meinen Atem zu beruhigen, aber es war eine Lawine von Erinnerungen, die über mich hereinbrach. So viele Stunden, die ich hier mit Cade verbracht hatte. Meine Augen suchten den Raum ab. Das Haus seiner Eltern war ein modernes einstöckiges Blockhaus. In Wohnzimmer und Küche zogen sich Balken durch die Decke. Georgia liebte ihre Pflanzen, und so standen sie auch überall im Haus herum. Aus den Fenstern konnte man in der Ferne den Denali sehen, aber der Berg war in die einbrechende Dunkelheit und Nebel gehüllt.

Mein Atem klang angespannt. Auf die Welle der Erinnerungen folgte eine Flut von Emotionen, die mich überrollte. Cade war da draußen, eingehüllt von Dunkelheit und regnerischem Nebel. Es war eine ganze Stunde vergangen, seit ich mit Ed von der Zentrale in Fairbanks gesprochen hatte. Diese Stunde bedeutete, dass Cade und die anderen, die mit ihm zurückgeblieben waren, die Nacht dort verbringen mussten.

Rex, Cades Vater, musste meinen Gesichtsausdruck bemerkt haben, denn er schob einen Stuhl hinter mich, gerade als meine Knie nachgaben.

Ich blickte zu ihm auf und brachte ein zittriges Lächeln zustande. „Danke. Ich, äh ...“

Cade hatte die grünen Augen seiner Mutter, aber in jeder anderen Hinsicht kam er ganz und gar nach seinem Vater. Rex hatte Cades gemeißelte Gesichtszüge und zerzaustes braunes Haar, wenn auch in einem wettergegerbten Gesicht und mit grauen Strähnen. Kleine alten bildeten sich neben seinen braunen Augen, als er besorgt lächelte. Er drückte meine Schulter und setzte sich neben mich an den Küchentisch.

„Du sahst aus, als könntest du einen Stuhl gebrauchen“, sagte er sachlich. „Georgia, machst du Kaffee oder Tee?", rief er zu Georgia hinüber, die bereits zwei Tassen in den Händen hielt.

Meine Mutter setzte sich neben mich und stützte sich mit ihrem Stock an der Tischkante ab. Georgia schob mir eine Tasse vor die Nase, und ich legte meine Hände darum. Mir war kalt, seit ich den Anruf entgegengenommen hatte. Rex sagte etwas zu meiner Mutter, und ich hörte es nicht einmal. Nach ein paar Minuten saß Georgia mir gegenüber und drückte meine Hand.

„Schatz, Cade kommt wieder in Ordnung. Rex konnte vorhin über das Funkgerät mit ihm sprechen. Ich habe mir gedacht, es sei besser für dich, herzukommen, bevor du allein vor Sorge ganz krank wirst", sagte Georgia mit einer solchen Wärme und Fürsorge in der Stimme, dass es schier unmöglich war, sich nicht besser zu fühlen.

„Du hast mit ihm gesprochen?", fragte ich mit einem Blick auf Rex.

„Natürlich. Nur für ein paar Minuten. Maisie hat mich zugeschaltet. Ich kann das Signal nicht zu lange unterbrechen, da es der Flugkanal ist, aber Cade sagte, dass nur zwei Leute ernsthafte Verletzungen erlitten haben - der Pilot und Jesse Franklin. Der Rest hat ein paar Schnitte und Prellungen, aber sie werden wieder. Der Nebel da oben ist dichter als hier. Bleib ganz ruhig, und wir fliegen morgen nach Fairbanks."

„Wir werden?"

Meine Mutter lachte leise. „Schatz, ich habe das auf dem Weg hierher erwähnt, aber ich glaube, es ist noch nicht viel angekommen."

Ich blickte zu meiner Mutter und sah ihren durchdringenden Blick. Meine Mutter war eine der stärksten Frauen, die ich kannte. Ich wünschte mir nur, ich könnte auch so stark sein wie sie. Körperlich gesehen war ich das zwar, aber meine Mutter hatte eine innere Stärke, dank der sie aufrecht geblieben war, als mein Vater sie mit zwei kleinen Kindern hatte sitzen lassen; mit zwei kleinen Kindern und kaum einem Cent in der Tasche. Sie hatte sich nicht nur zusammengerissen, sondern uns auch eine wunderbare Kindheit geschenkt und uns sogar ermöglicht, aufs College zu gehen. Sie hatte mir beigebracht, wie man sich dem Leben stellt und mit beiden Beinen darin stehenbleibt. Was sie mir allerdings nicht gezeigt hatte, war, wie man jemanden so sehr liebt, wie ich Cade liebte, ohne dabei den Verstand zu verlieren.

Die Anspannung und Sorge, die sich in meiner Brust und meinem Magen aufgestaut hatten, ließen etwas nach. Rex würde die Sache nicht auf die leichte Schulter nehmen, wenn es einen Grund zur Sorge gäbe, so viel wusste ich. Als Polizeichef von Willow Brook war er, solange ich mich erinnern konnte, immer sachlich und realistisch gewesen, egal wie die äußeren Umstände waren. Wenn er darauf vertraute, dass es Cade wieder in Ordnung käme, dann käme Cade wahrscheinlich auch wieder in Ordnung.

„Ich dachte, wir fliegen morgen hin. Wir können von Anchorage nach Fairbanks fliegen, wenn Platz ist, oder mein Kumpel hat gesagt, dass er uns mit seinem Kleinflugzeug hinbringt, wenn das Wetter gut genug ist. So wie ich das sehe, wird Cade wahrscheinlich nicht vor übermorgen nach Hause kommen, also wenn du ihn früher sehen willst, lass es uns so machen", sagte Rex.

Ich nickte, nahm einen Schluck aus der Tasse, die Georgia vor mir auf den Tisch gestellt hatte, und bemerkte erst jetzt, dass es Tee war. Allmählich entspannte ich mich, obwohl ich nicht aufhören würde, mir Sorgen zu machen, bis Cade direkt vor mir stand und ich wusste, dass es ihm gut ging. Dennoch half es, nicht allein zu sein.

Georgia scheuchte mich wenig später in eines der Gästezimmer, und meine Mutter versprach, am nächsten Morgen wieder vorbeizukommen und mir Kleidung zum Wechseln zu bringen. Obwohl sich die in jeder Faser meines Körpers angestaute Spannung etwas gelöst hatte, konnte ich mich nicht ganz beruhigen. Jeder Gedanke kreiste um Cade, und mein Herz schmerzte, weil ich mir Sorgen machte und weil ich ihn vermisste. Jetzt fror er irgendwo in der dunklen Wildnis – die kalt und nass war und ganz weit weg von mir.

Kapitel Vierunddreißig

CADE

Seufzend lehnte ich meinen Kopf gegen den Sitz. Ich war verdammt erschöpft. Selbst unter den besten Umständen wäre es scheiße gewesen, eine solche Nacht in der Wildnis zu verbringen, denn es war kühl und nass, und unsere Umstände waren sicher nicht die besten. Mit dem nutzlosen Flugzeug auf dem Boden zwischen umgestürzten Bäumen hatten wir unser Lager in der Nähe aufgeschlagen. Trotz der Tatsache, dass es regnete, hatten wir uns gegen ein Feuer entschieden. Die Gefahr, die von dem gerade erst eingedämmten Großfeuer ausging, war noch zu greifbar. Wir hatten Glück, dass der Stauraum des Flugzeugs nur kleine Beulen hatte und alles darin trocken geblieben war.

Von den sechs Besatzungsmitgliedern, die an diesem zweiten Flug aus dem Feuer teilgenommen hatten, blieben vier von uns in der Nacht zurück. Der Rettungshubschrauber hätte insgesamt drei Männer aufnehmen können, aber sie brauchten Platz, um Jesse auf einer Trage zu befördern. Ich hatte die Nacht in wechselnden Wachschichten mit Levi, Thad und

Jackson verbracht. Nicht, dass einer von uns viel geschlafen hätte, aber wir brauchten jemanden, der auf den Beinen war, falls irgendwelche wilden Tiere kamen. Wir befanden uns mitten im Grizzly-Gebiet, was nicht so riskant war, wie man vielleicht denken könnte, aber wir hatten schon genug zu tun. Ein Bär, der das ohnehin schon wenige Essen, das wir hatten, plünderte, würde alles nur noch schlimmer machen.

Ich drehte meinen Kopf zur Seite und begegnete Levis Blick. „Wie fühlst du dich?"

Levi rollte mit den Augen. „Verdammt müde. Ich kann es kaum erwarten, zu duschen und etwas Warmes zu essen."

Ich gluckste. „Aber echt." Ich kramte mein Handy aus der Tasche und fluchte. Irgendwann während des Absturzes hatte mein Telefon einen Sprung bekommen und tat nach dem Einschalten gar nichts mehr. Ich hatte es zuerst gar nicht bemerkt, denn als ich kein Handysignal gesehen hatte, dachte ich, es läge an dem nicht vorhandenen Empfang hier draußen. Später versuchte ich es noch einmal erfolglos, und da merkte ich, dass sich das Telefon zwar einschaltete, aber sonst nichts auf dem Bildschirm zu sehen war. Ich hoffte inständig, dass die Zentrale Amelia erreicht hatte. Mein Vater hatte mir versichert, dass er ihr ebenfalls Bescheid geben würde, aber das änderte nichts an der Tatsache, dass ich glaubte, sie würde sterben vor Sorge. Ich wusste, was Sorge für sie bedeutete. Sie hasste dieses Gefühl, also regte sie sich noch mehr auf. Das ging nie gut. Ich hatte ihr immer noch keine verdammte SMS schicken können, also war ich doppelt frustriert und verärgert.

Ich beobachtete die Landschaft unter uns, das gleichmäßige Klopfen der Hubschrauberblätter übertönte jedes andere Geräusch. Der Himmel war an diesem Morgen klar geworden, und ein Rettungshubschrauber landete kurz nach Sonnenaufgang. Ein Team der nationalen Verkehrssicherheitsbehörde war ihm dicht auf den Fersen, um ihr Ding zu machen - kurz gesagt, eine detaillierte Untersuchung durchzuführen, um zu berichten, was wir alle bereits wussten. Die rechte Tragfläche des Flugzeugs war im Nebel mit etwas kollidiert und hatte es flugunfähig gemacht. So wie der Nebel uns am Himmel eingehüllt hatte, war die Sicht gleich null gewesen.

Ich war erleichtert, die Ermittler, die in der Gegend alles umkrempelten, hinter mir zu lassen, und konnte es kaum erwarten, nach Fairbanks zu kommen. Noch einmal warten zu müssen, bevor ich nach Willow Brook aufbrechen konnte, gefiel mir nicht. Da wir in einen Unfall verwickelt gewesen waren, hatte ich bereits die Anweisung erhalten, dass wir vor Ort in Fairbanks warten sollten, um für die NTSB-Untersuchung befragt zu werden. Alles in allem eine weitere Verzögerung auf dem Weg zu Amelia. Es passte mir immer noch nicht, dass sie sich wegen Shannons blödsinnigen Andeutungen Sorgen gemacht hatte. Müde wie ich war, schlossen sich meine Augen und ich schlief ein, obwohl sich meine Gedanken dagegen wehren wollten.

Mit einem Schrecken wachte ich auf, als der Hubschrauber zur Landung ansetzte und sanft auf den Boden aufsetzte. Innerhalb weniger Minuten ging ich mit dem Rest der Besatzung vom Hubschrauberlandeplatz zur Fairbanks Fire & Rescue. Wir steuerten alle direkt auf die Duschen zu, und ich konnte mich kaum dazu aufraffen, anzuhalten und mit einem der Jungs vor Ort zu plaudern. Dann hörte ich, wie Amelia meinen Namen rief.

Orientierungslos drehte ich mich um und überflog

schnell die Umgebung. Im Wartebereich herrschte reges Treiben, denn die Wache war mit den üblichen Problemen beschäftigt und jonglierte mit der Anwesenheit der NTSB-Ermittler und ein paar zusätzlichen Einsatzkräften, die auf ihrem Weg zum Großbrand hier vorbeikamen. Überall hörte ich Stimmen und sah unbekannte Gesichter. Ich schaute mich um und entdeckte Amelia, die sich durch ein paar Leute zur Eingangstür drängte. Ihr bernsteinfarbenes Haar glänzte in der Sonne, die durch die Fenster schimmerte.

Ich vergaß, dass ich bis auf die Knochen erschöpft und durchgefroren war. Ich ließ meine Tasche auf den Boden fallen und ging ihr entgegen. Ich hörte kein Wort von dem, was sie sagte, obwohl sie sich über irgendetwas ausließ. Ich trat zu ihr, schloss sie in meine Arme und atmete sie ein. Sie verstummte und vergrub ihr Gesicht an meinem Hals. Sie roch so gut, wie warmes Gras in der Sonne.

Alle Geräusche um uns herum verstummten, und ich hielt sie einfach fest. Nach ein paar Minuten klopfte mir jemand auf die Schulter. Ich hob den Kopf und sah meinen Vater.

„Hey Dad. Ich wusste nicht, dass du hochkommst."

Mein Vater grinste. „Ich habe erfahren, dass du ein oder zwei Tage hier festsitzt, und dachte, du willst vielleicht dein Mädchen sehen."

Amelia hob den Kopf, blickte zwischen uns hin und her und schenkte meinem Vater ein zaghaftes Lächeln. „Danke, Rex."

Mein Vater nickte, sein Blick wanderte zu mir. „Bist du okay?", fragte er und deutete auf meine blutige Schulter. Der Stoff meines Shirts war steif geworden, und durch den Riss sah man den behelfsmäßigen Verband, mit dem Levi mich verarztet hatte.

Bevor ich etwas sagen konnte, schnappte Amelia nach Luft und trat einen Schritt zurück, um meine Schulter zu überprüfen.

Ich nahm ihre Hand in meine. „Hey, mir geht's gut."

Rex gluckste. „Mehr musste ich nicht wissen. Ich lasse euch beide jetzt allein. Ich melde mich bei einem alten Kumpel hier auf der Wache. Kommt zu mir, wenn ihr so weit seid. Ich fliege heute Abend zurück, aber ich habe ein Zimmer für euch zwei in der Nähe gebucht."

Ich hörte nicht einmal, wie er wegging. Ich starrte in Amelias bernsteinfarbene Augen und versuchte, alles, was ich fühlte, in einem Blick auszudrücken. „Ich habe dich vermisst", sagte ich, meine Stimme rau vor Müdigkeit und der Tiefe meiner Gefühle.

Sie klemmte ihre Unterlippe zwischen die Zähne und seufzte. Inzwischen wusste ich, dass ich mich auf etwas anderes konzentrieren musste, aber mein Körper spannte sich an und eine Stoßwelle der Lust durchfuhr mich. Und das alles nur, weil sie sich auf ihre weiche, sinnliche Lippe biss.

„Ich habe dich wahnsinnig vermisst, aber ich kann nicht daran denken. Deine Schulter ist ganz blutig, wir müssen sie untersuchen lassen."

Sie trat einen weiteren Schritt zurück und griff nach meiner Hand, als wolle sie mich hinter sich herziehen. Ich wusste nicht, wohin, aber ich wusste, dass Amelia bekommen würde, was sie wollte. Ich schlang meine Hand um ihre und hielt sie fest.

„Warte", sagte ich.

Sie drehte sich um, und ich zog sie an mich und drückte sie. „Geht es dir gut?", fragte ich und legte meine Stirn an ihre.

„Geht es mir gut?", fragte sie in ungläubigem Ton.

„Natürlich geht es mir gut! Du warst doch derjenige, der einen Flugzeugabsturz hatte. Du läufst herum, als wäre nichts passiert und ..." Ihr Atem stockte, ihre Stimme brach, und sie drückte ihre Stirn an meine Brust, bis sie wieder anfing in Schüben zu atmen.

„Hey, mir geht's gut. Wirklich. Ich verbringe ständig Nächte draußen im Nirgendwo. Normalerweise mit einem Feuer, aber letzte Nacht war keine große Sache", sagte ich und strich mit meiner Handfläche an ihrer Wirbelsäule auf und ab.

„Ja, aber du warst noch nie in einem Flugzeugabsturz", murmelte sie gegen meine Brust.

„Das mag sein, aber es geht uns allen gut."

„Wie kommt es, dass du mich fragst, ob es mir gut geht?", fragte sie, immer noch dicht an meine Brust geschmiegt.

Dies war vielleicht nicht der beste Zeitpunkt zum Reden, denn um uns herum wimmelte es von Menschen, alle möglichen Telefone klingelten und es gab keine Privatsphäre, aber ich würde nirgendwohin gehen, ohne sicher zu sein, dass wir alles, was zwischen uns stehen könnte, geklärt hatten.

„Weil es mich ziemlich gestresst hat, dass du dich von Shannon hast verrückt machen lassen. Ich habe keine Ahnung, was sie dir gesagt hat oder warum. Das musst du doch wissen. Ich will nicht, dass du dir wegen etwas so Sinnlosem Sorgen machst", sagte ich, meine Worte klangen heftiger, als ich beabsichtigt hatte.

Amelia hob schließlich den Kopf, ihre Augen glitzerten. „Ich weiß, dass es Blödsinn war. Es ist nur so, du warst weg und ich habe dich vermisst und ich bin noch nicht an uns gewöhnt und alles fühlt sich unglaublich und intensiv an, also bin ich ausgeflippt."

Ihre Worte prasselten in einem einzigen, langen

Satz heraus. Dann hielt sie inne und holte zitternd Luft. „Es tut mir leid. Du hast das wirklich nicht gebraucht, dass ich mich so aufrege, wenn du da draußen bist. Nächstes Mal werde ich es besser machen."

Mein Herz krampfte sich in meiner Brust zusammen, und ich schluckte gegen die Enge in meiner Kehle an. Ich hob eine Hand und strich durch ihr seidiges Haar. Nach einer Weile schaffte ich es, mich zu sammeln und zu sprechen. „Du brauchst dich nicht zu entschuldigen. Ich muss nur wissen, dass zwischen uns alles in Ordnung ist. Ich habe es verstanden. Glaub mir, ich verstehe es. Sieben Jahre verschwendet, nur wegen der Lügen eines anderen Menschen. Ich bin genauso empfindlich wie du. Zur Hölle, ich habe Earl sogar eine Ohrfeige verpasst, weil er zur falschen Zeit das Falsche gesagt hatte, nun ja ..." Ich hielt inne und zuckte mit den Schultern. „Es muss dir nicht leidtun. Ich will nur nicht, dass du dich wegen so etwas verrückt machst. Ich bin hier, und du bist die *einzige* Frau, an die ich denke. Verdammt, das wird sich niemals ändern, also sag es lieber, wenn du mich nicht willst."

Ihre Augen hielten meine fest, mein Herz pochte schnell und heftig in meiner Brust, und dann schloss sie den Abstand zwischen unseren Mündern. Blitzschnell vergaß ich, wo wir waren, zog sie an mich und ließ meine Zunge in ihren Mund gleiten. Ich vergaß, dass ich durchgefroren und so verdammt müde war, dass meine Beine zitterten. In diesem Moment hätte ich vor lauter Verlangen einen Marathon laufen können ... solange Amelia am Ende nackt neben mir lag.

„Nehmt euch ein Zimmer, ja?"

Levis Stimme durchbrach den Nebel in meinem

Kopf, und ich riss meinen Mund von Amelia los. Ihre Wangen waren gerötet und ihre Augen leuchteten, und alles, was ich wollte, war, mit ihr allein zu sein.

Ich schaute zur Seite und sah, wie Levi mit den Augen rollte. „Tut mir leid, dass ich euch störe, aber wir haben nur zehn Minuten, um zu duschen. Außerdem wartet der Sanitäter darauf, dich zu nähen."

Amelia schubste mich fast vor Levi. „Geh." Sie sah zu Levi. „Sorg dafür, dass er gut verarztet wird", befahl sie.

Levi zwinkerte ihr zu. „Natürlich. Ich bringe ihn sauber und genäht zurück."

Ich musste mich zwingen, mitzugehen, denn eigentlich wollte ich nichts, als bei Amelia zu bleiben. Hätte ich nicht gewusst, dass sie auch unbedingt wollte, dass ich duschte und genäht wurde, wäre ich sogar abgehauen. So aber spürte ich einen Schmerz im Bauch, als ich mich von ihr entfernte.

Kapitel Fünfunddreißig

AMELIA

Ich ging neben Cade den Hotelflur entlang. Er war ruhig gewesen, seit er vom Sanitäter wiedergekommen war und mich im Wartebereich der Wache gefunden hatte. Sein Haar war noch feucht, und er trug saubere Kleidung. Levi hatte mir zugerufen, dass Cade genäht worden war, also verabschiedeten wir uns von Rex und stiegen in den Mietwagen, den er für uns organisiert hatte. Ich war erleichtert, dass Cade nichts sagte, denn ich war überwältigt von allerlei Gefühlen. Mein Körper kribbelte vor Verlangen, so stark, dass ich es kaum ignorieren konnte.

Ich hatte die Schlüsselkarte in der Hand, konnte mich aber nicht mehr an unsere Zimmernummer erinnern. Auf dem Flur blieb ich stehen. Er warf einen Blick zur Seite und hob eine Augenbraue. Verflixt. Mit seinen feuchten braunen Locken, seinen grünen Augen und seinem muskulösen Körper wäre ich am liebsten gleich hier über ihn hergefallen. Mein Atem ging stoßweise, mein Puls raste.

„Ich weiß nicht, welches Zimmer, und du?", fragte ich heiser.

Cades Mundwinkel hoben sich, während er den Kopf schüttelte. Er griff nach der Schlüsselkarte und drehte sie um. Sie war nicht beschriftet. Dann zog er die Quittung von der Rezeption aus seiner Tasche und überprüfte sie schnell. „Zimmer 34", verkündete er.

Wir standen neben Zimmer 30. In Sekundenschnelle waren wir an der Tür zu unserem Zimmer. Cade schritt voran und warf seine Tasche mit einem dumpfen Schlag auf den Boden. Kaum schloss sich die Tür hinter uns, war er schon auf mir und gab mir einen heißen Kuss. Verlangen breitete sich wie ein Lauffeuer in meinen Adern aus. Ich konnte ihm nicht schnell genug nahekommen. Er presste seinen Körper an meinen, drückte mich gegen die Tür, seine Hände betasteten mich grob, während er an meiner Kleidung zog und zerrte. Ich war genauso verzweifelt wie er, während ich ihn auszog, so schnell ich konnte. Wir stolperten von der Tür weg und rollten uns an der Wand entlang, hinter uns blieb eine Spur aus verknitterten Klamotten zurück.

Wir wurden nur einmal unterbrochen, als Cade zusammenzuckte, weil ich ihm das T-Shirt über die Schulter zog. Ich riss meine Lippen von ihm los. „O Gott! Bist du ...?"

„Alles gut", sagte er, bevor er meinen Hals mit einer Spur aus brennenden Küssen übersäte.

Eine Gänsehaut breitete sich auf meinem Körper aus, wo er mich berührte. Ich schob seine Jeans um seine Hüften und unterdrückte ein Stöhnen, als ich meine Hand um seinen Schwanz legte. Seine Lippen schlossen sich um eine Brustwarze, seine Zähne knabberten gerade genug, um einen Blitz der Lust direkt in mein Inneres zu schicken.

Meine Oberschenkel waren feucht, mein Kanal glitschig vor Verlangen. Er hatte aber immer noch zu viele Kleider an, also schob ich seine Jeans grob nach unten. Er nahm eine Brust in die Hand und neckte mich, während seine Lippen, Zähne und Zunge mich fast zum Wahnsinn trieben. Er kickte seine Jeans weg, drehte sich zu mir um und hob mich hoch. Ich liebte es, wie stark er war und dass es keine Rolle spielte, dass man mich auch nicht gerade als zierlich bezeichnen konnte. Er hielt mich mit Leichtigkeit, trotz seiner verletzten Schulter. Das hatte ich völlig vergessen, als ich seinen Schwanz an meinen Schamlippen spürte. Er machte einen Schritt, presste mich mit dem Rücken an die Wand und nahm mich in die Arme.

Als ich meine Beine um seine Hüften geschlungen hatte, hielt er inne, und seine dunkelgrünen Augen begegneten meinen. Mein Herz klopfte wie wild und mein Atem kam in flachen Stößen, als ich ihn anstarrte, gefangen von seinem durchdringenden Blick.

„Nur damit wir uns verstehen ..." Er drückte seine Hüften sanft gegen meine. Lust durchströmte mich, und ich keuchte. „Du bist es, die ich will. Nur du. Immer nur du."

Obwohl ich mich fast im Rausch des Verlangens und der Lust verlor, fühlte sich mein Herz so überfüllt an, dass es fast platzen könnte. Ich konnte nichts anderes tun, als zu nicken, und meine Kehle war zu eng für Worte. Mit seinem grimmigen Blick richtete er seinen Winkel aus und versank mit einem einzigen Stoß tief in mir. Seine Stirn kippte mit einem raschen Atemzug an meine, und er hielt einen Moment lang ganz still. Ich konnte spüren, wie sein Herz gegen meine Haut pochte. Nach einem Moment begann er sich zu bewegen, stieß langsam und tief in mich hinein. Ich war so feucht, dass seine Bewegung sich ganz weich und geschmeidig in mir anfühlte. Ich war der Erlösung schon so nahe, dass ich krampfhaft versuchte, mich zurückzuhalten. Aber der Druck wurde stärker und stärker, und die Lust begann, jede Faser meines Körpers zu durchdringen.

Ich schlang meine Beine fester um seine Hüften und biss mir auf die Lippe.

„Nicht", murmelte er, seine tiefe Stimme war eine Liebkosung.

„Was nicht?", brachte ich keuchend hervor.

„Halte dich zurück."

Mit einer feinen Bewegung zog er sich zurück und versenkte sich dann bis zum Anschlag in mir. Ich ließ los, meine Erlösung rollte sich in einem Ruck ab und traf mich so hart, dass ich laut aufschrie. Beim nächsten Schlag erging es ihm gleich. Er wurde straff wie ein Bogen und stieß ein raues Knurren aus, sein Kopf fiel in die Biegung meines Halses, als er erschauderte und sich in mir entlud.

Ich dankte den Sternen, dass ich eine Wand hinter mir hatte und Cade mich festhielt, denn sonst wäre ich zu einer Pfütze zerflossen. Wir verharrten einige lange Momente so, unser Atem ging stoßweise. Als sich mein Puls langsam normalisierte, fuhr ich mit einer Hand durch seine feuchten, zerzausten Locken und an seinem Hals entlang zu seiner Schulter, wobei ich den sauberen, quadratischen Umriss des Verbands über seinen Nähten nachzeichnete.

Er hob den Kopf und sah mir in die Augen. „Du darfst nur einmal pro Stunde fragen, ob es mir gut geht", sagte er, ein verschmitztes Grinsen umspielte seine Mundwinkel.

Ich kicherte. „Das schaffe ich schon." Ich strich ihm über die Augenbrauen und wurde ernst, als ich ihn ansah. „Ich liebe dich, und ich bin ein bisschen verrückt geworden, weil ich dich vermisst habe."

„Dito." Er hielt inne, sein Kehlkopf bewegte sich auf und ab, als er schluckte, und sein Blick war direkt auf mein Herz gerichtet. „Ich weiß, wir waren lange getrennt. Konzentriere dich einfach auf das, was zählt – auf uns. Lass dir von nichts und niemandem irgendwelchen Blödsinn einreden."

Daraufhin senkte er den Kopf und küsste mich kurz und heftig, bevor er mich wieder fester umklammerte und uns von der Wand wegdrehte. „Ich glaube, wir brauchen noch eine Dusche."

Nicht viel später lagen wir auf dem Bett und aßen gelieferte Pizza. Ich sah zu ihm hinüber, wie er sich auf die Kissen stützte, seine lächerlich muskulöse Brust schimmerte im sanften Licht, und dachte, vielleicht würde ich tatsächlich einen Weg finden, wie ich ihn so heftig lieben konnte, ohne den Verstand zu verlieren.

Amelia

Ich blickte in den dunkelblauen, wolkenverhangenen Himmel und beobachtete, wie ein Hubschrauber auf dem Landeplatz hinter der Feuerwehr- und Rettungsstation von Willow Brook landete. Der Wind, den die Rotorblätter erzeugten, wirbelte Staub in einem Kreis über den Landeplatz. Der Hubschrauber schaukelte bei der Landung, setzte aber schnell auf. Es war ein später Hochsommerabend in Willow Brook. Cade war zwei Wochen lang wegen eines Waldbrandes im Norden unterwegs gewesen. Ich brannte darauf, über den Platz zu rennen und ihm in die Arme zu fallen, aber ich wusste, dass ich mich zurückhalten musste, bis der Pilot und die übrigen Passagiere ausgestiegen waren.

Eine Windböe wehte mein Haar wild durcheinander. Ich strich es zurück und sah, wie Cade aus dem Hubschrauber kletterte. Mein Herz begann in meiner Brust zu pochen, und ich vergaß jeden Gedanken an Zurückhaltung. Ich rannte über den Landeplatz und stieß mit ihm zusammen, als er sich gerade umdrehte und sich seine Tasche über die Schulter warf. Inmitten von sechs Feuerwehrleuten aus seiner Mannschaft und dem Piloten stolperte er, als ich meine Arme um ihn schlang.

Er drückte mich fest an sich, mein Haar dämpfte sein Lachen.

„Amelia, wie oft müssen wir dich noch daran erinnern, dass du hier nicht herumrennen darfst, bis es sicher ist?", fragte der Pilot.

Ich trat gerade so weit zurück, dass ich meinen Kopf heben konnte, und sah zu Fred hinüber. Fred war der Pilot, der letztes Jahr bei dem Absturz verletzt worden war. Er flog immer noch und hatte jetzt mehrere Routen für die Hot Shot-Crews von Willow Brook in seine Rotation aufgenommen. Er zwinkerte mir zu und wurde dann ernst. „Technisch gesehen muss ich dir das sagen, also tue ich es auch. Vielleicht hörst du ja eines Tages auf mich."

Cades Hand glitt in einem heißen Zug über meinen Rücken und drückte meinen Po. „Nein, wird sie nicht. Sie ist noch sturer als ich", sagte er kichernd.

Ich hob den Kopf, begegnete Cades grünem Blick, und Hitze floss durch meine Adern. Zwei Wochen Abstand, und ich brauchte ihm nur nahe zu kommen, und mein Körper spielte verrückt. Man konnte mit Sicherheit sagen, dass die Chemie zwischen uns noch nicht verloren gegangen war. Vom Frühjahr bis zum Herbst war Feuersaison in Alaska, was bedeutete, dass er alle paar Wochen unterwegs sein musste. Anfangs hatten mich diese Einsätze beunruhigt, aber jetzt taten sie das nicht mehr. Sie machten mich nur zu einer lüsternen, wilden Frau, wenn er zurückkam.

Mir stockte der Atem, und ich hatte fast vergessen, wo wir waren. Bis ein zusammengerolltes Handtuch auf Cades Kopf landete.

„Was zum Teufel?", murmelte er, als er danach griff und sich umsah.

Beck näherte sich von der Wache und grinste. „Ich versuche nur, die öffentlichen Intimitäten auf ein Minimum zu beschränken. Wie ist es da draußen gelaufen?", fragte er und klopfte Cade auf die Schulter, als er bei uns war.

Cade hielt seinen Arm fest um meine Taille, als wir die Wache betraten. Ich achtete kein bisschen auf die Gespräche um uns herum, während Cade Beck und die anderen Jungs auf den neuesten Stand brachte. Ein paar Minuten lang genoss ich das Gefühl seiner Wärme und Stärke, bis ich beschloss, dass es genug war.

„Okay, Leute. Cade ist jetzt fertig hier", verkündete ich, nahm ihn bei der Hand und zog ihn weg.

Beck hob eine Augenbraue. „Willst du wirklich nicht, dass er zuerst duscht?"

Ich blickte zu ihm hinüber und musterte seine markanten Gesichtszüge und seine zerzausten braunen Locken. Um ehrlich zu sein, brauchte er ganz eindeutig dringend eine Dusche. Seine Arme waren schmutzig, sein Gesicht rußverschmiert, und wahrscheinlich hatte er in den Klamotten, die er trug, auch geschlafen. Obwohl ich ungeduldig war, ihn ganz für mich allein zu haben, ließ ich widerwillig seine Hand los. „Gut. Willst du vielleicht erst duschen?", fragte ich und ließ meinen Blick zu Cade wandern.

Er warf mir eines seiner vernichtenden Grinsen zu - mein Bauch krampfte sich zusammen, Hitze schoss durch meinen Körper -, dann nickte er. „Könnte gut sein. Gib mir fünf."

Daraufhin hob er meine Hand und küsste sie, bevor er hinter dem Rest der Mannschaft in die Umkleideräume der Wache schlenderte. Ich schob mich durch die Tür nach vorne und ließ mich auf einen Stuhl neben Maisies Schreibtisch plumpsen.

Maisie beendete gerade ein Telefongespräch und sah in meine Richtung. Ihre großen braunen Augen ähnelten denen ihrer Großmutter so sehr, dass es manchmal wehtat, weil ich es vermisste, Carol hier zu sehen.

„Wartest du auf Cade?", fragte Maisie und brachte tatsächlich eine Art Lächeln zustande.

„Ja. Ich dachte, es wäre fair, ihn zuerst duschen zu lassen. Naja, ich meine, er kann natürlich auch zu Hause duschen, aber es ist schon ein paar Tage her, also ..." Ich zuckte mit den Schultern und ließ meine Worte sacken.

Meine Gedanken waren nicht anständig genug, um sie in Gesellschaft auszusprechen. Selbst Lucy gegenüber würde ich wahrscheinlich nicht sagen, was ich dachte, nämlich dass ich es kaum erwarten konnte, Cade nackt und ganz für mich allein zu haben. Ich kannte Maisie sicher nicht so gut wie Lucy, also hielt ich es für besser, zu schweigen.

Maisies Wangen färbten sich rötlich, und sie nickte. „Ja, sie rennen praktisch in die Umkleidekabine, um zu duschen, wenn sie zurückkommen. Diesmal haben sie auch keinen Zwischenstopp in Fairbanks eingelegt, also ..."

„Sind sie schmutzig", beendete ich grinsend für sie.

In diesem Moment schwang die Hintertür auf und Beck kam lässig herausgeschlendert. Er leitete die örtliche Mannschaft von Willow Brook, die gelegentlich auch zu Bränden ausrückte, wenn Not am Mann war, aber sie stellten eher eine Reserve dar als eine Hauptmannschaft wie Cades Team. Maisies rosafarbene Wangen verdunkelten sich zu kirschrot, und sie senkte den Blick, plötzlich war sie sehr damit beschäftigt, etwas zu tippen. Ich beobachtete sie interessiert.

Beck nickte in meine Richtung und stützte sich mit dem Ellbogen auf den Tresen. „Bist du schon dazu gekommen, die Aufträge einzureichen?", fragte er Maisie.

Maisies Haar, das zu einem lockeren Pferdeschwanz zurückgebunden war, aus dem wilde Locken hervorsprangen, wippte, als sie nickte, aber sie sagte kein Wort, sondern tippte weiter, ohne ihren Blick zu heben. Beck griff über den Tresen und nahm eine ihrer Locken zwischen seine Finger, zog sanft daran und ließ sie wieder zurückfedern.

Zu diesem Zeitpunkt war ich schon fasziniert. Beck nahm seine Pflichten als Frauenheld ernst. Er war immer cool, und diese Art zu flirten war definitiv nicht sein Ding. Das hatte er auch nicht nötig mit seinen schwarzen Locken, seinen blitzenden grünen Augen und seinem stahlharten Körper. Dieses verrückte Kribbeln bekam ich vielleicht nur, wenn Cade in der Nähe war, aber blind war ich nicht.

Maisie hob ruckartig den Kopf, als Cade gerade durch die Tür trat. Was auch immer sie sagen wollte, sie verkniff es sich und hielt inne, ihre Wangen flammten auf und ihre Augen funkelten Beck an. Cade blickte kaum in ihre Richtung. „Bis morgen, Maisie", sagte er.

Auf ihr Nicken hin ergriff Beck das Wort. „Treffen wir uns später im Wildlands?"

Cade warf einen Blick in meine Richtung, als ich aufstand, und scheuchte damit tausend Schmetterlinge in meinem Bauch auf, bevor er sich wieder Beck zuwandte. „Nö. Wir sehen uns morgen", antwortete er mit einem Zwinkern, während er auf mich zuging, meine Hand nahm und davonstapfte. Becks Lachen verklang hinter uns, als sich die Tür schloss.

Auf der Heimfahrt, während Cades Hand wie ein heißes Brandzeichen auf meinem Oberschenkel ruhte, fragte ich: „Was hat es damit auf sich, dass Beck mit Maisie flirtet?"

„Ah. Das hast du gesehen, oder? Ja, er ist in sie verknallt und weiß es noch nicht einmal."

Ich ließ meinen Blick von der Straße zu ihm schweifen. „Beck ist in Maisie *verknallt?*"

Cade gluckste. „Äh, ja."

Ich vergaß, was ich als Nächstes sagen wollte, denn er schob seine Hand zwischen meine Schenkel. „Fahr an den Straßenrand", sagte er, und seine heisere Stimme jagte mir einen heißen Schauer über den Rücken.

Weidenröschen wiegten sich in der Brise, eine Welle von Pink, das den Highway flankierte. Die Sonne ging hinter uns unter, ihr Licht glitzerte im Rückspiegel inmitten der roten und goldenen Streifen, die den Horizont bedeckten. Der Denali ragte in der Ferne in den Himmel, gigantisch und majestätisch. Ich wusste genau, wo ich abbiegen sollte. Eine schmale Schotterstraße, die sich zwischen den Bäumen zu einem im Wald versteckten See schlängelte. Dieser Abschnitt des Highways in Willow Brook war größtenteils unbesiedelt, und das Waldstück war Teil eines Naturschutzgebietes. In dem Jahr, seit wir wieder zusammengekommen waren, hatten wir fast alle unsere alten Treffpunkte besucht, aber hierher waren wir noch nicht gekommen. Dies war ein Ort, an dem wir uns immer wieder getroffen hatten, damals, wenn wir einen Ort brauchten, an dem wir allein sein konnten.

Während Hitze durch meine Adern floss und

meine ganze Aufmerksamkeit auf Cade gerichtet war, bog ich in den Schotterweg ein, fast versteckt zwischen dem hohen Gras und den Weidenröschen. Innerhalb von Sekunden waren wir unter das Blätterdach der Fichten getaucht. Ich konnte kaum einen klaren Gedanken fassen, als er meine Jeans aufknöpfte und seine Hand hineinschob. Er trieb mich nach wie vor an den Rand des Wahnsinns. Ich schaffte es, das Auto auf einen winzigen Parkplatz am See zu lenken und wandte mich ihm zu, um ihn zu küssen.

In einem Wirrwarr aus Berührungen und Küssen gelang es uns, meine Jeans auszuziehen und seine aus dem Weg zu schieben. Ich sank auf ihn und genoss das köstliche Gefühl, als sich sein Schwanz in mir ausdehnte. Ich nahm ihn bis zum Anschlag und erstarrte, als er meinen Namen sagte.

Er strich mir mit dem Handrücken über die Wange. „Ich habe dich vermisst", sagte er heiser.

Emotionen stiegen heiß in mir auf, und ich musste tief Luft holen, bevor ich sagen konnte: „Ich dich auch."

„Ich habe eine Idee." Sein Finger strich über meine Lippen, und ich ließ ihn kurz in meinen Mund gleiten, bevor er ihn herauszog und eine feuchte Spur an meinem Hals und meinem Schlüsselbein hinunterzog.

„Was?", fragte ich mit einem Kloß im Hals.

Denn wenn ich mich nicht bald bewegen könnte, würde ich explodieren.

„Lass uns bald heiraten."

Mein Herz flatterte in die Höhe. „Ist das dein Ernst?"

„Ich weiß nicht, warum wir es noch nicht getan haben. Darüber habe ich nachgedacht, während ich weg war. Ich dachte mir, wenn ich dich so sehr vermisse, mache ich es besser offiziell. Ich dachte eigentlich, die ganze Hochzeitsplanung wäre sinnlos, aber wenn du willst ..."

Ich nahm sein Gesicht in die Hände und küsste ihn auf Wangen und Lippen. „Keine Hochzeit. Das ist nicht mein Ding. Ich hasse die ganze Planung und alles, was damit zusammenhängt - es ist einfach albern. Lass uns einfach zum Standesamt gehen und es hinter uns bringen. Danach können wir eine große Party feiern."

„Perfekt", murmelte er an meine Lippen.

Er lehnte sich einen Moment lang zurück, und seine Augen sagten mehr, als Worte es je könnten. Nach einem Atemzug packte er meine Hüften und hob mich an, dann leitete er mich wieder nach unten, um tief in mich einzudringen.

Nach zwei Wochen ohne ihn und mit einem Körper, der am Ende seiner Belastbarkeit angelangt war, kam ich fast augenblicklich zum Höhepunkt. Mein Kopf stieß gegen die Decke des Wagens. Fest an ihn gepresst, bemerkte ich es kaum.

CADE

Ich saß am Küchentisch und starrte hinaus auf das Feld. Auf dieses Land, von dem ich mir einst vorgestellt hatte, es würde mir mit Amelia gehören. Das war eine andere Zeit, aber das Land gehörte jetzt uns, genauso wie das Haus, sie gehörte mir, und ich gehörte ihr. Sie stand mit dem Rücken zu mir und stellte den Timer des Ofens ein. Nachdem ich es nicht mehr hatte abwarten können, in ihr zu sein, und mich mit einem Quickie in einer Seitenstraße begnügen musste, wanderten meine Augen über ihre ausladenden Hüften und die üppige Rundung ihres Pos. Ihr bernsteinfarbenes Haar war noch feucht von der Dusche, und sie war barfuß. Ich war hundemüde, aber verdammt glücklich.

Das Leben eines Feuerwehrmannes war nicht glamourös. Es war verdammt harte Arbeit, und gefährlich obendrein. Ich hatte mich daran gewöhnt, lange bevor ich zurück nach Willow Brook gezogen war. Aber ich hatte nie bemerkt, wie verdammt einsam ich zwischen den Einsätzen bei der Brandbekämpfung gewesen war. Zu Amelia nach Hause zu kommen, fühlte sich so gut und richtig an, dass der Gedanke an ein Leben ohne sie trostlos war. Das war es, was mich schließlich darauf gebracht hatte, sie heiraten zu wollen. Ich zweifelte nicht daran, dass wir für immer zusammen sein würden, ich hatte nur nicht viel darüber nachgedacht, es offiziell zu machen. Die Erleichterung, die ich empfand, als sie nicht einmal zögerte, war so tief, dass sie mich daran erinnerte, wie weit wir auf dem Weg gekommen waren, der uns wieder zueinander zurückgebracht hatte.

Ich rutschte vom Hocker und umrundete den Tresen, um sie in den Arm zu nehmen. Ich spürte, wie sie kurz zusammenzuckte, aber sie entspannte sich sofort wieder und legte ihren Kopf auf meine Schulter, um mir in die Augen zu sehen. „Ja?"

„Nichts. Nur das." Ich neigte meinen Kopf und küsste sie.

Die nächste Folge der Into The Fire-Serie:

Mehr heiße Feuerwehr-Romantik gibt es in der nächsten Geschichte von Maisie und Beck in Schleichendes Feur. Beck ist ein Flirt der schlimmsten Sorte, und er macht Maisie absolut verrückt – allerdings auf die richtige Art und Weise. "Eine sensationelle, humorvolle, wilde, zum Verrücktwerden heiße Reise". Verpassen Sie nicht Becks Geschichte!

Ein Klick zur Vorbestellung: Schleichendes Feur

ÜBER DEN AUTOR

USA Today-Bestsellerautorin J. H. Croix lebt mit ihrem Mann und zwei verwöhnten Hunden in einer kleinen Stadt in Maine. Croix schreibt zeitgenössische Liebesromane mit starken Frauen und Alphamännern, die sich nicht scheuen, Gefühle zu zeigen. Ihre Liebe zu schrulligen Kleinstädten und den dort lebenden Charakteren spiegelt sich in ihren Texten wider. Machen Sie einen Spaziergang auf der wilden Seite der Romantik mit ihren Bestseller-Romanen!

jhcroixauthor.com
jhcroix@jhcroix.com

facebook.com/jhcroix
instagram.com/jhcroix
bookbub.com/authors/j-h-croix